Arsène Lupin

14

L'Agence Barnett et Cie

아르센 뤼팽 전집 14

바르네트 탐정 사무소

1판 1쇄 펴냄 2015년 9월 20일
1판 3쇄 펴냄 2021년 4월 13일

지은이 모리스 르블랑
옮긴이 바른번역
감수 장경현, 나혁진
펴낸이 하진석
펴낸곳 코너스톤
주소 서울시 마포구 독막로 3길 51
전화 02-518-3919
ISBN 979-11-85546-77-3 04860

아르센 뤼팽
전집

14

Arsène Lupin

바르네트
탐정 사무소

모리스 르블랑 지음　바른번역 옮김
장경현, 나혁진 감수

코너스톤
Cornerstone

차례

카이사르의 것은 카이사르에게…

이것은 전쟁이 일어나기 몇 해 전 벌어졌던 일련의 사건에 관한 이야기로 사건의 조각난 면면들과 서로 모순된 소문들만 횡행했기에 여론이 들끓고 있었다. 그토록 환상적인 모험들 속에서 신나게 활약했던 짐 바르네트라는 이름의 이 기이한 인물은 과연 누구였을까? 오로지 더욱 안전한 방법으로 고객들의 호주머니를 털기 위한 목적으로만 고객을 유치했던 듯한 바르네트 탐정 사무소, 저 미스터리한 사설탐정 사무소에서는 대체 무슨 일이 벌어진 걸까?

이제 문제를 속속들이 밝혀내고 확실히 정리할 수 있게 된 상황이니만큼, 서둘러 카이사르의 것은 카이사르에게 돌리고 짐 바르네트의 비행 역시 이를 저지른 자의 몫으로 돌려야 할 것이다. 바로 도저히 손을 쓸 수 없는 아르센 뤼팽의 몫으로 말이다. 그런다고 해서 *그*에 대한 평판이 더 나빠질 것도 없을 터이니…

1
진주 목걸이의 행방

포부르 생제르맹에 자리한 아세르망 남작부인의 대저택에 초인종이 울렸다. 잠시 후 하녀가 봉투 하나를 내밀며 말했다.

"부인, 4시에 오시기로 한 신사분께서 도착하셨습니다."

아세르망 부인은 봉투를 뜯고 명함에 인쇄된 글자를 읽었다.

바르네트 탐정 사무소.
무료 정보 제공

"신사분을 내 응접실로 모시세요."

발레리는('아름다운 발레리', 그렇게 불린 지가 30여 년이나 되었다니!) 살집 좋은 체구의 중년 여인으로, 호화로운 옷차림에 꼼꼼하게 화장을 하고 꽤나 젠체하는 타입이었다. 얼굴에는 오만함이 서려 있고 간간이 냉랭한 모습도 보이긴 했지만, 시시로 드러나는 순진한 표정 덕에 매력이 아주 없지만은 않았다. 은행가 아세르망의 아내로서, 그녀는 자신이 누리고 있는 부와 인맥, 대저택, 자신과 관련된 모든 것들을 한껏 과시하며 지

냈다. 그런가 하면 신문의 가십난에는 그녀의 파렴치한 애정행
각을 꼬집는 기사들이 올라오곤 했는데, 심지어 남편이 이혼을
원했다는 이야기가 돌 정도였다.

발레리는 우선 아세르망 남작의 방으로 건너갔다. 나이가 많
은 데다 건강 상태도 좋지 못한 아세르망 남작은 심장 발작으
로 벌써 여러 주 동안 침대에만 머물러 있었다. 남작에게 병세
가 어떤지 대충 물은 뒤, 발레리는 남편의 등 뒤에 베개를 받쳐
주었다. 남작이 중얼거렸다.

"초인종이 울린 것 같던데?"

"네. 우리 일 때문에 소개받은 탐정이에요. 대단히 유능한 사
람이래요."

"그거 잘됐군. 이 사건 때문에 골머리가 아파. 아무리 생각해
도 어찌 된 일인지 도통 알 수가 없어."

발레리는 수심 가득한 얼굴을 한 채 방에서 나와 응접실로
향했다. 그곳에는 묘한 분위기의 남자가 한 명 와 있었다. 날렵
한 몸매에 각진 어깨를 한 건장한 체격의 그 남자는 비단 우산
처럼 반질반질한 질감에 초록빛이 감도는 검은색 프록코트 차
림이었다. 혈기 왕성한 각진 얼굴이 젊어 보이긴 했으나, 피부
는 우툴두툴하고 거칠고 붉은빛을 띠어 벽돌을 연상케 했다.
좌우 구별 없이 한쪽 눈에 차는 외알 안경 너머로 싸늘하게 빈
정거리는 시선은 젊은이다운 쾌활함으로 반짝였다.

부인이 물었다.

"바르네트 씨인가요?"

그는 여자를 향해 몸을 기울이더니, 손을 뺄 겨를조차 주지 않은 채 유연한 몸놀림으로 그녀의 손등에 입을 맞추었다. 그러곤 손에서 풍겨나는 향기를 음미라도 하듯 들릴 듯 말 듯 헛소리를 냈다.

"부인의 분부를 받들고자 대령한 짐 바르네트입니다. 부인의 편지를 받자마자 코트에 솔질할 새도 없이…."

어안이 벙벙해진 남작부인은 이 무례한 사내를 문밖으로 내쫓아버릴까 잠시 망설였다. 하지만 그 거침없는 행동에는 사교계의 관습에 능란한 상류층 인사다운 면모도 엿보인 터라 그저 이렇게 말할 뿐이었다.

"복잡한 사건들을 곧잘 해결하신다고 들었어요."

그는 거만한 태도로 입가에 조소를 띠며 답했다.

"그저 제게 있는 재능 중 하나일 뿐입니다. 명확한 관찰력과 판단력 말입니다."

목소리는 부드러웠지만 말투는 오만했고, 태도에서는 교묘한 비꼼과 빈정거림이 느껴졌다. 재능에 대한 자부심과 자기 확신에 대한 신념이 어찌나 강하던지, 누구도 감히 그에 맞설 수 없을 것만 같았다. 발레리조차 사설탐정소의 소장이자 하찮은 탐정에 불과한 이 정체불명의 인사가 풍기는 기세에 다소 위축됨을 느꼈다. 상황을 뒤집기 위해, 남작부인은 넌지시 화제를 돌렸다.

"일단… 거래를 위해서 계약 조건을 정하는 게 좋을 것 같네요."

"전혀 그러실 필요 없습니다."

바르네트가 대답하자, 이번엔 그녀가 빈정거리며 말했다.

"하지만 명예 때문에 하시는 일은 아니지 않나요?"

"바르네트 탐정 사무소는 일체의 서비스를 무상으로 제공합니다, 부인."

발레리는 난처한 표정을 지었다.

"그래도 최소한 사례금이라든가 보수는 계약으로 정했으면 합니다."

"그럼 팁 정도만 주시죠."

바르네트는 여전히 빈정거리는 말투로 답했다.

남작부인도 고집을 부렸다.

"하지만 빚을 지면서까지…."

"빚을 지다니요? 아름다운 여인은 그 누구에게도 결코 빚질 일이 없는 법이랍니다."

그러고는 농담이 과했다고 생각했는지 이내 이렇게 덧붙였다.

"아무 걱정 마십시오, 부인. 제가 부인께 어떠한 도움을 드리더라도 우리가 서로 빚지는 일은 없도록 하겠습니다."

이 모호한 말은 무슨 뜻일까? 이 작자가 스스로 자기 몫을 챙기겠다는 꿍꿍이인가? 그렇다면 계산을 어떤 식으로 한다는 거지?

발레리는 꺼림칙한 기분에 몸이 떨리고 얼굴이 달아올랐다. 실제로 바르네트는 그녀에게 막연한 불안을 불러일으켰는데, 그건 마치 집에 침입한 강도를 맞닥뜨렸을 때 느낄 법한 감정과 유사했다. '어머나, 그럴 수도 있어….' 발레리는 자신을 연모하는 남자가 이런 괴팍한 방식으로 집에 들어와 자신에게 접근하는 것은 아닐까 하는 생각마저 들었다. 하지만 그걸 어찌 알겠는가? 좌우지간 어떻게 대응해야만 할까? 발레리는 의기소침하고 위축되면서도, 한편으론 자신이 있었고 무슨 일이 닥치더라도 기꺼이 받아들일 준비가 되어 있었다. 그래서 탐정이 바르네트 탐정 사무소에 사건을 의뢰하게 된 연유를 묻자, 마치 자백하라는 요구라도 받은 듯 말을 돌리거나 서두를 장황하게 늘어놓지도 않고 곧장 이야기를 시작했다. 바르네트의 왠지 재촉하는 듯한 눈빛에, 설명은 그리 길지 않게 끝냈다.

"지지난 주 일요일이었어요. 친구 몇몇을 불러 브리지 게임을 했죠. 그날따라 꽤 일찍 잠자리에 들었고 여느 때처럼 잠이 들었어요. 그런데 새벽 4시경, 정확히 말하자면 4시 10분에 어떤 소리에 잠이 깼는데, 이내 문 닫히는 소리 같은 게 들려왔어요. 내 응접실 쪽에서 말이에요."

"바로 이 방에서 말이군요?"

바르네트가 끼어들었다.

"네, 이 방은 한쪽으로는 내 침실과 맞닿아 있고(바르네트는 그 방 쪽으로 정중히 고개를 숙여 보였다), 다른 한쪽은 뒤 계단으로 통하는 복도에 닿아 있답니다. 난 겁이 없는 편이에요. 잠시 숨을 고른 후 일어났죠."

잠자리에서 몸을 일으키는 남작부인의 모습을 마주한 듯 바르네트가 다시금 고개를 숙여 보이고는 물었다.

"그래서 일어나셔서요…?"

"일어나자마자 응접실로 건너와 불을 밝혔어요. 방엔 아무도 없었죠. 그런데 여기 이 작은 진열장이 골동품이며 작은 조각상 같은 그 안에 있던 각종 물건들과 함께 바닥에 엎어져 있고, 그중 몇 가지는 깨지고 부서진 상태였어요. 나는 서둘러 남편 방으로 건너갔죠. 그이는 침대에서 책을 읽고 있었는데, 아무 소리도 듣지 못했다는 거예요. 남편은 크게 걱정하며 집사를 호출하고는 그 즉시 조사를 명령했어요. 동이 튼 후로는 경찰서장이 와서 수사를 이어갔고요."

"그래서 결과는요?"

"누군가 다녀갔다는 흔적이 전혀 없었어요. 대체 어떻게 들어왔다가 어떻게 나갔는지 도무지 모르겠어요. 근데 쿠션 의자 아래에서 깨진 골동품들 사이로 반 토막짜리 양초 한 개와 나무 손잡이가 지저분한 송곳 하나가 보이지 뭐예요. 그때 마침, 전날 오후에 배관공이 남편 화장실의 세면대 수도꼭지를 수리하러 다녀갔던 게 떠올랐죠. 그래서 배관업체 사장을 신문해보니 그 송곳을 금방 알아본 데다 그 가게에서 양초의 나머지 반 토막이 나왔지 뭡니까!"

"결국 이를 통해 확증을 잡았군요?"

짐 바르네트가 또다시 끼어들었다.

"그래요, 하지만 이런 정황과는 상반된 또 다른 명백하고도 예기치 못한 증거가 나타났어요. 문제의 배관공은 저녁 6시에 브뤼셀행 특급열차를 타고 자정, 그러니까 사건 발생 서너 시간 전에 그곳에 도착했다는 사실이 조사를 통해 밝혀진 거예요."

"이런! 그래서 그 배관공은 돌아와 있습니까?"

"아니요. 앙베르에서 돈을 흥청망청 쓴 후로 행방이 묘연한 상태예요."

"그게 전부입니까?"

"네, 그게 다예요."

"이 사건을 누가 맡고 있습니까?"

"베슈 형사요."

바르네트는 더할 나위 없이 즐거워했다.

"베슈요? 아, 그 훌륭한 베슈 형사! 제 친한 친구 중 하나랍니다, 부인. 함께 일도 제법 했지요."

"실은 바르네트 탐정 사무소에 대해 이야기해준 이도 바로 그 사람이에요."

"사건이 해결되지 않아 그런 것일 테지요?"

"네, 그래요."

"순박한 베슈! 내가 도움이 될 수 있어 다행이군…! 물론 부인을 도울 수 있어서도 그렇고요…. 아니, 무엇보다 부인을 돕게 된 게 기쁜 일이고말고요…!"

바르네트는 창가로 다가가 유리창에 이마를 댄 채 잠시 생각에 잠겼다. 손가락으로 유리창을 두드리며 리듬을 맞추고는 휘파람으로 춤곡도 가볍게 읊조렸다. 그러고는 다시 아세르망 부인 곁으로 다가와 말을 이었다.

"베슈 형사와 부인께서는 절도 시도가 있었다고 보시는 거죠?"

"네, 사라진 것이 전혀 없으니 미수에 그친 시도였지만요."

"그렇다고 치지요. 하여간 이 시도에는 구체적인 목표가 있었을 테고 부인께서도 아마 짐작하실 만한 것일 겁니다. 과연 그게 뭘까요?"

"그건 나도 몰라요."

발레리는 잠시 머뭇거리다 말했다.

탐정은 빙긋 웃었다.

"과연 그럴까요, 부인?"

그러고는 대답을 기다리지도 않고, 굽도리 위쪽으로 응접실 벽 테두리에 덧댄 직물 널빤지 하나를 정성스러운 손길로 가리키면서 마치 물건을 숨긴 아이를 추궁하듯 물었다.

"이 널빤지 속에 있는 것은 무엇일까요?"

여자는 당황한 표정으로 대답했다.

"아무것도 없어요… 무슨 말을 하려는 거죠?"

바르네트가 사뭇 진지한 말투로 말했다.

"무슨 말이냐 하면요, 조금만 주의 깊게 살펴보면 여기 이 장방형의 널빤지 가장자리가 꽤 닳아 있는 것을 확인할 수 있을 겁니다. 여기저기 균열로 인해 내장재가 떨어져 나간 모습도 눈에 띄는군요. 그러니 그 자리에 금고가 감춰져 있을 거라 어림짐작하는 것은 당연지사란 말입니다, 부인."

발레리는 소스라치게 놀랐다. 그토록 막연한 단서만 가지고 어찌 그리 꿰뚫어 볼 수 있었을까…? 여자는 문제의 널빤지를 서둘러 밀어냈다. 그러자 강철로 된 작은 문이 나왔고 발레리는 흥분한 표정으로 금고 자물쇠의 버튼 세 개를 조작했다. 알 수 없는 불안이 엄습했다. 터무니없는 억측이기는 하지만 혹시 이 낯선 사내가 홀로 있던 몇 분 동안 방 안을 뒤져 물건을 훔친 것은 아닐까 하는 의구심마저 들었다.

호주머니에서 열쇠를 꺼내 금고를 열자 발레리의 얼굴에는 안도의 미소가 번졌다. 그곳에 놓여 있던 유일한 물건인 멋들어진 진주 목걸이를 여자가 와락 움켜쥐자 손목 위로 목걸이가 세 줄로 휘늘어졌다.

바르네트는 웃음을 터트렸다.

"부인, 이제야 좀 진정이 되셨군요. 정말 교활하고도 대담한 도둑들인 듯합니다! 대단히 멋진 물건인데 의심을 하셔야지요, 부인. 그러니 훔쳐가는 게 아닙니까."

여자는 발끈하며 이야기했다.

"그래도 도난당한 건 없잖아요. 설령 훔쳐가려 했다 치더라도 계획이 수포로 돌아간 거죠."

"정말 그렇게 생각하십니까, 부인?"

"물론 그렇죠! 이렇게 있잖아요! 봐요, 내 손 안에 있잖아요! 도난당한 물건이라면 사라졌어야 하는데. 자, 이렇게 있잖아요."

바르네트는 조용히 말을 바로잡았다.

"목걸이는 있지요. 하지만 과연 그것이 **부인의** 목걸이라 확신하십니까? 그것이 하등의 가치가 있는 물건이라 확신하십니까?"

발레리는 격분했다.

"뭐라고요! 내가 거래하는 보석상에서 이 목걸이를 50만 프랑으로 감정해준 게 보름도 채 안 됐어요."

"보름이라…. 즉 사건 발생 닷새 전이군요…. 그러나 지금은 어떨까요…? 물론, 저는 아무것도 모릅니다…. 제가 직접 감정을 해보지 않았으니…. 그저 추측만 할 따름이지요…. 부인의 확신에 의혹의 여지는 전혀 없으신지요?"

발레리는 더 이상 꼼짝도 하지 않았다. 어떤 의혹을 말하는 것일까? 대체 무슨 까닭으로? 상대의 집요하고 지독한 질문 공세로 인해 알 수 없는 불안이 여자를 엄습했다. 발레리는 펼친 손바닥 한가운데에 소복이 쌓여 있는 목걸이로 엮인 진주알들의 무게를 가늠해보았다. 아닌 게 아니라 그 무게가 점점 가볍게 느껴지는 것이 아닌가. 목걸이를 뚫어져라 응시했다. 그러자 고르지 못한 빛깔, 생소한 광택, 불쾌할 만큼 균일하고 의심스러울 만큼 완벽한 모양새, 일련의 당혹스러운 세부 사항들이 전부 눈에 들어왔다. 이내 여자의 머리 한구석에서 진실이 차츰 빛을 발하기 시작했고 그 진실은 점점 또렷하고 불안하게 그 윤곽을 드러냈다.

바르네트는 환희에 찼으나 짐짓 가볍게 웃으며 목소리를 높였다.

"좋아요! 훌륭합니다! 바로 그겁니다! 잘 따라오고 있습니다! 조금만 더 애써보세요, 부인. 그러면 명확히 알 수 있을 겁니다. 이 모든 게 더없이 논리적입니다! 상대는 물건을 훔친 게 아니라 바꿔치기를 한 겁니다. 그러니 사라진 것은 아무것도 없는 셈이죠. 만약 그 고약한 진열장 쓰러지는 소리만 없었다면, 모든 것이 어둠 속에 파묻히고 미지의 것으로 남았을 겁니다. 새로운 상황이 벌어질 때까지 부인께선 진짜 목걸이가 흔적도 없이 사라진 것도, 부인이 백옥 같은 목에 가짜 진주 목걸이를 두르고 뽐내며 다니고 있는 거란 것도 몰랐을 뻔했습니다."

탐정의 스스럼없는 말투는 더 이상 놀랍게 들리지도 않았다. 발레리는 다른 생각에 정신을 빼앗기고 있었다. 바르네트는 발레리 앞으로 몸을 기울이고는 여자에게 숨 돌릴 겨를도 주지 않고 곧장 본론으로 들어가 조목조목 이야기를 시작했다.

"자, 첫 번째 확실한 점은 목걸이가 사라졌다는 사실입니다. 아주 순조로이 진행되고 있으니 우리 여기서 멈추지 않기로 하죠. 부인, 이제 우리는 도난당한 것이 무엇인지 알았으니 누가 훔쳐갔는지를 밝혀보도록 하지요. 조사가 제대로 진척되면 모름지기 그런 식으로 진행되는 게 논리지요. 그런 다음 도둑이 누구인지 알게 되면 훔친 물건을 이내 되찾을 수 있을 겁니다. 바로 우리가 함께 협력하게 될 세 번째 단계이기도 하고요."

바르네트는 발레리의 두 손을 다정하게 토닥이며 말했다.

"자신감을 가지세요, 부인. 진전이 있습니다. 우선, 부인께서 허락하신다면 작은 가설을 하나 세워보겠습니다. 가설을 세우는 건 문제 해결의 훌륭한 방법입니다. 예컨대, 부인의 부군께서 병중에도 불구하고 요 전날 밤 침실에서 이곳까지 아픈 몸을 이끌고 왔을 수 있다고 가정을 해보겠습니다. 손에는 양초와 만일을 대비해 배관공이 잊고 두고 간 연장을 들고서 말입니다. 그러고는 금고 문을 열었겠지요. 하지만 서툴게도 진열장을 넘어뜨리고는 부인께서 그 소리를 들었을까 두려워 서둘러 도망친 것이라 가정해보면 모든 게 명료해지지 않습니까! 이 경우, 도둑이 드나든 흔적을 찾아내지 못한 것은 당연한 일이지요! 어떤 외부 침입도 없이 금고가 열린 것 역시 수긍이 갈 것입니다. 아세르망 남작께서는 지난 수년간, 즉 부부금실이 좋아 부인의 응접실에 호의를 갖고 드나들 당시, 숱한 저녁 시간을 당신과 함께 이곳에서 보내셨겠지요. 그리고 자물쇠를 어떻게 조작하는지, 자물쇠 다이얼이 돌아갈 때 나는 딸깍 소리와 그 간격이 얼마나 되는지를 염두에 두고는 이동한 홈의 숫자를 세며 점차 세 자리 암호를 알아낸 겁니다."

짐 바르네트가 말한 그 '사소한 가설'은, 그가 일련의 과정을 차례차례 풀어낼 때마다 아름다운 발레리를 두려움에 몸서리치게 했다. 마치 그 과정들이 눈앞에 그대로 재현되어 생생하게 기억해내는 듯싶었다.

감정이 격해진 여자는 말을 더듬으며 중얼거렸다.

"당신 미쳤군요! 내 남편은 그럴 수 없어요…. 만약 전날 밤 누군가 이곳에 들어왔다면, 그래도 그이일 리는 없어요…. 그건 말도 안 된다고요…."

탐정은 넌지시 물었다.

"혹시 부인 목걸이의 복제품이 있었나요?"

"네…. 목걸이를 구입했을 당시, 즉 4년 전에, 남편이 신중을 기하자며 하나 마련해두게 했어요."

"그럼 그건 누가 가지고 있었습니까?"

"남편이요."

발레리는 의기소침한 목소리로 대답했다.

짐 바르네트는 유쾌하게 결론지었다.

"부인께서 손에 들고 계신 것이 바로 그 복제품입니다! 진짜 진주 목걸이와 바꿔치기된 것이란 말입니다. 다른 하나, 즉 진짜 진주 목걸이는 남편께서 가져가신 겁니다. 어떤 이유로 그랬을까요? 돈을 노린 절도라고 보기에는 아세르망 남작이 가진 재산이 많으니, 그렇다면 우리는 내밀한 성질의 동기들을 생각해봐야겠죠? 이를테면, 복수를 하려고 했다든가…, 고통을 주고 해를 끼쳐 벌을 주려고 했다든가 말입니다. 안 그렇습니까? 젊고 아름다운 부인은 경솔한 언행을 범할 수 있지요. 비록 법적으로는 문제가 없지만 남편은 엄히 평가하는 행동 말입니다…. 이런, 실례했습니다, 남작부인. 두 분 부부 생활의 비밀을 파고드는 게 아니라, 부인과 마찬가지로 저도 단지 부인의 목걸이가 어디 있는지 밝혀내려는 것뿐입니다."

"그만해요! 그만하라고요! 그만!"

발레리는 뒷걸음질 치며 소리쳤다.

여자는 이 고약한 탐정에게 돌연 진저리가 났다. 그는 이따금 우스갯소리 같은 이야기를 하며 대화를 나눈 몇 분 만에, 그것도 일반적인 수사 방법과는 현격히 다른 방식으로, 여자를 둘러싼 모든 미스터리를 악랄할 정도로 능란하게 풀어냈고, 조롱하는 눈빛으로 운명이 여자를 파멸로 몰아가는 과정을 보여주었다. 더 이상 그의 빈정대는 목소리를 듣고 싶지 않았다.

"그만해요."

발레리는 고집스럽게 되풀이했다.

바르네트는 몸을 굽히며 대답했다.

"좋을 대로 하십시오, 부인. 부인을 귀찮게 할 생각은 전혀 없습니다. 저는 그저 부인께 도움을 드리러 왔고, 어디까지나

부인께서 흡족해하시는 범위 내에서만 도와드릴 뿐입니다. 하기야, 여기까지 얘기됐으니 제 도움이 없어도 되리라 생각됩니다. 더구나 부군께서는 바깥출입이 불가능하니 분명 진주 목걸이를 다른 이에게 맡기는 경솔한 행동을 하지는 않으셨을 테니까요. 부군께서는 본인의 방 한구석에 목걸이를 숨겨두셨을 거라 생각됩니다. 조리 있게 찾아보시면 목걸이를 되찾을 수 있을 것입니다. 이런 자질구레한 전문 작업은 내 친구 베슈가 적격일 것 같군요. 아, 한마디만 덧붙이겠습니다. 혹시 제가 필요하시면 오늘 밤 9시에서 10시 사이에 사무실로 전화를 주십시오. 그럼 안녕히 계십시오, 부인."

또다시 그는 저항할 겨를도 주지 않고 여자의 손등에 입을 맞추었다. 그러고는 만족감에 엉덩이를 흔들며 경쾌한 발걸음으로 떠났다. 곧이어 안마당의 문이 닫혔다.

그날 저녁, 발레리는 베슈 형사를 불러들였다. 아세르망 저택에 그가 줄기차게 드나드는 것은 지극히 자연스럽게 여겨졌고, 그렇게 수사가 시작되었다. 베슈는 존경받을 만한 경찰이자 그 유명한 가니마르의 제자로, 일반적인 방식에 기초해 수사를 실시하는 부류의 사람이었다. 이 사건 역시 침실과 화장실, 개인 서재로 구역을 나누어 차례차례 조사했다. 세 줄로 된 진주 목걸이는, 특히 베슈 같은 이 방면의 전문가의 눈을 피해 감추는 게 불가능한 크기의 물건이다. 그러나 여드레 동안의 낮은 물론이고 아세르망 남작이 수면제를 복용하고 잠이 드는 습관을 이용해 여드레 밤 동안 침대를 샅샅이 조사하며 필사적으로 노력했음에도 불구하고, 베슈 형사는 그 결과에 낙담할 수밖에 없었다. 더 이상 목걸이가 집 안에 있다고는 볼 수가 없었다.

마음이 내키지는 않지만, 발레리는 바르네트 탐정 사무소에 다시 연락을 취해 그 참기 힘든 고약한 사내에게 도움을 청해야겠다는 생각을 하게 되었다. 목표만 달성해준다면, 그까짓 손등에 키스하고 친애하는 부인이라 부르는 것이 대수겠는가?

예견은 했지만 그렇게 임박했으리라 생각하지 못한 사건이 상황을 급박하게 몰아갔다. 어느 오후가 저물어갈 무렵, 남작 부인을 급히 찾는 호출이 있었다. 남편이 발작을 일으켜 위중하다는 기별이었다. 남작은 화장실 문턱 앞에 놓인 긴 의자에서 탈진한 모습으로 가쁜 숨을 몰아쉬고 있었다. 일그러진 남작의 얼굴에는 극심한 고통이 서려 있었다.

겁에 질린 발레리는 의사에게 전화를 걸었다. 남작이 웅얼거렸다.

"너무 늦었어…. 너무 늦었어…."

"아니에요, 그럴 리 없어요. 장담하건대, 곧 다 괜찮아질 거예요."

발레리가 말했다.

남작은 몸을 일으키려고 애를 썼다. 그러곤 세면대 쪽으로 비틀비틀 걸어가며 말했다.

"마실 것을…."

"물병에 물이 있잖아요, 여보."

"아니…. 아니…. 저 물 말고…."

"웬 투정이세요?"

"다른 물을 마시고 싶어… 이거…."

남작은 다시 힘없이 쓰러졌다. 발레리는 남편이 가리킨 세면대의 수도꼭지를 신속히 틀었고 유리잔을 찾아 물을 담은 뒤 건넸다. 하지만 남작은 물을 마시려 하지 않았다.

긴 침묵이 흘렀다. 한쪽에선 물이 졸졸 흘러내리고 있었다. 죽음을 앞둔 이의 얼굴은 퀭하니 핼쑥했다.

남작은 할 말이 있다는 몸짓을 했고, 발레리는 남편을 향해 몸을 기울였다. 그러나 남작은 하인들 귀에 들릴까 걱정이 되는지 이렇게 지시했다.

"좀 더 가까이… 더 가까이…."

발레리는 그가 하려는 말이 듣기 두려운 듯 머뭇거렸다. 그러나 남편의 눈빛이 너무나 위압적이어서 돌연 다소곳해진 여자는 무릎을 꿇고 귀를 바짝 갖다 댔다. 두서없는 말들이 속삭이듯 흘러나왔고 여자는 가까스로 그 의미를 짐작할 수 있었다.

"진주… 그 목걸이…. 내가 죽기 전에 당신이 알아야 해…. 사실… 당신은 나를 한 번도 사랑한 적이 없었어…. 당신이 나와 결혼한 건… 내 재산 때문이지."

이 같은 엄숙한 순간에 그토록 매정한 비난을 퍼붓는 것에 분개한 발레리는 발끈했다. 하지만 남작은 아내의 손목을 붙들고는 들뜬 목소리로 두서없이 말을 되풀이하며 이어갔다.

"…내 재산 때문이었어. 당신은 행동으로 그걸 입증했지…. 당신은 좋은 아내가 아니었어. 그래서 당신에게 벌을 주기로 마음먹었지. 지금 이 순간조차, 나는 당신을 벌하고 있는 중이지…. 그래서 소름 돋을 만큼 기분이 좋아…. 하지만 그래야지… 진주알들이 사라지고 있으니 나도 기꺼이 죽음에 응해야지…. 당신은 또르르 떨어져 물살을 따라 사라지고 있는 진주알들의 소리가 들리지 않아? 아! 발레리, 정말 굉장한 벌이지…! 또르르 떨어지네… 또르르 떨어지네….”

남작에겐 더 이상 기력이 남아 있지 않았다. 하인들은 그를 침대로 옮겼다. 곧이어 의사가 도착했고 전갈을 받은 두 명의 연로한 사촌 누이도 찾아와 방에서 한 발짝도 움직이지 않았다. 사촌 누이들은 발레리의 일거일동에 신경을 쓰는 듯했고 어떠한 힘으로부터라도 서랍과 서랍장을 지켜낼 각오가 된 듯 보였다.

임종의 순간은 길었다. 아세르망 남작은 동틀 무렵, 다른 말은 남기지 않은 채 숨을 거뒀다. 두 사촌 누이의 정식 요청에 따라 그 방의 모든 가구는 즉각 봉인되었다. 그리고 초상집의 기나긴 경야가 시작되었다.

장례식 이틀 뒤, 남작의 공증인이 발레리를 찾아와 개인 면담을 요청했다.

그는 짐짓 심각하고 애통한 표정을 보이다가 곧이어 말을 꺼냈다.

“제가 이행해야만 하는 임무는 실로 힘겨운 것입니다, 부인. 그래서 가능한 한 신속하게 처리하고자 합니다. 부인에게 불리하게 행해진 일에 대해, 저는 지금도, 또한 앞으로도 동의하지 않는다는 점을 미리 말씀드립니다. 하지만 고인의 의지가 완고했습니다. 부인께서도 아세르망 씨의 고집스러운 성품을 잘 아시리라 생각합니다. 제가 아무리 애를 써도….”

“이제 됐어요. 설명해주세요.”

발레리는 간청하듯 말했다.

“그게 그러니까, 부인. 그게 말입니다. 저는 아세르망 남작이 남긴 첫 번째 유언장을 보관하고 있습니다. 20년 전에 작성된 것으로, 부인을 포괄 유산상속자이자 유일한 상속인으로 지명한다는 내용입니다. 그런데 지난달, 부군께서 또 다른 유언장을 작성했다고 제게 말씀하셨습니다…. 그에 따르면 부군은 전 재산을 두 사촌 누이에게 상속한다고 되어 있습니다.”

“말씀하신 그 유언장을 갖고 계신가요?”

“아닙니다. 부군께선 저에게 유언장을 읽어주신 후, 이곳에 있는 책상 속에 넣어두셨습니다. 고인께선 임종하시고 일주일이 지난 후에 그 유언장이 공개되기를 원하셨습니다. 봉인은 그때에 이르러서야 제거될 것입니다.”

그제야 아세르망 남작부인은 남편이 몇 년 전 둘 사이에 불화가 심했던 당시, 자신이 가진 모든 패물을 팔아 그 돈으로 진주 목걸이를 장만하라고 권했던 이유를 알 것 같았다. 목걸이도 가짜고 상속권도 박탈당하면 가진 재산이 없는 발레리는 무일푼으로 살아야 될 것이다.

봉인을 폐기로 한 날 하루 전, 자동차 한 대가 라보르드가의 어느 평범한 사무실 앞에 멈춰 섰다. 그곳에는 다음과 같은 간판이 붙어 있었다.

바르네트 탐정 사무소
2~3시에 엽니다.
무료 정보 제공

상복을 입은 한 부인이 차에서 내려 문을 두드렸다.

"들어오십시오."

안에서 소리쳤다.

여자는 안으로 들어갔다.

"누구십니까?"

커튼으로 분리된 사무실 뒤쪽 공간에서 귀에 익은 목소리가 들려왔다.

"아세르망 남작부인이에요."

그녀가 대답했다.

"아! 실례했습니다, 부인. 자리에 앉아 계십시오. 곧 나가겠습니다."

발레리 아세르망은 기다리며 사무실을 이리저리 둘러보았다. 사무실은 거의 텅 비어 있었다. 탁자 하나와 낡은 안락의자 두 개가 있을 뿐, 벽은 액자 하나 없이 휑했고 문서나 서류 더미조차도 보이지 않았다. 전화기 한 대만이 유일한 장식품이자 사무용 기기로 자리 잡고 있었다. 그렇지만 재떨이에는 최고급 담배꽁초가 가득했고, 그로 인해 방 안 전체에 부드럽고 은은한 담배 냄새가 감돌았다.

안쪽 벽걸이 천이 걷히면서 짐 바르네트가 미소 띤 얼굴로 날렵하게 튀어나왔다. 지난번과 같은 해진 프록코트를 입고 있었고 넥타이는 질끈 매긴 했는데 그 모양이 자못 유별났다. 외알 안경은 검은색 끈 끝에 매달려 있었다.

바르네트는 서둘러 다가와 남작부인의 손을 붙들고 장갑 위에 입을 맞추었다.

"안녕하셨습니까, 부인? 다시 뵙게 되어 무한한 영광입니다…. 그런데 무슨 일이십니까? 상복을 입고 계신 건가요? 별일 아니시죠? 아! 이런, 제가 경솔했군요! 이제야 생각나다니…. 기어이 아세르망 남작께서… 그렇습니까? 이런 안타까운 일이 있나! 그토록 멋지고 당신을 너무나 사랑했던 분이! 그런데 우리가 어디까지 이야기를 나눴지요?"

갑자기 바르네트는 호주머니에서 작은 수첩을 꺼내 이리저리 뒤적거렸다.

"아세르망 남작부인…. 맞아요… 이제 기억이 나는군요…. 가짜 진주 목걸이. 남편이 도둑이고…. 아름다운 부인…. 굉장히 아름다운 부인…. 부인이 내게 전화할 것임…."

한참 혼잣말을 하던 바르네트는 이어 좀 더 스스럼없는 말투로 말했다.

"친애하는 부인, 부인의 전화를 몹시 기다렸답니다."

이번에도 역시 발레리는 그의 태도가 당혹스러웠다. 남편의 죽음으로 상심한 미망인처럼 보이기를 원하진 않았지만, 그래도 미래에 대한 불안과 가난에 대한 공포가 더해져 몹시 비통한 심정이었다. 파산과 궁핍에 대한 환영, 악몽, 회한, 극심한 공포, 절망에 사로잡혀 지난 보름 동안 매우 끔찍한 시간을 보내며 생기를 잃고 주름진 여자의 얼굴에는 고통의 흔적들이 뚜

렷이 남아 있었다…. 그런데 지금, 그런 상황 파악을 못 하는 듯 방약무인하고 뻔뻔스러운 태도로 즐겁기만 한 망할 인간을 대면하고 있는 것이었다.

면담에 적절한 어조를 부여하기 위해 발레리는 제법 격을 차려 일련의 사건을 이야기했고, 남편을 비난하는 어조는 피하면서 공증인의 진술을 그대로 되풀이했다.

바르네트는 동의한다는 듯 미소를 지으며 이야기를 받았다.

"좋습니다! 아주 좋아요…! 훌륭합니다…! 모든 것이 기막히게 연결되어 있군요. 이 흥미진진한 드라마가 어떤 식으로 전개되어왔는지 알 수 있어서 즐겁습니다!"

"즐겁다고요?"

점점 더 어찌할 바를 몰라 하며 발레리가 물었다.

"네, 내 친구 베슈 형사도 분명히 느꼈을 그 기쁨 말입니다…. 그가 부인께 설명을 했을 것으로 짐작되는데요…?"

"무엇을요?"

"무엇을이라뇨? 바로 이 사건의 핵심이자 음모의 동기 말입니다! 정말 우스꽝스럽지 않습니까? 틀림없이 베슈가 폭소했을 겁니다!"

그러면서 짐 바르네트 그 자신도 폭소를 터트렸다.

"아! 세면대라니! 정말이지 참신한 발상이야! 이 사건은 어찌 보면 비극보다 희극이라 할 만하군요! 구성이 대단히 교묘하고 짜임새 있어요! 실은 저는 트릭을 대번에 직감했습니다. 그리고 부인께서 제게 배관공 이야기를 했을 때, 세면대 수리와 아세르망 남작이 세운 계획 사이에 성립된 관계를 즉각 포착했지요. 그때 속으로 생각했어요. '이야, 이것 봐라, 바로 이 거야! 남작은 목걸이를 바꿔치기할 계획을 세운 데다, 진짜 진주 목걸이를 은밀히 숨기기에 안성맞춤인 장소까지 마련해둔 거야!' 사실 남작에게 중요한 건 바로 그것 아니겠습니까? 부인의 목걸이를 마치 쓸모없는 보따리를 처분하듯 센 강에나 던져버리려고 빼앗은 것이라면, 그건 아마 반쪽짜리 복수에 불과했을 겁니다. 복수를 완벽하고 완전하고 멋들어지게 이행하기 위해, 남작은 목걸이를 자신의 손길이 미치는 곳에 간직했어야 했을 테죠. 그러곤, 아주 가까이 있으면서도 절대로 접근할 수 없는 은닉처에 숨겨두어야 했을 겁니다. 그리고 결국 일이 벌어진 거죠."

짐 바르네트는 무척이나 신이 나는지 연신 웃어대며 말을 이었다.

"일이 벌어진 거지요. 남편께서 직접 내린 지시에 따라서 말입니다. 배관공과 은행가가 당시 어떤 대화를 나눴을지 한번 들어보십시오. '이봐, 자네, 세면대 아래 이 배수관 좀 봐주겠나? 배수관이 굽도리까지 내려와서 거의 분별할 수 없을 정도로 완만한 기울기로 화장실에서 빠져나가고 있네. 안 그런가? 그래, 그 기울기. 자네는 그 기울기를 더 낮춰주고, 이쪽의 이 어두컴컴한 모퉁이에서 배수관을 살짝 높여주게. 필요한 경우 물건이 괴어 있을 수 있는 일종의 막다른 통로가 될 수 있도록 말이야. 수도꼭지를 틀면 물이 흘러내려 그 막다른 통로를 가득 채운 뒤 물건을 휩쓸어갈 수 있도록 말이야. 자네, 내 말 이해하겠나? 그다음 벽 쪽 배수관 측면에 사람 눈에 띄지 않도록 직경

약 1센티미터 크기의 구멍을 하나 뚫어주게. 바로 그 지점….
아주 기막히군! 좋아, 됐네! 이제 그 구멍을 이 고무마개로 막
아주게나. 됐나? 좋았어, 친구. 이제 자네에게 감사의 인사를
할 차례군. 우리사이의 이 문제도 해결하고. 내 말에 동의하겠
지? 누구에게도 발설해서는 안 되네, 알겠나? 비밀을 지키게.
자, 이거 받고, 일단 이걸로 오늘 저녁 6시 브뤼셀행 열차표를
사게. 그리고 이건 그곳에서 현금으로 바꿀 석 장의 수표네. 한
달에 한 장씩일세. 석 달 후에는 돌아와도 상관없네. 잘 가게,
친구….' 그러고는 악수를 나눴겠지요. 그날 저녁, 부인께서 응
접실에서 소리를 들었던 바로 그 저녁에, 목걸이를 바꿔치기하
고 미리 준비한 은닉처인 배수관의 홈 안에 진품을 숨겨둔 것
입니다! 이제 아시겠습니까? 죽음이 임박했음을 느낀 남작은
부인을 불러 '물 한 잔 부탁해. 아니, 물병에 있는 물 말고… 저
물 말이야'라고 말했습니다. 부인은 시키는 대로 하셨고요. 그
것이 바로 징벌이었습니다. 부인 손으로 수도꼭지를 틀면서 스
스로 가혹한 벌을 단행한 것이지요. 물이 졸졸 흘러내려 진주
알들을 휩쓸어 갔고, 남작은 희열에 들떠 '듣고 있어? 진주알
들이 사라지고 있어… 어둠 속으로 떨어지고 있어'라고 중얼거
렸죠."

　남작부인은 아연실색하여 아무 말 없이 듣고만 있었다. 남편
의 원한과 증오가 너무도 매정하게 드러난 이 이야기도 경악스
러웠지만, 사실들로부터 소름 끼치도록 정확하게 도출된 한 가
지 사실이 그녀를 짓눌렀다.

　여자가 말을 더듬대며 입을 열었다.

"그, 그러니까 당신은 알고 있었던 거예요…? 진실을 알고 있었어요?"

"부인, 그게 제 직업입니다."

"그런데 내게 한마디도 안 했잖아요!"

"그 무슨 말씀이십니까! 제가 알고 있던 것, 아니 제가 막 알 아차리기 시작했던 것을 이야기하려 했을 때 그걸 가로막고 저를 적이 거칠게 내쫓은 건 바로 당신입니다. 저는 사려 깊은 사람입니다. 그래서 고집을 부리지 않았지요. 그리고 저도 제가 짐작한 사실을 확인해봐야지 않겠습니까?"

"그래서 확인하셨나요?"

발레리가 말을 더듬대며 물었다.

"오! 그저 단순한 호기심으로…."

"언제요?"

"바로 그날 밤에요."

"바로 그날 밤이라고요? 아니 어떻게 집에 몰래 숨어들 수 있었죠? 내 집에 말이에요? 하지만 난 아무런 소리도 못 들었는데…."

"원체 일을 소리 없이 처리하는 게 몸에 배어 있는지라…. 아세르망 남작 역시 아무 소리 못 들었을 겁니다. 하지만…."

"하지만 뭔가요?"

"제대로 확인하기 위해서 제가 배수관 구멍을 좀 넓혔습니다… 아시지요? 진주알들을 밀어 넣은 그 구멍 말입니다."

남작부인은 부르르 몸서리를 쳤다.

"그래서? 그래서요…? 봤나요…?"

"봤지요."

"진주를…?"

"진주알들이 그곳에 있었지요."

발레리는 목멘 소리로 좀 더 낮게 말했다.

"그래서, 그곳에 진주알들이 있었다면, 당신이… 그걸 모두 가져갔을 수도…."

남자는 숨김없이 털어놨다.

"이런, 저 짐 바르네트가 없었다면 그 진주알들은 아세르망 씨가 자신에게 임박한 죽음의 날을 위해 예비해둔 운명을 감내해야 했을 겁니다. 기억하시겠지요. 아세르망 씨가 '진주알들이 사라지고 있어… 어둠 속으로 떨어지고 있어…. 또르르 떨어지네…'라고 말씀하셨던 바로 그 운명 말입니다. 그리고 제가 없었다면 애석하게도 그분의 복수가 성공을 거뒀겠지요. 정말 아름다운 목걸이더군요…. 확실히 소장 가치가 있어요!"

발레리는 자신의 평소 태도를 흐트러트릴 만큼 울화를 터트리거나 분노의 감정에 들끓어 오르는 타입이 아니었다. 하지만 이때만큼은 달랐다. 그녀는 크게 분개한 나머지 바르네트에게 달려들어 먹살을 거머쥐려 덤볐다.

"그건 절도야! 당신은 협잡꾼에 불과해…. 그럴 줄 알았어…. 이 협잡꾼! 이 사기꾼!"

'사기꾼'이라는 표현에 바르네트는 즐거워하며 중얼거렸다.

"사기꾼이라…! 매력적인 표현이군요…."

하지만 발레리는 거기서 멈추지 않았다. 노발대발하면서 방 안을 이리저리 쿵쾅거리며 언성을 높였다.

"당하고만 있지는 않겠어! 목걸이 내놔요, 지금 당장! 그렇지 않으면 경찰에 신고하겠어요."

"오! 그런 저열하기 짝이 없는 계획이라니! 당신처럼 아름다운 여성이 어쩌면 이처럼 호의적이고 성실한 남성에게 세심한 배려를 잊으시는지요!"

바르네트는 짐짓 탄성을 터트렸지만 발레리는 어깨를 으쓱하며 외쳤다.

"내 목걸이 내놔요!"

"이런 맙소사, 그야 부인에게 재량권이 있지요! 이 짐 바르네트가 자기에게 사건을 의뢰해준 친절한 사람들을 등쳐먹는 인물이라고 생각하십니까? 이럴 수가! 공명정대하다는 명성과 이해관계를 전혀 개의치 않는 것으로 그 인기를 구가하고 있는 이 바르네트 탐정 사무소가 앞으로 어찌 되겠습니까? 한 푼도, 저는 단 한 푼도 고객에게 돈을 요구하지 않습니다. 제가 만약 부인의 목걸이를 돌려주지 않는다면 전 도둑이요, 사기꾼이겠지요. 하지만 저는 정직한 사람이랍니다. 자, 여기 부인의 목걸이입니다, 친애하는 남작부인!"

그러면서 그는 그러모은 진주알들을 담은 헝겊 주머니를 내보이더니 탁자 위에 내려놓았다.

할 말을 잊은 '친애하는 남작부인'은 그 귀중한 목걸이를 떨리는 손으로 움켜쥐었다. 보고서도 자신의 두 눈을 믿을 수가 없었다. 이 작자가 이렇게 되돌려주는 것이 납득할 만한 것인가…? 그러나 발레리는 남자가 관대한 척하며 괜히 그래 보는 건 아닐까 하는 생각이 돌연 들어서 고맙다는 인사조차 없이 동동걸음을 치며 문 쪽으로 내달렸다.

"급하기도 하시지! 진주알 개수도 안 세어보십니까! 345개입니다. 모두 고스란히 있습니다…. 이번 건 그야말로 진품이랍니다…."

바르네트가 웃음을 띠며 말했다.

"네, 네…. 저도 알아요…."

발레리가 대답했다.

"확신하십니까? 부인이 거래하는 보석상에서 50만 프랑에 상당한다고 감정해준 바로 그 진주 목걸이가 맞습니까?"

"네…. 맞아요."

"분명 보증하십니까??"

"네."

그녀가 명확하게 대답했다.

"그러면, 제가 그 목걸이를 사겠습니다."

"사시겠다고요? 무슨 의미죠?"

"부인께서는 재산이 없으시니 그 목걸이를 처분하는 수밖에 없을 거라는 뜻입니다. 그러니 차라리 부인께서는 세상 그 누구보다도 더 많은 액수를 제시하는 저에게 파시는 편이 나을 거라는 얘기죠…. 감정가의 20배를 드리겠습니다. 50만 프랑 대신 1000만 프랑을 제시하는 거지요. 하하! 놀라시기는요! 하긴 1000만 프랑이면 꽤 괜찮은 액수죠."

"1000만 프랑이라고요!"

"아세르망 남작의 유산 총액과 정확히 일치하는 금액이지요."

발레리는 문 앞에 멈춰 서 있었다.

"내 남편의 유산…. 그게 지금 무슨 관계가 있는지 이해가 안 되네요…. 설명 좀 해보세요."

짐 바르네트는 부드러운 목소리로 또박또박 말했다.

"간추려서 말씀드리겠습니다. 부인에겐 선택권이 있다는 겁니다. 진주 목걸이와 유산상속 중에 하나를 선택하시라는 거죠."

"진주 목걸이와… 유산상속?"

남작부인은 이해가 안 된다는 듯 그의 말을 되풀이했다.

"네, 바로 그렇습니다. 부인께서 앞서 말씀하셨듯이 유산상속은 두 개의 유언장에 근거해 집행되게 됩니다. 첫 번째는 부인께 유리한 유언장이고 두 번째는 크로이소스(소아시아 리디아 왕국의 마지막 왕으로 당시 그리스와 소아시아 일대에서 최고의 부자로 명성을 떨쳤음 - 옮긴이)처럼 돈 많고 마녀처럼 심술궂은 두 늙은 사촌 누이들에게 유리한 유언장이지요. 그러니 두 번째 유언장을 찾지 못한다면 유효한 유언장은 바로 첫 번째 유언장이 될 테지요."

발레리는 은밀하게 속삭이듯 말했다.

"바로 내일, 봉인을 제거하고 서랍을 열기로 되어 있어요. 그 유언장은 그 안에 들어 있고요."

"그 안에 있을 수도 있고… 더 이상 그 안에 없을 수도 있지요. 보잘것없는 제 의견으로는 더 이상 그 안에 없을 듯합니다만."

바르네트가 히죽히죽 웃으며 대꾸했다.

"그게 가능한가요?"

"물론 가능하지요…. 거의 확실하다고 할 수 있습니다…. 사실 제가 기억하기로는, 우리가 대화를 나눈 바로 그날 밤에 세면대의 배수관을 확인하러 다시 왔을 때, 저는 그 기회를 이용해 부군의 거처에서 가벼운 가택수사를 실시했습니다. 아주 깊게 잠이 드셨더군요!"

"그래서 유언장을 빼냈나요?"

발레리가 몸이 오싹거리는 것을 느끼며 물었다.

"제가 보기에는 그런 것 같군요. 워낙 악필이시네요, 그렇지 않습니까?"

그러면서 그는 인장이 찍힌 종이 한 장을 펼쳐 보였다. 과연 그 종이에서 아세르망 남작의 필체를 확인할 수 있었고 발레리는 다음의 구절을 읽어냈다.

아래 서명한 본인 은행가 레옹 조제프 아세르망은 주지의 몇 가지 사실들로 인해 내 아내가 나의 재산에 대해 어떠한 권리도 요구할 수 없다는 것을 선언하며….

그녀는 목이 메어 끝까지 읽지 못했다. 완전히 기진맥진해 넋이 다 나간 발레리는 안락의자에 털썩 주저앉은 채 어쩔 줄 몰라 하며 말을 더듬었다.

"당신이 유언장을 훔쳤어…! 나는 공범이 되고 싶지 않아…! 가엾은 내 남편의 유지를 따라야만 해요…! 꼭 그래야 해요!"

짐 바르네트는 열띤 몸짓으로 이야기했다.

"아! 좋아요, 잘하셨어요! 의무에는 희생이 따르기 마련이죠. 전적으로 부인 생각에 동의합니다…. 특히나 더없이 혹독한 의무인 만큼 더 그렇겠죠. 더구나 두 늙은 사촌 누이가 모든 유산을 상속받을 만한 자격이 없는데도, 부인께서는 아세르망 남작이 품은 사소한 앙심 때문에 스스로를 희생하고 있습니다. 도대체 무엇 때문에요? 젊은 날의 사소한 과실들 때문에 그런 부당한 결정을 용납하시다뇨! 아름다운 발레리께서 어찌 마땅한 권리인 부귀를 내던지고 빈천한 삶을 살려고 하십니까! 여하튼 제발 심사숙고하시길 바랍니다, 부인. 부인의 행동을 곰곰이 생각해보시고 그것이 초래할 파장이 어떤 것일지 헤아려보십시오. 만약 부인께서 목걸이를 선택하신다면, 우리 사이에 오해가 없도록 다시 말해드리건대, **만약 지금 이 목걸이가 이 방 밖으로 나가게 되면**, 공증인이 내일 이 두 번째 유언장을 받게 될 테고 부인께선 상속권을 박탈당하게 될 겁니다."

"만약 그렇지 않으면요?"

"그야 두 번째 유언장은 감쪽같이 처리되고 부인께서는 유산 전액을 고스란히 상속받게 되는 거죠. 1000만 프랑이 부인 품으로 되돌아오는 겁니다. 바로 이 짐 바르네트 덕분에요."

말투에는 비꼬는 기색이 역력했다. 발레리는 가슴을 죄고 목을 조이는 듯한 압박감을 느꼈다. 자신이 이 악랄한 인간의 손아귀에 걸려든 먹잇감처럼 무기력하게 여겨졌다. 그 어떤 저항도 불가능했다. 그녀가 그에게 목걸이를 넘겨주지 않을 시, 유언장이 만천하에 공표될 것이다. 이런 상대에게 간청을 하는 건 쓸데없는 짓이었다. 남자는 결코 굴복하지 않을 터였다.

짐 바르네트는 벽걸이 천으로 가려진 뒷방으로 잠시 건너가더니, 마치 분장을 지우는 배우처럼 기름을 바른 얼굴을 닦아내면서 무례하고도 뻔뻔스러운 표정으로 돌아왔다.

그러자 다른 얼굴이 드러났다. 건강하고 생기 넘치는 피부에 한결 더 젊어 보이는 얼굴이었다. 질끈 동여맨 매듭은 최신 유행하는 넥타이로 바뀌어 있었고 반질반질한 낡은 프록코트는 잘 재단된 양복 상의가 대신하고 있었다. 그는 고발할 수도 배신할 수도 없는 사람답게 태연자약하게 행동하고 있었다.

그 어느 누구에게도, 심지어 베슈 형사에게조차 발레리가 이 모든 것에 대해 감히 단 한 마디도 폭로하지 못하리라는 걸 남자는 확신하는 듯했다. 이른바 둘만의 비밀은 불가침의 것이었다.

바르네트는 발레리 쪽으로 몸을 기울이고는 희색이 만면한 채 말했다.

"자, 이제 부인께서 상황을 보다 명확하게 인지하고 있다는 느낌이 드는군요. 다행입니다! 뭐니 뭐니 해도 부잣집 마님인 아세르망 부인께서 가짜 목걸이를 하고 다니는 것을 그 누가 알겠습니까? 부인과 어울리는 마님들도 상상조차 못 할 일이지요. 부인의 남자 친구들 또한 마찬가지일 테고요. 결국 부인은 이중의 전쟁에서 승리를 거두는 겁니다. 부인의 합법적 재산과 모든 이가 진짜라고 믿을 목걸이 둘 다를 보존하면서 말이죠. 매력적이지 않습니까? 이 정도면 또 한 번의 즐거운 인생 아니겠습니까? 활기 넘치고 다채롭고 유쾌하고 사랑스러운 우아한 인생, 부인 나이에 즐길 권리가 있는 온갖 소소한 재미들을 만끽하는 인생 말입니다!"

그러나 발레리는 앞으로 한동안 소소한 재미들을 만끽할 의사가 추호도 없었다. 여자는 짐 바르네트에게 증오와 분노 어린 시선을 던졌다. 그러고는 자리에서 일어나 냉랭함이 가득 찬 살롱에서 거북한 외출을 감행한 귀부인의 품위를 지키며 휑하니 방을 떠났다.

탁자 위에는 진주알들이 담긴 작은 헝겊 주머니가 그대로 놓여 있었다.

바르네트는 팔짱을 끼고는 비분강개하여 혼잣말을 내뱉었다.

"소위 정숙한 여인이라 일컬어지는 것이 바로 저런 모양새로군! 분별없는 처신에 대한 벌로 남편의 유산상속까지 박탈당하는 신세가 되고도 자기 남편의 유지를 거들떠보지도 않다니! 유언장이 있지만 슬쩍 낚아채 버리면 되겠고! 공증인 나부랭이는 잘 구워삶으면 될 테고! 늙은 사촌 누이들에게 돌아갈 유산을 알겨먹고! 정말 가증하기 짝이 없군! 잘못된 것들을 벌주고 다시 제자리에 돌려놓으려고 시시비비를 가린 양반만 헛일하셨지, 헛일하셨어!"

짐 바르네트는 재빨리 목걸이를 진정한 제 위치, 바로 자신의 호주머니 안쪽에 도로 넣었다. 그런 다음 옷을 다 챙겨 입고 시가 한 대를 꼬나문 채 외알 안경을 차고 바르네트 탐정 사무소를 나섰다.

2
조지 왕의 연애편지

누군가 문을 두드렸다.

탐정 사무소에 찾아올 고객을 기다리다가 안락의자에서 잠깐 졸고 있던 바르네트가 대답했다.

"들어오십시오."

사무실 안으로 들어오는 방문객을 보자마자 그는 유쾌한 듯 외쳤다.

"아! 베슈 형사! 이렇게 친히 방문해주다니 정말 반갑습니다. 그래, 그간 잘 지내셨습니까, 친구?"

베슈 형사는 옷차림과 몸가짐 모두에서 경찰청의 전형적인 경찰들과는 대조적인 모습이었다. 언제나 우아함을 추구하며 바지에는 칼날 같은 주름을 잡고 넥타이 매듭을 세심하게 신경 쓰면서 접착식 옷깃에 광택까지 입혔다. 창백한 피부, 훤칠하게 큰 키에 마른 체구로 왠지 허약해 보였지만, 이두박근이 불끈 솟아 있는 커다란 두 팔은 흡사 복싱 챔피언의 팔만 뚝 떼어 페더급에 불과한 말라깽이 몸뚱이에 그럭저럭 이어 붙인 느낌이었다. 필시 그 자신은 본인의 두 팔에 커다란 긍지를 가지고 있는 모양이었다. 게다가 젊은이다운 얼굴에는 상당한 만족감이 서려 있었고 눈빛에는 총기와 예리함이 감돌고 있었다.

"이 근방을 지나는 길에 당신의 평소 생활습관이 생각나서…. '옳거니, 짐 바르네트가 사무실에 있을 시간이군. 어디 한번 들러…'"

"'바르네트의 조언이나 구해볼까…' 해서."

짐 바르네트가 베슈의 말을 가로채서 말했다.

"그럴지도 모르겠군요."

형사는 늘 그렇듯 바르네트의 통찰력에 아연하여 실토했다.

계속해서 이야기를 할 듯 말 듯 망설이고만 있는 베슈를 보고 바르네트가 물었다.

"대체 무슨 일입니까? 오늘따라 자문 구하기를 망설이는 것처럼 보이는군요."

베슈는 주먹으로 탁자를 내리쳤다(그의 우람한 팔이 마치 어마어마한 지렛대가 된 듯, 주먹에 실린 힘은 가공할 만한 지렛대의 원리를 구현했다).

"사실 좀 그렇습니다. 다소 망설여지거든요. 벌써 세 차례입니다, 바르네트. 당신은 사설탐정, 나는 형사경찰로 우리가 합동으로 수월찮은 수사들에 착수한 게 말입니다. 그런데 세 번 모두, 바르네트 탐정 사무소에 협조를 요청했던 사람들은 하나같이 일종의 앙심을 품고 당신과 갈라졌다 이겁니다. 가령 최근의 아세르망 남작부인만 해도 그렇습니다."

"마치 내가 사건 수사를 빌미로 그들을 협박이라도 했다는 것처럼 들리는군요…."

바르네트가 말을 가로채자, 베슈는 더듬대며 말했다.

"아니… 꼭 그렇다는 게 아니라…."

바르네트가 그의 어깨를 두드리며 말했다.

"이봐요. 베슈 형사. 바르네트 탐정 사무소의 신조를 알고 있지 않습니까. '무료 정보 제공' 말입니다. 잘 들어요, 나는 결코 내 고객들에게 한 푼의 돈도 요구하지 않으며 결코 단 한 푼도 받아들인 적도 없다는 점을 내 명예를 걸고 맹세합니다."

그제야 베슈는 한결 홀가분해진 듯 한숨을 내쉬었다.

"고맙습니다. 내 직업적 양심상 일정 조건 아래에서만 사설 탐정과 협력 수사가 가능하다는 점을 이해해주기 바라겠습니다. 그런데(실례가 되더라도 용서하시오) 바르네트 탐정 사무소의 수입원은 그럼 확실히 무엇인 겁니까?"

"익명을 유지하길 바라는 여러 자선가의 후원을 받고 있습니다만."

베슈는 더 이상 캐묻지 않았다. 이번에는 바르네트가 물었다.

"그래서, 베슈, 요즘은 어디서 수사를 진행하고 있습니까?"

"마를리 부근입니다. 보슈렐 영감 살해 사건을 맡고 있습니다. 이 사건에 대해 들어본 적 있습니까?"

"막연하게나마."

"그럴 만도 하죠. 제법 흥미로운 사건임에도 어째 신문들이 별다른 관심을 보이지 않는지라…."

"자상에 의한 사망 사건이 맞습니까?"

"맞습니다, 양 어깨놀이 사이에 칼침을 맞았죠."

"칼에 지문은?"

"전혀. 손잡이를 종이로 감싸서 범행을 저지른 듯싶습니다. 종이는 잿더미로 발견되었습니다."

"그밖에 실마리가 될 자료는 없는 겁니까?"

"전혀 없습니다. 방 안이 뒤죽박죽되어 있고 가구들이 뒤집혀 쓰러져 있는 것 빼고요. 책상의 서랍 하나가 부서져 있는데, 왜 그랬는지 거기서 무엇을 빼 갔는지는 당최 알 수가 없습니다."

"예심은 어디까지 진행된 겁니까?"

"이제 퇴직 공무원인 르보크 씨와 고뒤 집안의 세 사촌 형제를 대질시키는 단계에 접어들었습니다. 특히 이 세 명은 남의 농작물을 몰래 훔치고 밀렵을 일삼는 가장 악질적인 불한당들입니다. 양측 다 어떤 증거도 없으니 살해 사건에 대해 서로 비난하고 있지요. 어떻습니까, 함께 차로 가보겠습니까? 심문 과정을 참관하는 것보다 사실에 다가가는 것은 없을 테니까요."

"갑시다."

"한마디만 더 하죠, 바르네트. 이 사건의 예심을 맡은 포르므리는 세간의 이목을 끌어 파리에서 한자리 차지하기를 바라고 있습니다. 지나치게 까다롭고 의심도 많은 법관이죠. 사법기관의 대리인들과 있을 때면 당신이 으레 노골적으로 드러내는 냉소를 필시 아니꼽게 여길 겁니다."

"내 약속하죠, 베슈. 그에게 걸맞은 존경의 표시를 하겠습니다."

퐁탱 읍에서 마를리 숲까지 이어지는 길의 중간쯤, 띠처럼 이어진 토지와 숲의 경계를 짓는 잡목림 한복판에, 소박한 채

소밭이 딸린 단층짜리 작은 가옥 한 채가 낮은 담으로 된 울타리 안에 자리 잡고 있었다. 그 '시골 오두막집'에는 여드레 전만 해도 사서였던 보슈렐 영감이 살고 있었다. 영감은 이따금 파리 센 강 제방에 헌책들을 구하러 나가는 것 외에는 꽃과 채소가 모록모록 심어진 자신의 소박한 공간을 떠나지 않았다. 원체 구두쇠였던 영감은 비록 궁색한 모습으로 살긴 했어도 부자로 알려져 있었다. 그의 집을 방문하는 이는 아무도 없었고, 다만 퐁틴에 거주하는 친구 르보크만이 이따금 왕래할 뿐이었다.

범죄 과정의 재현과 르보크에 대한 심문이 벌써 진행되고 있었다. 짐 바르네트와 베슈 형사는 마침 법관들이 정원 안을 거닐고 있을 때에 차에서 내렸다. 베슈는 '시골 오두막집'의 입구를 지키고 있던 형사들과 알은체를 하고는 바르네트와 함께 벽모퉁이를 돌다가 예심판사와 부검사와 합류했다. 마침 고뒤가의 세 사촌 형제가 진술을 시작하는 참이었다. 거의 비슷한 나이의 이들은 농가에 고용된 일꾼들로, 서로 판이하게 다른 생김새에 오로지 교활하고 고집깨나 있어 보이는 표정 외에는 공통점이라고는 하나도 없었다. 그중 가장 맏이가 분명한 목소리로 말했다.

"네, 예심판사님. 바로 이곳을 뛰어넘어서 도와주러 왔습니다."

"퐁틴 쪽에서 왔습니까?"

"네, 퐁틴에서요. 2시경, 일하러 돌아가는 길에 우리는 드니즈 할멈과 잡담을 늘어놓고 있었습니다. 바로 이 부근, 잡목림

언저리에서요. 그런데 느닷없이 비명 소리가 들려오지 뭡니까. 제가 말했죠. '누군가 도와달라고 소리를 지르는군, 시골 오두막집에서 나는 소리 같아'라고요. 바로 보슈렐 영감의 집이었죠. 예심판사님도 영감이 어떤 인물인지 아셨어야 하는데! 그래서 우리는 그리로 내달렸습니다. 담도 뛰어넘었고요…. 유리병 조각들 때문에 꽤 까다로웠습니다…. 그러곤 서둘러 정원을 가로질렀죠….”

“집 문이 열릴 때 정확히 어디쯤에 있었습니까?”

“바로 여깁니다.”

고뒤가의 맏이가 화단 쪽으로 일행을 이끌며 대답했다.

“요컨대, 현관 앞 층계에서 15미터 거리라 이거군. 그럼 여기서 바라다보았을 테고….”

예심판사는 현관에 이르는 두 단짜리 계단을 가리키며 중얼거렸다.

“네, 바로 르보크 씨를…. 제가 지금 판사님을 보고 있는 것처럼 바라보았습니다…. 르보크 씨는 어딘가로 내빼는 사람처럼 다급하게 뛰어나왔다가 우리를 보자 다시 안으로 들어갔습니다.”

“분명히 르보크 씨였습니까?”

“그럼요, 하느님께 맹세합니다!”

“당신들도 그렇게 확신합니까?”

예심판사가 나머지 두 형제에게 물었다.

두 형제 역시 단호하게 말했다.

“하느님께 맹세합니다!”

"혹시 다른 사람과 혼동한 것은 아닙니까?"

"퐁틴 초입에서 우리와 이웃해 사신 지가 벌써 5년입니다. 게다가 제가 르보크 씨 댁에 우유를 배달해드렸다고요."

만이가 목소리를 높여 대답했다.

예심판사가 지시를 내렸다. 별안간 현관문이 활짝 열리더니 안쪽에서 60대로 보이는 남자 하나가 즈크(면이나 마의 굵은 연사로 짠 두꺼운 천 – 옮긴이)로 만든 밤색 옷을 입고 밀짚모자를 쓴 채 홍조 띤 얼굴에 웃음이 가득하여 나타났다.

"르보크 영감…."

세 명의 사촌 형제가 동시에 분명한 말소리로 말했다.

이번엔 부검사가 예심판사에게 이야기했다.

"이 정도 거리에서는 착각했을 가능성이 없다고 보입니다. 고뒤 형제들이 도주자, 즉 살인자의 정체에 대해 착오를 범할 수 없다는 이야기지요."

"그야 물론이지. 하지만 이들이 말하는 게 과연 진실이냐는 말이야. 과연 이들이 본 게 진짜 르보크 씨냐 이거지. 자, 계속할까요?"

예심판사가 대꾸했다.

모든 사람들이 집 안으로 들어갔고, 사방의 벽이 책들로 뒤덮인 널따란 거실로 몰려들었다. 다만 가구는 몇 개 없었다. 서랍 한 개가 부서져 있는 커다란 책상 하나와 그저 데생이나 일삼는 변변치 않은 떠돌이 화가의 작품으로 여겨지는 일종의 채색 스케치 같은, 표구를 하지 않은 보슈렐 영감의 전신 초상화가 있었고, 바닥에는 희생자를 상징하는 마네킹이 놓여 있었다.

예심판사가 다시 입을 열었다.

"고뒤 씨, 당신이 도착했을 때 르보크 씨를 다시 보지는 못했습니까?"

"아뇨. 이쪽에서 신음 소리가 들려와서 그 즉시 내달려왔습니다."

"그럼 보슈렐 씨는 아직 살아 있었을 테고…."

"오! 숨이 간당간당 붙어 있었습니다. 양 어깨놀이 사이에 칼침을 맞은 채 배를 깔고 엎어져 있었습니다…. 우리는 무릎을 꿇고 살폈습니다…. 가엾은 영감이 무어라 중얼거리더군요."

"뭐라 말하는지 들었습니까?"

"아뇨…. 고작 한 단어를 들었지요…. 르보크라는 이름만 여러 차례 되풀이해서 말했습니다…. '르보크… 르보크…' 이렇게요. 그러고는 온몸을 뒤틀며 죽었습니다. 즉각 우리는 사방 곳곳을 뒤졌습니다. 하지만 르보크 씨는 어디에도 없었습니다. 열려 있던 부엌 창문으로 뛰어내린 게 분명했습니다. 그러곤 자기 집 뒤쪽까지 눈에 띄지 않게 이어진 작은 자갈길로 도망쳤겠지요…. 우리 셋은 이내 헌병대로 가서 이 사실을 이야기한 거고요…."

예심판사는 몇 가지 질문을 더 하고는 사촌 형제들이 르보크를 비난하는 내용을 다시 한 번 꼼꼼히 확인하고서는 이번엔 르보크 쪽으로 몸을 돌렸다.

르보크는 말을 중단하지도 않고, 조금도 화를 내지 않으며 그저 평온한 태도로 잠자코 듣고만 있었다. 고뒤 형제의 진술이 대단히 아둔하여 이런 어처구니없는 발언이 사법 당국에 신뢰성을 주리라고는 추호도 생각하지 않는다는 표정이었다. 이른바 그런 허튼소리에 일일이 논박하지 않겠다는 것이다.

"할 말 없으신가요, 르보크 씨?"

"없습니다."

"그럼 여전히…?"

"예심판사님, 저만큼이나 판사님께서도 잘 아시는 사실, 다름 아닌 진실을 여전히 주장하는 것입니다. 판사님께서 이제껏 심문한 퐁틴의 모든 사람들이 한결같이 대답했지요. '르보크 씨는 댁에서 하루 종일 한 발짝도 나오지 않았다. 정오에는 근처 여인숙에서 식사를 배달해주었고, 오후 4시에는 '창가 앞에서 파이프 담배를 피우며' 책을 읽었다'라고요. 그날은 날씨가 화창했습니다. 창문을 활짝 열어두었고 다섯 명, 무려 다섯 명이나 되는 행인이 저를 알아보았지요. 평소 오후와 마찬가지로, 내 정원 철책 사이로 그들이 나를 알아봤다고요."

"안 그래도 그들을 저녁 무렵에 소환했습니다."

"다행이네요. 그들이 진술 내용을 확인해줄 겁니다. 저는 신출귀몰한 재주도 없고, 동시에 이곳에도 있으면서 내 집에도 존재할 수가 없으니까요. 예심판사님, 제가 '시골 오두막'을 빠져나오는 것을 보았다거나 제 친구 보슈렐이 죽어가며 제 이름을 뇌까렸다는 것을 그대로 믿으시지는 않겠지요. 요컨대, 고 뒤 사촌 형제들은 가증스럽기 그지없는 망나니들이라는 것을 인정하시게 될 겁니다."

"그럼 이들 사촌 형제들에게 살해 사건에 대한 비난을 돌리시는 게 맞습니까?"

"오! 그저 단순한 가설입니다…."

"그러나 당시 나뭇단을 묶고 있던 드니즈 할멈 말로는, 비명 소리가 들려왔던 그 순간에 분명 이들 형제들과 함께 이야기를 나누고 있었다고 했습니다."

"세 명의 사촌 형제 중 **두 명**과 이야기를 나눈 겁니다. 그럼 과연 나머지 한 명은 어디에 있었던 걸까요?"

"약간 뒤쪽에 있었다는군요."

"할멈이 직접 보았다고 했나요?"

"그랬던 것 같다고 하더군요…. 확실하게 장담은 못 했습니다."

"그것 보십시오, 예심판사님. 칼부림이 일어나던 때에, 나머지 고뒤 형제 한 명이 바로 이곳 사건 현장에 없었다는 걸 누가 증명할 수 있습니까? 그리고 다른 두 명 역시 담을 뛰어넘은 것이 희생자를 구하기 위해서가 아니라 고함치는 입을 틀어막고 최후의 일격을 가하기 위해서가 아니라고 누가 장담하겠습니까?"

"그러면 그들은 무슨 이유로 당신을 꼭 집어 비난하는 것일까요?"

"제게는 작은 수렵지가 하나 있습니다. 고뒤 형제들은 구제불능의 밀렵꾼들이죠. 밀렵을 일삼다가 제가 고발하는 바람에 이들은 이미 두 차례나 현행범으로 체포되어 형을 살았습니다. 그래서 지금 와서 기어코, 일종의 자위책을 강구하기 위해 제게 복수하는 거지요."

"당신이 말한 바대로 단순한 가설일 뿐입니다. 그럼 살해 동기가 무엇일 것 같습니까?"

"그건 모르지요."

"혹시 서랍 속에서 훔쳐간 것이 무엇일지 짚이는 바가 없습니까?"

"아니오, 예심판사님. 내 친구 보슈렐은 누가 뭐라던 부자는 아니었어요. 그는 모아둔 돈을 증권 중개인에게 맡기지 절대 이곳에 그냥 두는 사람이 아닙니다."

"귀중품 같은 것도 없었습니까?"

"전혀요."

"그가 소장한 책들은 어떻습니까?"

"확인해보시면 아시겠지만 값어치가 있는 것들은 아닙니다. 바로 이 점을 보슈렐은 애석해했지요. 희귀본이나 오래된 장정본을 소장하고 싶어 했지만 그럴 형편이 아니었지요."

"혹시 그가 당신에게 고뒤 형제에 대해 이야기한 적은 없습니까?"

"전혀요. 가엾은 내 친구의 죽음을 앙갚음하고 싶은 마음이 굴뚝같긴 하지만, 전혀 사실이 아닌 것을 꾸며낼 수는 없지요."

심문은 계속되었고, 예심판사는 세 사촌 형제들에게 질문 공세를 폈다. 하지만 결국 대질심문은 아무런 성과 없이 끝났다. 일부 부차적인 사항들만 밝혀낸 후, 사법관들은 퐁틴으로 이동했다.

마을 경계에 위치한 르보크의 사유지는 '시골 오두막'에 비해 과히 크다고는 할 수 없었다. 보기 좋게 다듬어진 키 큰 산울

타리가 정원을 에워싸고 있었고, 정원 입구의 철책을 가로질러 원형의 작은 잔디밭 너머 흰색 도료로 칠해진 벽돌집이 눈에 띄었다. '시골 오두막'처럼 철책에서 집까지의 거리는 약 15미터 정도였다.

예심판사는 르보크에게 사건 당일의 모습을 재현해달라고 부탁했다. 요청대로 르보크는 창가에 앉아 무릎 위에 책을 올려놓고 파이프 담배를 입에 물었다.

역시, 그 위치에서 오인하는 것은 불가능했다. 철책 앞을 지나가며 집 쪽으로 잠깐이라도 눈길을 보내는 그 누구라도 르보크를 똑똑히 보지 못했을 리가 없다. 각자 퐁틴에 거주하는 농부나 상인으로서, 증인으로 소환된 다섯 사람은 자신들의 지난번 진술을 재차 확인해주어, 사건 당일 정오에서 오후 4시 사이에 르보크가 집에 있었다는 사실은 지금 사법관들 앞에 그가 존재하는 것처럼 의혹의 여지가 없었다.

사법관들은 이로 인한 당혹감을 감추지 못하고 베슈 형사에게 고스란히 드러냈다. 베슈가 예심판사에게 날카로운 통찰력을 지닌 탐정 친구라며 바르네트를 소개하자, 예심판사는 바르네트에게 묻지 않을 수가 없었다.

"복잡한 사건입니다. 어떻게 생각하십니까?"

"맞습니다. 바르네트, 어떻게 생각합니까?"

깍듯이 예의를 차리라고 권고했던 것을 눈짓으로 상기시키며 베슈도 바르네트에게 물었다.

사실 짐 바르네트는 '시골 오두막'에서의 모든 조사 과정을 잠자코 지켜보기만 할 뿐, 베슈가 수차례 던진 어떤 질문에도 묵묵부답이었다. 그저 간간이 고개를 끄덕이며 알 수 없는 단음절어들을 혼잣말로 중얼거릴 뿐이었다.

드디어 탐정이 입을 열고 상냥하게 대답했다.

"매우 복잡한 사건이군요, 예심판사님."

"그렇지요? 사실상, 양측 진술에 실린 무게가 팽팽한 균형을 이루고 있어요. 르보크 씨에게는 알리바이가 있지요. 오후 내내 자신의 집을 비운 적 없다는 부인할 수 없는 그 알리바이 말입니다. 하지만 세 사촌 형제의 주장도 충분히 일리가 있다고 여겨집니다."

"사실, 일리가 있습니다. 전자 **혹은** 후자가 분명 비열한 행동과 치졸한 연극을 펼치고 있습니다. 하지만 그게 과연 어느 쪽일까요? 무뢰한 같은 인상의 석연찮은 인물들인 고뒤 사촌 형제들이 결백하고, 순진하고 평온한 얼굴에 미소를 머금고 있는 르보크 씨가 범인일까요? 아니면 역할에 따른 드라마 배우의 생김새가 그러하듯이 생긴 대로 르보크 씨가 무고하고 고뒤 형제가 범행을 저지른 장본인들일까요?"

포르므리는 만족스러운 표정으로 대꾸했다.

"어쨌든, 당신의 추리도 우리보다 크게 앞서 있는 것 같진 않구려."

"오! 아닙니다. 상당히 더 앞서 있지요."

짐 바르네트가 정색하고 대답했다.

순간, 포르므리는 부아가 올라 입술을 오므리고는 이렇게 말했다.

"그렇다면 당신이 밝혀낸 것을 우리에게 좀 알려주시오."

"적절한 때에 잊지 않고 그렇게 하겠습니다. 예심판사님, 오늘은 새로운 증인을 한 명 더 소환해주실 것을 부탁드리도록 하겠습니다."

"새로운 증인?"

"네, 그렇습니다."

"증인의 이름이나 주소가 어떻게 됩니까?"

자못 어리둥절해진 포르므리가 다그쳐 물었다.

"그건 저도 모릅니다."

"뭐라고요? 지금 무슨 말을 하는 겁니까?"

포르므리는 이 '비범한' 탐정이 자신을 조롱하는 것은 아닌가 하는 생각이 들기 시작했다. 베슈는 조마조마 마음을 졸였다.

이윽고 짐 바르네트는 포르므리에게 다가가 몸을 기울이고는, 불과 십여 보 떨어진 발코니에서 무심히 담배를 태우고 있는 르보크를 손가락으로 가리키며 비밀스럽게 속삭였다.

"르보크 씨의 지갑 비밀 주머니 속에는 마름모꼴로 배열된 네 개의 작은 구멍이 나 있는 명함이 한 장 들어 있습니다. 그 명함이 우리에게 새로운 증인의 이름과 주소를 알려줄 겁니다."

이 괴이한 이야기에 포르므리는 어리둥절하고 있었지만, 베슈 형사는 조금도 주저하지 않았다. 아무런 연유도 대지 않고 다짜고짜 르보크의 지갑을 잡아채 열고는 그 안에서 마름모꼴로 배열된 네 개의 작은 구멍이 나 있는 명함을 꺼냈다. 명함에는 '미스 엘리자베스 러븐데일'이라는 이름과 파란색 글씨로 '파리, 방돔 그랑 호텔'이라는 주소가 적혀 있었다.

두 명의 사법관이 놀란 눈으로 서로를 바라보는 가운데, 베슈의 표정은 환해졌다. 하지만 르보크는 조금도 당황한 내색없이 이렇게 외쳤다.

"제기랄! 내가 그걸 얼마나 찾았다고, 이 명함 말이오! 내 가련한 친구 보슈렐도 마찬가지고!"

"그가 왜 이 명함을 찾은 겁니까?"

"오, 이런! 저에게 너무 많은 기대를 하시는군요, 예심판사님. 아마도 그 주소가 필요했겠지요."

"그럼 이 네 개의 구멍은 뭡니까?"

"그건 내가 에카르테 카드 게임에서 4점 딴 것을 표시해두기 위해 송곳으로 구멍 네 개를 뚫어둔 겁니다. 둘이서 종종 에카르테를 했거든요. 근데 조심스럽지 못하게도 제가 이 명함을 지갑 속에 넣어 가지고 다닌 모양입니다."

충분히 납득이 갈 만한 설명을 매우 자연스럽게 덧붙였기에, 포르므리는 그 대답을 호의적으로 받아들였다. 이제 남은 일은 어떻게 짐 바르네트가 생전 처음 보는 사람의 비밀 주머니 속에 들어 있는 명함의 존재를 알아맞혔는지를 아는 것이었다.

그러나 그 점에 대해 바르네트는 아무런 말도 하지 않았다. 그저 상냥하게 웃으면서 엘리자베스 러브데일의 소환을 집요하게 요청했고, 결국 소환을 수락받았다.

러브데일 양은 때마침 파리에 없었고 여드레 후에나 모습을 드러냈다. 그 한 주 내내, 포르므리가 짐 바르네트에 대한 찝찝한 기억으로 인해 극도의 자극을 받아 악착스럽게 수사를 진행했음에도 불구하고, 예심에서는 아무런 진전이 없었다.

"당신이 포르므리의 신경을 거스른 모양입니다. '시골 오두막'에서 집결한 그날 오후에 말입니다. 수사 협조를 거절하기로 결심했을 정도로 성이 났나 보더군요."

"그럼 이쯤에서 빠질까요?"

"아니. 새로운 사실이 있습니다."

"어떤 측면에서 말입니까?"

"포르므리가 입장을 정한 것 같습니다."

"다행입니다. 분명 잘못된 결정일 터이니, 비웃어줘야겠군요."

"제발 부탁입니다, 바르네트, 정중하게 대해줘요."

"정중하고 사심 없이 대하라. 내 그러마 하고 약속하지요, 베슈. 바르네트 탐정 사무소는 무료로 정보를 제공합니다. 아무것도 숨기는 것 없이 말입니다. 하지만 내 단언컨대 당신네 포르므리는 퍽 신경에 거슬려요."

르보크는 벌써 30분 남짓 기다리고 있었다. 드디어 러블데일 양이 차에서 내렸다. 곧이어 포르므리가 굉장히 쾌활한 표정으로 도착했고 바르네트를 보자 외쳤다.

"안녕하시오, 바르네트 씨! 그래 좋은 소식이라도 가져왔습니까?"

"그럴지도 모르죠, 예심판사님."

"아 그래요, 나 역시… 나 역시 마찬가지요! 일단 당신이 요청한 증인 문제부터 신속하게 처리하도록 합시다. 사실 난 별 흥미는 없어요. 당신의 증인 말입니다. 시간 낭비예요. 여하튼!"

엘리자베스 러브데일은 나이 든 영국 여자였다. 헝클어진 회색 머리에 무게 중심이 한쪽으로 치우쳐진 걸음걸이, 검소한 옷차림, 프랑스인처럼 유창하게 구사하는 프랑스어가 인상적이었다. 그러나 워낙 쉴 새 없이 떠들어대는지라 그녀의 말은 거의 알아들을 수 없을 정도였다.

아닌 게 아니라, 안으로 들어오자마자 아직 질문이 시작도 되기 전에 속사포처럼 이야기하기 시작했다.

"가엾은 보슈렐 씨! 살해되다니! 정말이지 정직하고 주의 깊은 사람이었는데! 그러니까 내가 그와 친분이 있었는지를 알고 싶은 거죠? 그리 많지는 않았어요. 딱 한 차례 용건이 있어서 이곳에 들렀어요. 보슈렐 씨에게 뭘 좀 사려고 했지요. 그런데 값이 안 맞아 흥정이 안 되었어요. 나로선 일단 내 남자 형제들과 상의를 한 후에 다시 만나야 했죠. 내 남자 형제들은 유명인사랍니다…. 최대… 그러니까 그걸 뭐라고 하더라? …옳거니, 런던 최대 규모의 식료품점을 운영하고 있지요…."

포르므리는 그녀의 입에서 쏟아지는 이 이야기들을 정리하려 했다.

"사려고 했던 게 무엇인가요?"

"작은 종이쪽지예요…. 양파 껍질을 연상케 하는 아주 작은… 종이요."

"값어치가 있는 물건입니까?"

"나한테는 대단히 가치가 있지요. 내가 그 사실을 보슈렐 씨에게 말한 게 잘못이었어요. 내가 말했죠. '보슈렐 씨, 아시는지 모르겠지만, 내 할머니의 어머니 되시는 아름다운 도로테는 조지 4세 왕조차 사랑의 노예로 만드셨죠. 그분은 왕으로부터 열여덟 통의 연애편지를 받아 열여덟 권의 리처드슨 전집의 송아지 가죽 장정본 속에… 책 한 권에 편지 한 통씩 넣어 보관해오셨어요. 그런데 그분이 돌아가신 후 우리 가족이 책을 발견했을 때에는 열네 번째 권이 그 안의 열네 번째 편지와 함께 사라져버린 상태였어요…. 그런데 바로 그 편지야말로 아름다운 도로테가 맏아들 출산 아홉 달 전에 그만 조신한 몸가짐을 태만히 했다는 사실을 입증할 만한 매우 흥미로운 내용을 담고 있었답니다. 그러니 보슈렐 씨, 이 편지를 되찾는다면 우리 가족이 얼마나 기뻐할지 아시겠지요! 바로 우리 러브데일 가문이 조지 왕의 후손이 되는 거랍니다! 지금 왕과 혈연관계가 된다 이거에요! 그만큼 우리에게 명예와 귀족 작위를 가져다줄 귀한 물건이랍니다!'"

엘리자베스 러브데일은 숨을 한 번 돌리고는 보슈렐 영감과 자신의 교섭에 관한 이야기를 계속 이어갔다.

"'그런데 보슈렐 씨, 지난 30년간 여기저기 발품도 팔고 수차례 광고도 내보고 한 끝에, 어느 경매에 나온 고서 한 묶음 가운데 리처드슨의 열네 번째 책이 포함되어 있다는 소식을 접하게 된 거예요. 그래서 그 책을 구입한 볼테르 제방의 헌책방으로 냉큼 달려갔고, 주인으로부터 어제 날짜로 그 책이 당신 소유가 되었다고 듣게 되었답니다.' 그러자 보슈렐 씨가 나에게 리처드슨 전집의 열네 번째 권을 보여주며 '그렇군요'라고 말하더군요. 난 그에게 '한번 살펴보세요. 열네 번째 편지가 바로 그 책의 뒷면, 표지 아래에 있을 거예요'라고 이야기했어요.

그는 이내 책을 들여다보더니 얼굴이 창백해지면서 묻더군요. '얼마에 사시겠소?' 비로소 제가 바보 같은 짓을 했다는 것을 알았죠. 편지 얘기를 하지 않았으면 그 책을 단돈 50프랑에 손에 넣을 수 있었을 텐데 말이에요. 저는 1000프랑을 제안했죠. 보슈렐 씨는 몸을 한 번 부르르 떨더니 곧 1만 프랑을 부르더군요. 결국 그 가격을 수락했죠. 그런데 그가 분별을 잃기 시작하더라고요. 저도 마찬가지였고요. 짐작하셨겠지만, 상황이 거의 경매 수준이었어요. 2만 프랑… 그다음엔 3만 프랑…. 급기야 5만 프랑을 부르더라고요. 보슈렐 씨는 완전히 벌게진 두 눈을 하고선 미친 사람처럼 외쳤죠. 이렇게 말이에요. '5만 프랑! 더는 단 한 푼도 감해줄 수 없소!' 맙소사, 그 금액이라면 내가 원하는 책이란 책은 몽땅 사들일 수 있어요! 최고급 호화 장정이라도 말이에요! …5만 프랑이라니! 그는 내처 선금을 수표로 요구했어요. 저는 다시 오겠다고 했지요. 그러자 보슈렐 씨는 이 책상 서랍에 책을 던져 넣고는 열쇠로 잠그고 나서 저를 배웅했어요."

엘리자베스 러븐데일은 아무도 귀담아듣지 않는 이외 쓸데없는 세세한 내용들을 주절주절 늘어놓으며 이야기를 마쳤다. 실은 어느 순간부터 짐 바르네트와 베슈 형사는 다른 것에 더 주의를 빼앗기고 있었다. 그건 바로 잔뜩 찌푸린 포르므리의 얼굴이었다. 틀림없이 뭔가 강렬한 감정이 그를 엄습하는 듯했다가, 다시 격한 기쁨에 사로잡혀 동요하는 모습을 보였다. 그러다가 급기야 둔탁한 목소리로 과장된 표현을 사용하면서 이렇게 속삭였다.

"그러니까 요컨대, 리처드슨 전집의 열네 번째 권을 요구하셨다는 말씀이시죠?"

"그래요."

"바로 여기 있습니다."

포르므리는 주머니에서 송아지 가죽으로 된 작은 책 한 권을 꺼내며 호들갑스레 말했다.

"설마, 그럴 리가!"

환희에 찬 영국 여자는 탄성을 터트렸다.

"바로 이겁니다. 그러나 조지 왕의 연애편지는 이 안에 없습니다. 있었다면 내 눈에 띄었겠지요. 하지만 오래전부터 그토록 애타게 찾아 헤매던 책도 결국엔 이렇게 찾았고, 둘 중 하나를 훔친 자가 필연적으로 다른 하나도 훔쳤을 터이니 분명 그편지도 찾을 수 있을 겁니다."

포르므리는 뒷짐을 진 채 자신의 승리를 음미하며 잠시 방안을 서성였다.

그러고는 갑자기 손으로 책상을 몇 차례 가볍게 두드리더니 이렇게 결론을 내렸다.

"자, 이렇게 해서 우리는 살해 사건의 동기를 알게 되었습니다. 가령, 엿듣기 좋은 장소에 있던 누군가가 보슈렐 씨와 러번데일 양이 주고받은 말을 듣고는 보슈렐 씨가 책을 넣어둔 장소를 기억해두었다고 합시다. 며칠 뒤, 이자는 책을 훔쳐내 열네 번째 편지를 팔아넘기기 위해 살인을 저지릅니다. 과연 이자는 누구일까요? 농가의 일꾼인 고뒤 형제는 내가 유력한 용의자로 지목해서 주목해오던 자들이지요. 어제 가택수사 중에,

난 그자들의 집 벽난로 벽돌들 사이에서 유난히 벌어져 있는 틈새를 눈여겨보았습니다. 그러곤 그 틈을 넓혀보았지요. 그랬더니 책 한 권이 그곳에 있지 뭡니까. 분명 보슈렐 씨의 서재에서 나온 책인 듯싶었습니다. 근데 마침 공교롭게 러븐데일 양의 진술로 밝혀진 새로운 사실들이 내 추론이 적절했다는 사실을 입증해주는군요. 고뒤가의 세 사촌 형제들에게 체포 영장을 발부할 것입니다. 이들이야말로 지독하게 몹쓸 자들인 데다 보슈렐 씨의 살해범이자, 르보크 씨에게 죄를 뒤집어씌우려던 놈들이지요."

여전히 점잔 빼는 자세를 유지한 채 포르므리가 고마움을 표해도 된다는 듯 내민 손을 르보크는 무척이나 감사해하며 부여잡았다. 그런 다음 포르므리는 자못 기품 있는 신사마냥 엘리자베스 러븐데일을 차까지 배웅하고는 사람들에게 돌아와서는 두 손을 비비며 외쳤다.

"자, 이제 이번 사건으로 꽤나 떠들썩하게 될 것 같군요. 한동안 제 귀가 즐겁게 간지러울 것 같아요. 뭐, 어쩌겠습니까. 이 포르므리는 야심가이고, 머잖아 파리의 부름도 받을 텐데요."

모두들 고뒤 형제의 집 쪽으로 발길을 옮겼다. 그곳에는 예심판사의 지시에 따라 이미 세 명의 사촌 형제가 삼엄한 감시 하에 집합해 있었다. 화창한 날이었다. 르보크가 뒤를 따르고 베슈 형사와 짐 바르네트가 자신의 양쪽을 에워싸고 있어 마치 호위라도 받는 듯 포르므리는 우쭐한 기분을 한껏 맛보며 빈정거리는 말투로 이야기했다.

"이것 봐요, 친애하는 바르네트 씨, 일이 꽤 신속하게 처리되지 않았습니까? 아쉽게도 당신의 예상과는 정반대 방향으로 말입니다! 당신은 르보크 씨에 대해 적대적이지 않았소이까?"

바르네트가 숨김없이 털어놓았다.

"예심판사님, 솔직히 말씀드리자면 이 고약한 명함에 다소 생각이 휘둘린 점을 인정합니다. 가령, 대질심문 당시 이 명함이 '시골 오두막' 바닥에 떨어져 있었고 그걸 본 르보크 씨께서 가까이 다가가서는 슬그머니 오른발을 그 위에 올려놓았다고 생각해보세요. 그러고는 신발 밑창에 명함이 붙은 채로 끌고 나와, 그제야 명함을 떼어내어 자신의 지갑 속에 슬며시 밀어 넣었다고 합시다. 그런데 축축하게 젖은 땅 위에 찍힌 그의 오른쪽 신발 밑창의 자국을 살펴보니, 이 밑창에는 마름모꼴로 배열된 네 개의 뾰족한 징이 자리해 있다 이겁니다. 결과적으로 저로선 르보크 씨가 본인이 바닥에 명함을 흘리고 왔다는 것을 알고는 엘리자베스 러븐데일의 이름과 주소가 알려지는 걸 막으려 이 같은 잔꾀를 피웠다고밖에는 생각할 수가 없었습니다. 그리고 사실상 이 명함 덕분에…."

순간 포르므리가 웃음을 터뜨렸다.

"이봐요, 바르네트, 그건 너무 유치한 발상이지 않습니까! 그저 쓸데없이 일만 복잡하게 만드는 꼴이군요! 어찌 그리 사람이 갈피를 못 잡고 꼬여 있는 겁니까? 이봐요, 바르네트, 내 원칙 중 하나가 바로 상식을 벗어난 엉뚱한 데서 답을 찾지 말자는 겁니다. 사실이 우리에게 보여주는 대로, 괜히 선입견의 틀에 짜 맞추려 하지 말고 그저 있는 그대로의 사실에 만족합시다."

르보크의 집이 먼저 가까워지고 있었다. 고뒤 형제의 거처에 이르기 위해서는 르보크의 집을 따라 지나가야만 했다. 포르므리는 바르네트의 팔을 붙들고는 자신의 경찰 심리학에 관한 일장 연설을 이어갔다.

"바르네트, 당신의 가장 큰 실수는 누구든 동시에 떨어진 두 장소에 있을 수 없다는 너무도 자명한 이 진리를 신성불가침의 것으로 인정하려 들지 않았다는 데 있어요. 모든 문제가 바로 거기에 있죠. 자신의 집 창가에서 담배를 태우던 르보크 씨가 같은 시각에 '시골 오두막'에서 살인을 저지를 수는 없는 거 아닙니까. 자, 르보크 씨는 지금 우리 뒤에 있습니다, 그렇지 않습니까? 그리고 그의 집 철책은 우리 앞쪽으로 열 발짝 떨어져 있잖습니까? 이런 상황에서 르보크 씨가 동시에 우리 앞에도 있고 그의 집 창가에도 존재하는 기이한 일이란 상상할 수 없지요."

그러다 갑자기 예심판사 포르므리는 제자리에서 펄쩍 뛰며 아연실색한 얼굴로 비명을 내질렀다.

"무슨 일입니까?"

베슈가 그에게 물었다.

포르므리는 손가락으로 집을 가리키며 떠듬거렸다.

"저, 저기… 저기…."

철책의 창살 너머로, 잔디밭 맞은편으로부터 20여 미터쯤 떨어진 열린 창문을 배경으로 집 안에서 파이프 담배를 피우고 있는 이는 르보크… 르보크 씨였다. 하지만 르보크는 지금 일행들과 동행하여 인도 위를 걷고 있지 않았는가!

이건 공포스러운 광경인가! 환각인가! 소름 끼치는 환영인가! 믿을 수 없을 만치 흡사한 용모를 가진 사람인가! 그렇다면 저기 저자, 지금 포르므리가 팔을 붙들고 있는 진짜 르보크처럼 저기서 그럴싸하게 행동하고 있는 저자는 누구인가?

베슈는 냉큼 철책 문을 열고 안으로 달려갔다. 포르므리 또한 고함을 지르고 협박조로 을러대면서 르보크와 쏙 닮은 저 악랄한 형상을 향해 내달려갔다. 그런데 그 형상은 동요하는 기색도 없고 조금의 미동도 없는 것이었다. 하긴 어찌 동요하고 어찌 움직일 수가 있겠는가. 좀 더 가까이 다가가서야 확인된 사실이지만, 그건 그저 초상화에 불과했던 것이다. 정확히 창틀에 그 규격을 맞춘 하나의 화폭에 '시골 오두막'에서 보았던 보슈렐 영감의 초상화와 동일한 기법으로 붓질한, 분명 같은 사람의 손으로 그려진 것으로, 파이프 담배를 태우는 르보크의 모습이 그럴듯하게 담겨 있었다.

포르므리가 뒤를 돌아보았다. 그때까지 바로 곁에서 붉은 반점이 핀 얼굴에 웃음이 가득해 온화한 분위기를 풍기던 르보크는 예기치 못한 사태를 감당하지 못하고는 마치 몽둥이로 한대 얻어맞은 듯 그 자리에 맥없이 주저앉고 말았다. 그는 울면서 솔직히 자백했다.

"내가 순간 이성을 잃었나 봐요…. 그럴 마음은 없었는데 내가 내리쳤어요. 반씩 나누자고 했는데… 그 친구가 거절했어요…. 그래서 완전히 돌아버렸어요…. 그럴 생각은 없었는데 내가 내리쳤어요…."

그러곤 입을 다물었다. 곧이어 그 정적을 깨고 짐 바르네트의 심술궂고 빈정거리는 듯한 격한 목소리가 들려왔다.

"자! 예심판사 나으리, 이에 대해 어떻게 생각하십니까? 당신의 비호를 받던 이 발칙한 르보크 영감탱이 말입니다! 알리바이를 교묘하게 꾸며놓은 솜씨가 정말 탁월하지 않습니까! 그러니 어찌, 매일 이 부근을 무심히 왕래하는 사람들이 봤을 때 진짜 르보크를 본 것이라 믿지 않을 수가 있겠습니까! 나는 첫날 보슈렐 영감의 초상화를 보면서부터 단박에 짐작했습니다. 혹시 동일한 화가가 친구인 르보크의 초상화도 그려주지 않았을까 하고 말입니다. 그 후로 나는 그림을 찾아다녔고 그리 오래 걸리지 않아 찾아냈지요. 르보크는 우리가 자신의 속임수를 알아채기에는 지나치게 바보인 줄로만 알았는지, 그 그림을 헛간 구석 쓸모없는 잡동사니 더미들 아래에 그저 둘둘 말아 처박아놓았더라 이 말입니다. 그가 당신의 소환을 받아서 떠난 잠시 후, 나는 이곳에서 그림을 못으로 박아 고정시켰지요. 바로 이런 식으로 '시골 오두막'에서 살인을 행하는 동시에 집에서 파이프 담배를 태울 수가 있었던 겁니다!"

짐 바르네트는 더할 수 없이 모질게 굴었다. 그의 카랑카랑하고 높은 목소리에 불운한 포르므리는 마음이 갈기갈기 찢겨지는 듯하였다.

"교양 있는 신사의 삶을 살아온 사람이 어찌 그런 짓을 저지를 수 있단 말입니까! 명함에 관한 일련의 이야기들이라든가, 에카르테 게임에서 딴 4점을 표시해두었다는 네 개의 구멍 얘기는 얼마나 그럴싸했는지! 그리고 어느 날 오후 이 남자가 고뒤 형제의 집 벽난로 속에 몰래 가져다 놓은 책은(내가 미행했소) 또 어떻고! 아, 그가 당신에게 보낸 익명의 편지도 빠뜨릴 수 없습니다! 난 틀림없이 그 편지가 예심판사인 당신에게 행동 개시를 촉발하게 한 바로 그 물건이라 생각했지요. 빌어먹을 르보크 영감, 그 순진한 늙은 얼굴로 나를 잘도 가지고 놀았어. 순 파렴치한 인간 같으니!"

백지장처럼 하얗게 질린 얼굴을 한 채, 포르므리는 스스로를 억누르고 있었다. 그는 르보크를 한참 노려보고 있다가 급기야 이렇게 중얼댔다.

"놀랄 일도 아니야… 저 음흉한 눈빛… 저 비굴한 태도를 보면 알 수 있지. 이런 야바위꾼 같은 놈!"

돌연한 분노가 포르므리를 사로잡았다.

"그래, 천하의 야바위꾼이야! 이제부터라도 제대로 다뤄주겠어…. 우선 그 편지, 열네 번째 편지 말이야. 어디에 숨겼지?"

저항할 힘을 잃은 르보크는 우물우물 말했다.

"왼쪽 방 벽에 걸어둔 파이프 속에…. 파이프 속 담뱃재를 긁어내지 않았습니다… 편지는 그 속에…."

모두들 서둘러 방 안으로 들어갔다. 베슈는 이내 파이프를 찾아내고는 담뱃재를 헤집어보았다. 하지만 파이프의 담배통 속에는 아무것도, 활자 하나도 남아 있지 않았다. 그 사실에 르보크는 어찌해야 할 바를 몰라 했고 포르므리의 분노는 극한으로 치달았다.

"거짓말쟁이! 협잡꾼! 파렴치한! 아! 이 불한당, 네놈이 입을 열어야 한다는 것을 잘 알고 있겠지! 반드시 편지를 되돌려놓아야만 할 거야!"

바로 그때, 베슈와 바르네트의 시선이 서로 마주쳤다. 바르네트는 빙긋이 웃고 있었다. 베슈는 순간 두 주먹을 불끈 쥐었다. 바르네트 탐정 사무소가 무료 정보 제공이라는 아주 특별한 방식을 표방하며, 고객들에게 단 한 푼의 돈도 요구하지 않았다고 떳떳하게 주장하는 짐 바르네트가 어떤 방식으로 사설 탐정의 안정된 생활을 유지해올 수 있었는지 베슈는 이제 알 것만 같았다.

베슈는 바르네트에게 다가가 낮은 목소리로 말했다.

"수완이 꽤 좋군요. 아르센 뤼팽에 버금가는 실력입니다."

"뭐라고요?"

바르네트는 짐짓 천진난만한 얼굴로 대꾸했다.

"편지를 슬쩍 빼돌린 것 말입니다."

"아! 눈치챘습니까?"

"아무렴!"

"할 수 없지 않습니까. 원래 영국 왕들의 친필 서한을 수집하는 취미가 있는지라."

그로부터 석 달 후, 런던에서 엘리자베스 러븐데일은 기품 있는 옷차림을 한 낯선 신사의 방문을 받았다. 그는 자신이 조지 왕의 연애편지를 구할 수 있다고 호언장담하며 그녀에게 10만 프랑이라는 '헐값'을 요구했다.

협상은 난항을 거듭해 진행되었다. 엘리자베스는 런던 최대 규모의 식료품점을 운영하는 자신의 남자 형제들에게 의견을 물었다.

그들은 처음에는 논쟁을 벌이며 거부하더니만 종국에는 제안을 수용했다.

  그 기품 있는 신사는 결국 10만 프랑을 손에 넣은 데다 고급 식료품을 가득 실은 마차 한 대를 몰래 빼돌렸다. 그러나 그 마차의 행방은 그 누구도 알지 못했다….

3
바카라 게임

기차역을 빠져나오려는 찰나, 짐 바르네트는 베슈 형사를 만났다. 베슈는 다짜고짜 그의 팔을 잡고는 다급하게 잡아끌며 말했다.

"지체할 시간이 없습니다. 촌각의 시간 내에 상황이 악화될 수 있습니다."

"내가 상황이 어떻게 돌아가는지 좀 알면 불운이 더 커지기라도 할 것처럼 구는군요. 당신이 친 전보를 받고 온 겁니다. 영문도 모른 채 말입니다."

짐 바르네트가 제법 논리적으로 대꾸했다.

"그게 바로 내가 원했던 겁니다."

형사가 대답했다.

"그래, 더 이상 나를 의심하지 않기로 한 겁니까, 베슈?"

"난 여전히 당신에 대해 의혹을 품고 있습니다, 바르네트. 바르네트 탐정 사무소의 고객들과 셈을 치르는 당신의 방식에 대해서도 마찬가지고요. 하지만 이번 경우에는 건질 만한 게 전혀 없습니다. 한 번만 무료로 일 좀 해줘야겠습니다."

짐 바르네트는 휘파람을 불었다. 형사의 이야기에 마음이 동하지 않는 내색이었다. 베슈는 벌써부터 초조해져서 마치 '이봐, 당신 도움 없이 해결할 수만 있었어도…!'라고 말하는 듯한 얼굴로 바르네트를 불신의 눈으로 바라보았다.

그들이 역 앞 광장에 이르렀다. 자가용 한 대가 저만치 떨어져서 대기하고 있었는데, 그 안에 안색이 도드라지게 창백하고 아름다운 얼굴을 한 극적인 분위기의 부인이 바르네트의 눈에 띄었다. 여자의 눈가에는 눈물이 맺혀 있고, 입술은 번민으로 일그러져 있었다. 여자가 이내 차 문을 밀어 열자 곧이어 베슈가 서로를 소개했다.

"부인, 이쪽은 짐 바르네트 씨입니다. 부인을 구해드릴 수 있는 유일한 사람이라고 일전에 말씀드렸지요. 그리고 이쪽은 푸즈레 부인. 현재 고소될 위기에 처해 있는 엔지니어 푸즈레 씨의 부인이십니다."

"고소라니, 어떤 혐의로 말입니까?"

"살인입니다."

짐 바르네트가 가볍게 혀를 끌끌 찼다. 그 모습에 눈살을 찌푸린 베슈는 부인에게 양해를 구했다.

"내 친구 바르네트의 실례를 용서하십시오. 사건이 심각할수록 편안함을 느끼는 묘한 재주가 있는 사람입니다."

자동차는 어느새 루앙 제방을 향해 달리고 있었다. 그러다 좌회전을 하고는 어느 대저택 앞에 멈추었다. 그곳 4층은 상트르 노르망에서 사교 클럽으로 이용되는 곳이었다.

"여기가 바로 루앙과 인근 지역의 거물급 상인들과 기업가

들이 모여 담소를 나누거나 신문을 읽고, 때로는 브리지나 포커 게임을 즐기는 곳입니다. 특히 증권 거래가 이뤄지는 금요일에는 더 활기가 넘치죠. 정오가 되기 전에는 건물 관리인들만 있으니, 이곳에서 벌어진 사건 정황에 대해 찬찬히 설명할 여유가 충분할 겁니다."

건물의 전면을 따라 위치해 있는 세 개의 커다란 살롱은 안락한 가구들과 양탄자로 멋지게 꾸며져 있었다. 세 번째 살롱은 원형의 아주 자그마한 방과 연결되어 있었다. 그 방의 유일한 창문은 센 강의 제방들을 한눈에 굽어볼 수 있는 커다란 발코니 쪽으로 열려 있었다.

그들은 의자에 자리 잡고 앉았다. 푸즈레 부인만이 약간 떨어져서 창가에 앉았고, 이윽고 베슈가 이야기를 시작했다.

"그러니까 몇 주 전 금요일, 네 명의 클럽 멤버가 저녁 식사를 배불리 한 후 포커를 치기 시작했습니다. 이 네 친구는 루앙 인근의 대규모 공장단지인 마롬의 방적 공장과 제조 공장을 운영하는 공장주들이지요. 이중 알프레드 오바르, 라울 뒤팽, 루이 바티네, 이 셋은 결혼을 했고 한 집안의 가장인 동시에 훈장 수여자이기도 합니다. 나머지 한 명은 미혼이며 좀 더 젊은 막심 튈리에라는 사람입니다. 그리고 자정 무렵, 또 한 명의 젊은 친구 폴 에르슈타인이 합류하게 됩니다. 그는 금리 수입으로 살아가는 매우 돈 많은 부자죠. 이들 다섯은 살롱이 점점 한산해지자 본격적으로 바카라 판을 벌이기 시작했습니다. 폴 에르슈타인은 열정도 있고 도박도 예사로 자주 즐기는 자라 자연스레 노름판의 뱅커가 되었죠."

베슈는 테이블 가운데 하나를 가리키며 말을 이었다.

"여기, 바로 이 테이블에서 판을 벌였습니다. 초반에는 시간을 보낼 참으로 시작한 거라 별로 주의를 기울이지 않고 제법 조용히 진행되었지요. 그러다가 폴 에르슈타인이 샴페인 두 병을 주문한 직후부터는 판이 점점 활기를 띠기 시작했죠. 근데 느닷없이 그때부터 뱅커에게 유리하게 운이 따르더라 이 말입니다. 갑작스럽고 부당하고 냉혹하고 역정이 치밀어오르게 하는 그런 운 말이죠. 폴 에르슈타인은 차례가 되어 패를 뒤집어야 할 때마다 9가 되는 패를 뒤집었고, 필요한 때에는 나쁜 패를 내밀기도 했고요. 당연히 나머지 사람들은 약이 올라 판돈을 배로 올렸죠. 하지만 허사였답니다. 더 이상 길게 말하지 않아도 상황이 뻔하지 않습니까? 결국 모두가 고집을 부려 도가 지나치게 된 이 광태의 결과 좀 들어보시죠. 새벽 4시쯤, 마롬의 공장주들은 직원들에게 급료를 지급하려고 루앙에서 가져온 돈을 몽땅 잃었지 뭡니까. 심지어 막심 튈리에는 폴 에르슈타인에게 구두 약속으로 8만 프랑이나 빚을 지게 되었습니다."

베슈 형사는 잠시 숨을 고르고는 다시 이야기를 시작했다.

"그런데 갑자기 극적인 반전이 펼쳐졌습니다. 고백컨대 그것은 실로 극적인 반전이라 할 수 있지요. 폴 에르슈타인이 자신의 사심을 버리고 무한한 호의를 베푼 덕분에 뜻밖의 이변이 일어난 겁니다. 그는 자신이 딴 돈 전액을 네 명이 잃었다고 한 금액과 정확히 일치하게 네 등분으로 나누더니, 그걸 다시 한 뭉치에 세 다발씩 각 네 개의 뭉치로 나누었습니다. 그러고는 네 명의 상대에게 최종 세 판의 게임을 제안했습니다. 다름 아닌 각자 세 다발씩의 돈뭉치로 죽기 아니면 까무러치기의 노름판을 벌이는 셈이었죠. 모두 제안을 받아들였어요. 그런데 폴 에르슈타인이 세 판을 연거푸 진 겁니다. 노름판의 운이 뒤집힌 거죠. 그렇게 사투의 각오로 임한 밤을 지새운 끝에, 결국 더 이상 승자도 패자도 없는 처음 상태에 다시 이르렀다는군요. 폴 에르슈타인은 자리에서 일어나 이렇게 말했답니다. '차라리 잘됐네. 내 사실 좀 염치가 없었거든. 아이고, 머리가 지끈거리는구먼! 누구 발코니에서 담배 한 대 같이 태울 사람 없나?' 그렇게 말하고는 발코니가 딸린 원형의 작은 방으로 건너갔죠. 몇 분이 흘렀고 그동안 네 명의 친구들은 테이블에 둘러앉은 채 방금 끝낸 게임의 우여곡절에 대해 즐겁게 한담을 나누었습니다. 그러다가 결국 자리에서 일어나기로 했답니다. 그들은 두 번째 살롱과 첫 번째 살롱을 가로질러 나오다가 대기실에서 졸고 있던 문지기 하인에게 귀띔해줬습니다. '에르슈타인 씨가 아직 안에 있네, 조제프. 하지만 그리 오래 걸리진 않을 걸세.' 그러곤 정확히 4시 35분에 그들은 건물을 떠났습니다. 매주 금요일 저녁마다 그래왔듯, 그중 한 명인 알프레드 오바르가 자신의 차로 마롬까지 모두를 데려다주었죠. 한편, 하인 조제프는 한 시간을 기다렸답니다. 그 후 야간 보초로 인해 고단했던 조제프는 직접 폴 에르슈타인을 찾아 나섰고, 결국 원형의 작은 방 안에 쓰러져 있는 그를 발견한 겁니다. 그런데 그는 몸이 뒤틀린 채 꼼짝도 하지 않은 시신의 상태더라 이겁니다."

베슈 형사는 다시 한 번 숨을 골랐다. 푸즈레 부인은 끝내 고개를 떨궜다. 짐 바르네트가 형사와 그 외딴 원형의 방을 둘러

보고는 말했다.

"자, 이제 각설하고 조사에서 뭐 좀 드러난 게 있습니까…?"

"폴 에르슈타인은 둔기로 관자놀이를 맞아 즉사한 것으로 밝혀졌습니다. 저항의 흔적은 전혀 없었습니다. 다만 폴 에르슈타인의 손목시계가 4시 55분, 즉 함께 노름을 한 사람들이 떠난 뒤 20분 후를 가리킨 채 부서져 있다는 점이 유일한 단초입니다. 절도의 흔적도 전혀 없습니다. 반지며 은행권이며 어느 것 하나 없어진 게 없습니다. 외부 침입의 흔적 역시 없어요. 조제프가 자리를 비운 적이 없었으니 대기실을 통해 침입자가 드나들었을 가능성도 일절 없지요."

"그럼, 일말의 흔적조차 없다는 얘깁니까?"

"있습니다."

베슈가 머뭇거리며 다시 밝혔다.

"있긴 합니다. 딱 한 가지, 매우 중대한 흔적이죠. 그날 오후, 루앙의 내 동료 중 하나가 예심판사에게 다음의 사실을 알렸습니다. 이 원형 방의 발코니가 옆 건물 4층의 발코니와 그리 멀리 떨어져 있지 않은 곳에 위치해 있다는 겁니다. 검찰청은 서둘러 그 건물에 조사 인력을 파견했고 바로 그곳 4층은 엔지니어 푸즈레 씨가 거주하는 곳으로 밝혀졌습니다. 마침 그는 아침부터 부재중이었고, 푸즈레 부인이 남편의 방으로 사법관들을 안내했지요. 아닌 게 아니라 정말로 그 방의 발코니는 원형 방의 발코니에 인접해 있더라 이겁니다. 자, 한번 보십시오, 바르네트."

바르네트가 다가가 살펴보고 말했다.

"약 1미터 20센티미터 정도 거리로군. 충분히 뛰어넘겠어. 그렇다고 해도 여길 뛰어넘었다는 증거는 전혀 없잖습니까?"

베슈가 명확하게 말했다.

"그렇지도 않습니다. 여기 좀 보시지요. 난간을 따라 늘어놓은 화분용 나무 상자들에, 지난여름에 넣어둔 흙이 그대로 보존되어 있죠? 그 안을 한번 파보았답니다. 근데 그중 가장 가까이 있는 화분에서, 최근에 파헤친 듯 보이는 흙 표면 바로 아래쪽에 브라스너클(손가락 관절에 끼우는 금속 무기 – 옮긴이)이 들어 있지 뭡니까. 법의학자에 따르면 희생자에게서 발견된 상처는 바로 그 무기의 모양과 정확히 일치하더란 말입니다. 아침부터 비가 계속 내려 무기의 금속 표면에는 지문 자국이 하나도 남아 있지 않았지만, 그래도 피의자에 대한 결정적 증거가 될 만하지요. 불이 켜진 원형의 방에서 폴 에르슈타인을 목격한 엔지니어 푸즈레 씨가 발코니를 뛰어넘어 범행을 저지른 다음 무기를 감춘 겁니다."

"하지만 범행 동기가 뭡니까? 그가 폴 에르슈타인과 안면이 있는 사이였습니까?"

"아니오."

"그러면?"

베슈가 신호를 보내니 푸즈레 부인이 다가와서 바르네트의 질문을 경청했다. 그녀의 수심 가득한 얼굴이 고통으로 일그러졌다. 불면으로 인해 생기를 잃은 눈꺼풀 아래로 떨어지려는 눈물을 간신히 참아내는 듯했다. 떨리는 목소리로 여자가 대답했다.

"제가 답변을 드릴 차례인 것 같군요. 숨김없이, 간단히 말씀 드릴게요. 그러면 저의 이 고통을 이해하시게 될 거예요. 내 남편은 폴 에르슈타인 씨와 일면식도 없는 사이예요. 하지만 저는 그를 알았죠. 파리에 사는 제 절친한 친구의 집에서 몇 차례 만난 적이 있어요. 그런데 이내 저에게 치근대는 게 아니겠어요. 저는 제 남편을 진심으로 사랑하고 있으며 아내로서의 본분을 충분히 자각하고 있어요. 그래서 전 폴 에르슈타인에게 끌리지 않으려고 무척이나 저항했어요. 단지 요 인근 시골에서 몇 차례 만나자고 하는 부탁만 들어줬을 뿐이랍니다."

"그에게 편지를 쓴 적 있습니까…?"

"네."

"그리고 편지가 폴 에르슈타인의 가족 수중에 넘어갔나요?"

"그의 아버지가 가지고 있어요."

"그래서 아버지가 아들의 죽음에 대해 기어코 복수하려고 사법 당국에 이 편지들을 넘기겠노라고 당신을 협박하는 건가요?"

"네, 이 편지들은 우리 사이가 나무랄 데 없는 성질의 관계라는 것을 입증해주고 있어요. 하지만 또 한편으로는 남편 모르는 동안 제가 그를 만났다는 걸 밝히기도 하죠. 그런데 편지 문구에 이런 문장이 들어가 있어요. '부탁입니다, 폴, 분별 있게 행동하세요. 내 남편은 질투심도 강하고 매우 난폭하답니다. 만약 그이가 제 모순된 행동을 의심하기라도 하면 수단과 방법을 가리지 않을 거예요.' 그러니 이 편지가 검찰의 기소에 새로운 영향력을 미치게 되지 않겠어요? 질투심, 그것이 사람들이

찾던 바로 그 범행 동기가 될 테고, 이 살인 사건과 남편의 방 앞에서 무기가 발견된 것에 대한 이유가 될 테니 말이에요."

"하지만 부인, 푸즈레 씨가 약간의 낌새도 채지 못했다고 확신하십니까?"

"네, 물론이에요."

"부인은 부군께서 결백하다고 생각하십니까?"

푸즈레 부인은 펄쩍 뛰며 대답했다.

"오! 두말할 나위가 없는 일이에요."

바르네트는 여자의 두 눈 깊은 곳을 가만히 응시했다. 이 여인의 확신이 베슈에게 깊은 인상을 심어주어, 드러난 사실들과 검찰 측의 견해, 직업적 조심성에도 불구하고, 그로 하여금 여자를 돕도록 만들었다는 것을 알 수 있었다.

바르네트는 몇 가지 질문을 더 한 후 한동안 생각에 잠기더니 이렇게 결론지었다.

"부인, 저로선 부인께 어떤 희망도 드릴 순 없습니다. 논리로만 따진다면 당연히 부군에게는 혐의가 농후합니다. 하지만 논리의 오류를 밝히도록 노력을 해보겠습니다."

"제 남편을 한번 만나보세요. 그이의 설명을 좀 들어보시면…."

푸즈레 부인이 간절히 부탁했다.

"불필요합니다, 부인. 애초부터 부군의 혐의를 벗기고 부인께서 확신하는 방향으로 노력을 기울이는 것만이 제가 부인을 돕는 이유이니까요."

면담은 끝났다. 바르네트는 지체 없이 투쟁을 개시했고, 베슈 형사를 대동하고 희생자의 아버지를 방문해 단도직입적으로 물었다.

"저는 푸즈레 부인이 고용한 사람입니다. 부인이 아드님께 보낸 편지를 검찰에 제출하실 건가요?"

"그렇소, 오늘 제출할 거요."

"아드님이 그 누구보다 사랑했던 여인의 평판을 해하고, 그 여인을 파멸시키는 데 전혀 주저함이 없으시다는 건가요?"

"그 여자의 남편이 내 아들을 죽였다면, 그녀에게는 유감스럽지만 내 아들의 죽음에 대해 복수를 해야겠소."

"그럼 제게 닷새의 시간을 주십시오. 다음 화요일에 살인자의 정체가 밝혀질 것입니다."

그 닷새 동안, 짐 바르네트는 베슈 형사를 여러 차례 어리둥절하게 만드는 방식으로 시간을 사용했다. 그 스스로 또는 베슈 형사를 시켜서 엉뚱한 교섭을 하고, 심문 조사를 펼치고, 숱한 부하 직원들을 동원하며 많은 돈을 쓰기도 했다. 하지만 별로 만족스러워 보이지는 않았다. 오히려 평소와는 반대로, 말수가 줄고 다소 울적한 기분을 드러내기도 했다.

화요일 아침, 그는 푸즈레 부인을 만나 말했다.

"베슈 형사가 검찰 측으로부터 오늘 오후에 사건 당일 밤의 정황 재현 작업 약속을 받아냈습니다. 부군께서도 소환되셨습니다. 부인도 마찬가지고요. 무슨 일이 벌어지더라도 부디 침착하셔야 하고, 가능한 한 무심한 척해주세요."

푸즈레 부인이 중얼거리듯 물었다.

"제가 희망을 가질 수 있을까요…?"

"사실, 저조차도 전혀 알 수 없습니다. 전에 말씀드렸듯 저는 '당신의 확신', 즉 푸즈레 씨의 무죄에 승부를 걸어보는 것뿐입니다. 가능성 있는 가설을 뒷받침해주는 논거를 통해 그 무죄를 입증하려 노력해보겠습니다. 하지만 어렵겠죠. 진실을 손에 넣었다고 가정하더라도(제가 그렇게 믿는 것처럼 말입니다) 진실은 최후의 순간까지 몸을 숨기고 있을지도 모르니까요."

조사를 실시한 검사장과 예심판사는 의식 있는 법관들이어서, 오로지 드러난 사실에만 기초할 뿐 선입견에 따라 그 사실을 해석하려 들지 않았다.

"그런 사람들과 함께한다면 당신도 괜스레 충돌을 일으키거나 빈정거리지 않으리라 생각됩니다, 바르네트. 그들은 나에게 아주 흔쾌히 내 방식대로 마음껏 재량을 펼칠 기회를 주었습니다…. 아니, 오히려 당신 방식대로가 맞는 말이겠군요. 그 점을 잊지 말길 바랍니다."

베슈 형사가 바르네트에게 말했다.

"베슈 형사, 나는 승리에 대한 확신이 있을 때만 빈정댑니다. 그런데 오늘은 좀 아니군요."

바르네트가 대꾸했다.

세 번째 살롱은 많은 사람들로 붐비고 있었다. 사법관들은 원형의 방 문간에 서서 그들끼리 이야기를 나누다가, 그 방에 들어갔다가, 잠시 후 다시 돌아 나왔다. 공장주들도 와 기다리고 있었으며, 경찰들과 형사들도 왔다 갔다 하며 여기저기 살피고 있었다. 폴 에르슈타인의 아버지는 그들과 거리를 두고 하인 조제프와 함께 서 있었다. 푸즈레 부부는 방 한구석에서,

푸즈레는 어둡고 불안한 표정을, 푸즈레 부인은 평소보다도 더 창백한 얼굴을 하고 있었다. 사람들은 엔지니어가 체포되는 것은 이미 정해진 일이라 알고 있었다.

사법관 중 한 명이 네 명의 노름꾼에게 말을 건넸다.

"신사 여러분, 금요일 밤의 사건 재현 작업을 실행토록 하겠습니다. 자, 그럼 그날 진행되었던 것과 같이 바카라 게임을 시작하기 위해 테이블 주변으로 각자 자리를 찾아 앉아주시기 바랍니다. 베슈 형사, 당신이 뱅커 역할을 맡아주시오. 신사분들께 그날 소지했던 것과 동일한 액수의 지폐를 준비해 오라고 미리 요청했습니까?"

베슈는 그렇다고 대답하고는 테이블 정중앙에 앉았다. 알프레드 오바르와 라울 뒤팽은 그의 왼편에, 루이 바티네와 막심 튈리에는 그의 우측에 각자 자리했다. 카드 여섯 벌이 배치되어 있었고 베슈가 카드를 가르고 섞었다.

이상한 점은 그 비극적인 밤과 마찬가지로 이내 운이 뱅커에게 기우는 것이었다. 마찬가지로 그날의 뱅커 폴 에르슈타인이 그랬듯 베슈도 쉽게 돈을 땄다. 형사는 8이나 9의 패를 보이는 반면 나쁜 패들은 양쪽 노름판으로 번갈아 돌아갔고, 고집스러운 운은 단숨에 그 기세를 몰아 같은 양상이 변조 없이 규칙적으로 나타나다가, 기어코 이 형세가 첫판을 득점하게 만들었다.

이처럼 기계적으로 반복되는 양상은 마치 마술에 의한 것처럼 보였고, 이것은 노름꾼들이 이미 겪었던 충격을 다시 한 번 반복하는 상황인 만큼 더욱 당혹스러운 방향으로 진행되어갔다. 어찌할 바를 모른 막심 튈리에는 두 번이나 실수를 범했고, 짐 바르네트는 참지 못하고 독단적으로 베슈의 오른쪽 그 자리를 차지하고 앉았다.

거침없이 상황이 빠르게 진행되었기 때문에, 10분쯤 지나자 네 명의 친구들이 지갑에서 꺼내 놓은 지폐들의 절반 이상이 베슈 앞의 녹색 융단에 수북이 넘쳐났다. 짐 바르네트에 의해 자리에서 밀려난 막심 튈리에는 차츰 말문이 막히기 시작했다.

속도가 점점 빨라졌다. 그러다가 한순간에 노름판이 극한점에 다다랐다. 폴 에르슈타인이 그랬던 것처럼, 베슈는 자신이 딴 몫을 각자 잃었다는 액수에 맞춰 넷으로 나누고, 최종 세 판의 '죽기 아니면 까무러치기' 판을 제안했다.

비극적인 그날 밤에 대한 기억으로 동요된 노름꾼들은 눈길로 그를 쫓았다.

베슈는 세 차례에 걸쳐 양쪽 노름판에 패를 돌렸다.

그런데 폴 에르슈타인이 그랬던 것처럼 연거푸 세 차례 지는 대신, 베슈는 세 차례 모두 이기는 것이 아닌가.

참석자들 사이에서 탄성이 터져 나왔다. 재현의 기적이 끝까지 이어지기 위해 뒤집어졌어야 할 행운이 왜 여전히 뱅커 쪽에 붙어 있는 것인가? 상이한 현실로 들어가기 위해 기존의 현실로부터 빠져나왔다면, 이 또 다른 꼴의 현실이 타당한 것이라 믿어야만 할까?

"당황스럽군요."

베슈가 말했다. 여전히 뱅커 역할을 맡고 있던 베슈는 그렇게 말하고 나서 네 개의 돈뭉치를 호주머니에 넣은 뒤 자리에서 일어났다.

폴 에르슈타인과 마찬가지로 베슈는 두통을 호소하며 발코니로 함께 나갈 사람이 없는지 물었다. 베슈는 담배에 불을 붙이며 발코니로 향했다. 멀찍이, 원형 방의 문을 통해 그의 모습이 보였다.

나머지 사람들은 긴장된 얼굴로 제자리에 가만히 앉아 있었다. 테이블 위에는 카드들이 흩어져 있었다.

그러자 이번에는 짐 바르네트가 일어났다. 도대체 어떤 영문으로 바르네트의 얼굴과 실루엣이 좀 전에 그가 노름판에서 쫓아내고 자리를 대신 차지하고 앉은, 막심 튈리에의 외모 그 자체처럼 보이게 된 것일까? 막심 튈리에는 30대의 청년으로 몸에 꼭 맞는 저고리 차림에 말끔히 면도한 턱, 코에 걸친 금테 코안경이 눈에 띄었고, 어딘지 병약하고 초조해 보이는 분위기를 풍겼다. **그런데 짐 바르네트의 모습이 딱 그러했다.** 그는 천천히, 다소 기계적인 발걸음으로 원형의 방 쪽으로 나아갔다. 그는 적이 준엄하고 굳은 얼굴, 또 어찌 보면 애매모호하고 당황한 듯한 복잡한 표정을 하고 있었다. 그것은 흡사 소름 끼치는 행동을 저지를 것만 같은, 그러다가 겁쟁이처럼 범행 직전에 어디론가 내뺄 것도 같은 사람의 표정이었다.

노름꾼들은 그의 그런 얼굴을 정면에서 제대로 보지 못했다. 하지만 사법관들은 그의 얼굴을 살폈다. 그들은 바르네트의 뛰어난 연기력 덕에, 잠시 짐 바르네트를 잊고서 승리로 의기양양해진 상대에게 다가가는 파산한 노름꾼 막심 튈리에만을 떠올릴 뿐이었다. 무슨 꿍꿍이를 담고 저러는 걸까? 스스로 통제

하려 애를 쓰고 있는 그 얼굴에는 심리적으로 혼란한 기색이 역력했다. 간청하러 가는 것일까, 아니면 명령이나 위협을 하려고 가는 것일까? 원형의 방에 발을 들이자, 그는 비로소 냉정을 되찾았다.

그는 문을 닫았다.

사건 재현이(상상의 사건일까 아니면 재구성된 사건일까?) 실제처럼 너무나 생생해서 사람들은 침묵 속에서 가만히 지켜보고 있었다. 나머지 세 명의 노름꾼들 역시 그 닫힌 문에 시선을 고정한 채 숨죽여 기다렸다. 그들에게 저 문 뒤에서 벌어지고 있는 일은 바로 비극적인 그날 밤에 벌어진 일이었으며, 저 문 뒤에 있는 이는 각자 살인자와 희생자의 역할을 맡고 있는 바르네트와 베슈가 아니라 그곳에서 서로 맞섰을 막심 튈리에와 폴에르슈타인이었다.

한참 뒤 살인자가(살인자가 아니고 달리 뭐라 부를 수 있으랴?) 나왔다. 비틀거리는 걸음걸이로, 환각에 사로잡힌 듯한 눈빛을 한 채, 친구들 곁으로 돌아왔다. 그의 손에는 네 뭉치의 돈다발이 쥐어져 있었다. 그중 한 뭉치를 테이블에 던지고는 나머지 세 개의 뭉치를 세 명의 주머니에 강제로 쑤셔 넣고는 이렇게 말했다.

"방금 폴 에르슈타인과 이야기를 나누고 왔는데, 이 돈을 여러분께 되돌려주라고 하더군요. 그는 이 돈을 원하지 않는다고요. 자, 이제 갑시다."

그로부터 네 발짝쯤 떨어져 있던 막심 튈리에, 진짜 막심 튈리에는 파랗게 질리고 일그러진 얼굴을 하고 의자에 등을 기대고 있었다. 짐 바르네트가 그에게 슬며시 말했다.

"바로 이런 거 아니겠습니까, 막심 튈리에? 그날의 상황이 사건의 요지를 정확하게 살려 재현되었지요? 그날 밤 당신이 수행한 역할을 내가 제법 잘 연기하지 않았습니까? 내가 범행을 곧잘 묘사하지 않았느냐 이 말이오, 바로 당신이 저지른 범행 말이오."

막심 튈리에는 더 이상 무슨 말도 알아들을 수 없는 지경에 이른 듯했다. 고개를 숙이고 두 팔을 축 늘어뜨린 모습이, 미풍에도 쓰러질 것만 같은 꼭두각시처럼 보였다. 그는 흡사 술 취한 사람처럼 비틀거렸다. 두 무릎이 휘청거리더니 급기야 의자에 털썩 주저앉고 말았다.

바르네트는 막심 튈리에에게 달려들어 멱살을 움켜잡았다.

"자, 이제 털어놓으시지? 그것 외에는 다른 방법이 없을걸. 이미 모든 증거를 확보해뒀으니까. 그 브라스너클… 당신이 그걸 항상 몸에 지니고 다녔다는 걸 난 진작 밝혀낼 수 있었어. 게다가 도박에서 돈을 날리자 실의에 빠졌겠지. 그래, 내가 조사해본 바로는 당신 사업 실적이 크게 저조하더군. 월말의 채무 지급 기한이 다가오자 돈이 더 필요했을 테지. 거의 파산할 지경이었으니까. 그래서… 그래서 후려친 거야. 그러곤 무기를 어찌할 바를 몰라 발코니를 뛰어넘어 흙 아래에 파묻은 거지."

바르네트가 더 이상 애를 쓸 필요가 없었다. 이미 막심 튈리에는 저항할 의지를 상실한 상태였다. 그로선 감당하기에 지나치게 중한 범죄를 저지른 탓에, 지난 몇 주간 그 범죄의 무게와 중압감에 짓눌려 있었다. 남자는 자신의 의지와 상관없이, 정신착란을 보이는 빈사 상태의 사람처럼 별다른 자각 없이, 끔찍한 실토의 말들을 중얼중얼 늘어놓았다.

살롱은 일시 소연해졌다. 예심판사는 죄인 위로 몸을 기울이고 그의 입에서 무의식적으로 튀어나오는 범행 자백을 낱낱이 기록했다. 폴 에르슈타인의 아버지는 살인자에게 달려들려 했고 엔지니어 푸즈레는 분노로 소리를 질러댔다. 그러나 그 누구보다 분격에 찬 이들은 아마도 막심 튈리에의 친구들이었다. 특히 그들 중 가장 연장자이자 가장 명망이 높은 알프레드 오바르는 갖은 욕설을 퍼부었다.

"파렴치한 같으니! 그 불쌍한 친구가 우리에게 돈을 돌려주었다고 믿게 해놓고는, 실제로는 죽이고 돈을 빼앗다니."

그는 돈뭉치를 막심 튈리에의 머리에 집어 던졌다. 분개한 다른 두 명 역시 이제는 진저리 나는 돈을 바닥에 내던지고 발로 짓밟았다.

그러다가 침착한 분위기가 점차 회복되었다. 사람들은 울먹이며 실신하기 일보직전인 막심 튈리에를 다른 방으로 끌고 갔다. 형사 한 명이 돈뭉치들을 그러모아 사법관들에게 가져다주었다. 그들은 푸즈레 부부와 폴 에르슈타인의 아버지를 집으로 돌려보낸 뒤 짐 바르네트의 예리한 통찰력에 대해 찬사를 보냈다.

이에 바르네트는 대꾸했다.

"사실, 막심 튈리에의 몰락은 단지 이 비극적 사건의 진부한 측면에 불과합니다. 신문의 가십난 정도에 실릴 만한 사건에 불과한데도 이 사건을 매우 납득하기 어려운 사건처럼 만든 기이함은 전혀 별개의 문제에서 비롯되고 있습니다. 그건 저와 무관한 일이긴 하지만 원하신다면 제가…."

그러고서 짐 바르네트는 낮은 목소리로 대화를 나누고 있던 세 명의 공장주들에게 다가가 오바르의 어깨를 슬쩍 두드리며 말했다.

"오바르 씨, 잠깐 얘기 좀 나눌까요? 제 생각엔, 아직까지 매우 모호한 이번 사건에 대해 당신이 명쾌한 답을 줄 수 있을 것 같은데요."

"무얼 말이오?"

알프레드 오바르가 물었다.

"당신과 당신 친구분들께서 이 사건에서 맡은 역할에 관해 말입니다."

"하지만 우린 맡은 역할이 없소."

"물론 적극적인 역할은 아니었겠죠. 하지만 몇 가지 당혹스러운 모순점들이 남아 있지요. 제가 조금만 짚어드리면 충분하리라 생각됩니다. 사건 다음 날 아침부터 당신들은 바카라 게임이 세 번 연이어 **당신들에게 유리한** 방향으로 흘러가 결국 그때까지 잃었던 돈을 되찾고 순탄히 이곳을 떠났다고 진술했습니다. 그런데 이 진술은 드러난 사실들과 모순되지 않습니까."

오바르는 머리를 설레설레 흔들며 대꾸했다.

"사실 거기엔 오해의 소지가 있습니다. 실상, 마지막 세 판은 우리가 진 게 맞아요. 폴 에르슈타인은 자리에서 일어났고, 그때까지만 해도 온전해 보이던 막심은 담배를 태우기 위해서 그의 뒤를 따라 원형 방으로 갔지요. 우리 셋은 그동안 계속해서 이야기를 나누고 있었습니다. 한 7~8분쯤 지났을 때 막심이 돌아와서 우리에게 말하더군요. 폴 에르슈타인은 이 게임을 전혀 진지하게 생각하지 않았으며 그저 술기운에 노름 흉내만 내본 거라 딴 돈을 우리에게 돌려준다고요. 다만 사람들이 이 사실을 알지 못하도록 하고, 만약 이번 게임에 대해 사람들에게 이야기할 경우 판돈을 정확히 치르고 계산을 끝낸 걸로 알게 하도록 하는 조건을 내세웠답니다."

바르네트가 언성을 높이며 말했다.

"그 같은 말도 안 되는 제안을, 아무런 이유도 없는 선물을 그저 냉큼 받아들였다! 그런 선물을 받아먹으면서 폴 에르슈타인에게 고맙다는 인사 한마디 하지 않았다! 허, 노름판에서 잃고 따는 일에 도가 튼 냉혹한 도박사 폴 에르슈타인이 자신에게 온 행운을 전혀 만끽하지 않은 게 자연스러운 일이었다? 무슨 그런 믿기지도 않는 말을!"

"새벽 4시였어요. 머릿속이 과열로 지끈지끈 쑤셨다고요. 막심 퇼리에는 이것저것 따지고 생각해볼 시간을 주지 않았어요. 게다가 우리는 막심의 말을 있는 그대로 믿었을 뿐 아니라, 그가 사람을 해치고 돈을 강탈했다는 사실을 전혀 몰랐는데 무얼 따지고 물었겠습니까?"

"하지만 그다음 날, 폴 에르슈타인이 살해되었다는 것을 알았잖소."

"네, 하지만 우리가 떠난 후에 살해된 거라고 생각했어요. 혼자 남아서 담배를 태우고 싶어 했으니 말이오."

"그럼 단 한 순간도 막심 퇼리에를 의심하지 않았다는 말인가요?"

"무슨 권리로 의심을 합니까? 막심은 우리의 일원이에요. 그의 아버지는 내 친구였고 나는 그를 어렸을 때부터 알아왔어요. 아니오, 우리는 전혀 의심하지 않았습니다."

"확실합니까?"

짐 바르네트는 냉소 어린 목소리로 툭툭 던지듯 말을 내뱉었다. 알프레드 오바르는 잠시 머뭇거리다가 목소리를 높여 반격했다.

"선생, 당신 질문하는 게 꼭 취조라도 하는 것 같구려. 도대체 무슨 까닭으로 우리가 여기에 불려나와 있는 거요?"

"예심의 측면에서 보자면 증인으로 나와 있는 것이고, 내 관점에서 보자면…."

"당신 관점에서 보자면 뭐요?"

"곧 설명하지요. 선생."

그러고는 침착한 목소리로 바르네트가 말을 이었다.

"사실, 이번 사건은 당신들이 불러일으키는 신뢰라는 심리적 요인에 의해 점철되어 있습니다. 물리적으로, 범행은 외부 혹은 내부로부터 자행될 수밖에 없었지요. 그런데 조사는 곧장 외부에 초점이 맞추어졌고, 이러한 이유로 **선입견 때문에** 부유하고 훈장까지 받은 흠잡을 데 없이 명망이 높은 네 명의 공장주들이 쌓아온 신망과 청렴함에 의혹을 두지 않은 거지요. 만약 당신들 중 하나가, 만약 막심 튈리에가 단독으로 폴 에르슈타인과 2인 게임인 에카르테를 했었더라면, 사람들은 의심할 여지없이 그에게 의혹을 두었겠지요. 하지만 당신들은 네 명이었고, 결국 막심은 자신의 세 친구들의 침묵 덕분에 잠시나마 위기를 모면하게 된 거요. 당신 셋과 같은 중요 인사들이 공범이 될 수 있다고는 그 누구도 상상하지 못했으니 말이오. 하지만 그것은 사실이고, 난 진작 그걸 간파했지요."

알프레드 오바르는 소스라치게 놀랐다.

"당신 미쳤군요! 공범이라고요?"

"오! 꼭 그렇다는 건 아닙니다. 당신은 분명 막심 틸리에가 폴 에르슈타인을 따라서 원형의 방 안으로 들어갔을 때, 그가 그곳에서 무슨 일을 하려 했는지 몰랐습니다. 하지만 막심 틸리에가 어떤 정신 상태로 그 방에 들어갔는지는 알고 있었죠. 그가 다시 돌아왔을 때, 그곳에서 무슨 일인가 벌어졌다는 사실을 알았던 겁니다."

"우린 아무것도 몰랐소!"

"그럴 리가, 뭔가 험악한 상황이 벌어졌다는 걸 알고 있었지요. 어쩌면 범죄 행각까지는 생각하지 못했어도, 서로 점잖게 이야기나 나눴다고는 생각하지 않았을 테지요. 다시 한 번 말하지만, 막심 틸리에가 당신들에게 돈을 도로 가져다줄 만한 뭔가 험악한 상황이 벌어졌다는 것을 당신들은 짐작하고 있었어."

"그렇지 않소!"

"아니! 아니! 아니, 알고 있었어! 당신 친구 같은 비겁자는 질겁하고 정신 나간 표정을 얼굴에 드러내지 않고서 사람을 죽일 수 없어. 그가 범행을 저지르고 돌아왔을 때, 그 표정을 당신들이 읽어내지 못했다는 것은 불가능해."

"단언컨대 우리는 아무것도 눈치채지 못했소!"

"알고 싶지가 않았겠지."

"그건 또 무슨 말이오?"

"왜냐하면 그가 당신들에게 잃었던 돈을 되돌려주었으니까. 그래, 당신 셋 모두가 부유하다는 사실은 나도 알고 있어. 하지만 이번 바카라 게임은 당신들의 이성을 마비시켰지. 다른 모든 노름꾼들과 마찬가지로 당신들도 주머니가 탈탈 털렸다는 생각을 가졌던 거지. 그래서 그 돈이 다시 돌아오자, 친구가 무슨 수로 그 돈을 받아 왔는지는 알려고 하지도 않고 제 몫을 챙기기에 바빴던 거야. 당신들은 비밀을 누설하지 않기 위해 안간힘을 다해 바동거렸어. 그날 밤 당신들을 태우고 마름으로 향하는 차 안에서 그날 일에 대해 공모하고 보다 덜 위험한 변명거리를 이리저리 궁리했어야 했음에도, 당신들 중 그 어느 누구도 단 한 마디 입을 열지 않았다지. 나는 이 사실을 당신네 운전사를 통해 알았어. 게다가 그다음 날도, 또 그다음 날도, 그리고 살인 사건이 확인된 후에도, 당신들은 서로를 피해 다녔지. 그토록 서로의 심중을 내보이기가 두려웠던 거야."

"모두 억측이요!"

"확신이지! 당신의 측근들을 은밀히 조사하여 얻게 된 확신 말이야. 친구를 고발하는 것, 그건 당신들의 초기 과실을 공식적으로 인정하는 것이자, 당신들과 당신 가족에 세간의 관심이 집중되고 지난 오랜 시간 동안 공들여 쌓아온 명예와 정직성에 그림자를 드리우는 것을 의미했겠지. 이런 불상사가 있나! 그래서 당신은 입을 다물고 사법 당국을 우롱하며 당신의 친구 막심을 보호했던 거야."

어찌나 강한 어조로 고발이 이루어지고 입체적이고 면밀히 사건이 설명되었던지, 오바르는 잠시 머뭇거렸다. 그런데 갑자기 짐 바르네트가 태도를 바꾸며 더 이상 다그치지 않는 것이었다. 그는 웃음을 터트리며 말했다.

"안심해도 좋아요, 선생. 당신 친구 막심은 심약한 성격과 양심의 가책 탓에 쉽게 무너뜨릴 수 있었소. 내가 뱅커에게 유리하도록 미리 카드를 손보아놓고 방금 전 게임에 트릭을 쓴 것이나, 그의 범행을 그대로 재현한 것도 막심을 혼란에 빠뜨리는 데 역시 한몫했죠. 하지만 그에 대해서도, 당신들에 대해서도 더 이상의 증거를 가지고 있지는 않습니다. 그리고 당신들은 쉽게 무너질 사람들도 아니고. 더구나 다시 한 번 반복해 말하지만, 당신들의 공범 여부가 애매모호하고 근거가 취약한 상황인 데다 이는 꿰뚫어 보고 판단하기가 어려운 영역 안에 속해 있단 말이오. 그러니 걱정할 거 없소이다. 다만…."

짐 바르네트는 상대에게 좀 더 가까이 다가가 얼굴을 마주보며 말했다.

"다만 당신들이 지나치게 안이한 상황을 즐기는 것은 금할 작정이오. 당신들이 침묵하고 교활하게 군 나머지, 당신 셋 모두는 어둠 속으로 숨어들고 다분히 의도적인 이 공모를 마침내 외면하기에 이르렀소. 난 이 점을 반대하오. 당신들 의식 깊은 곳에서는 그런 악행에 얼마간 동참했다는 사실을 결코 망각해서는 안 된단 말이오. 당신 친구가 원형의 방에 폴 에르슈타인을 뒤따라가지 않도록 막았다면 폴 에르슈타인은 죽지 않았을 거고, 당신들이 알고 있던 것을 미리 말했더라면 막심 튈리에는 그가 모름지기 받아야 하는 벌을 모면할 뻔하는 지경에까지 이르지도 않았을 거요. 이 점에 관해서는 사법 당국에 해명해야 할 거요, 선생. 당국에서는 매우 관대하게 처리하리라 생각되지만 말이오. 그럼 이만."

짐 바르네트는 모자를 눌러쓰고는, 상대의 분연한 어조를 조금도 개의치 않은 채 예심판사에게 말했다.

"저는 푸즈레 부인에게 남편을 구해드리고 폴 에르슈타인의 부친께는 진범을 가려내겠다고 약속했습니다. 이제 약속을 이행했습니다. 내 임무는 끝난 것 같군요."

사법관들과 돌아가며 나눈 악수에는 열기가 식어 있었다. 아마도 바르네트의 논고가 그들에게 절반만 만족스러웠던 모양이고, 바르네트의 논고 방향 그대로 따를 의향이 전혀 없는 듯했다.

층계참에서 베슈 형사와 마주친 바르네트는 말했다.

"아까 그 세 위인들은 난공불락입니다. 결코 호락호락 자신들을 건드리게 내버려 두지 않을 겁니다. 제길! 돈과 명예로 무장하고 사회적으로 지지를 받는 부르주아들, 나의 예리한 추리만 아니라면 그들에게 맞설 이는 없겠지…. 사실 사법 당국이 감히 그들을 '밟고' 가리라 생각지는 않습니다. 상관없어요! 나는 할 일을 다 마쳤으니."

"그것도 정직하게 말이죠."

베슈가 대꾸했다.

"정직하게?"

"그야 물론이죠! 도중에 뱅커의 돈뭉치를 몽땅 슬쩍하는 것은 당신에게 일도 아니었을 텐데 말입니다. 사실, 일순간 그 점이 걱정스러웠습니다."

"도대체 나를 어떻게 생각하는 겁니까, 베슈 형사?"

바르네트가 제법 의연하게 대꾸했다.

베슈와 헤어지고 건물에서 나온 후, 바르네트는 이웃 건물로 올라갔다. 그곳에서 푸즈레 부부가 진심으로 감사를 표하며 그를 맞이했다. 여전히 의연한 태도로, 그는 사례를 물리치고 폴 에르슈타인의 부친을 방문했을 때와 마찬가지로 초연한 자세를 보이며 말했다.

"바르네트 탐정 사무소는 무료 봉사를 제공합니다. 그것이 바로 바르네트 탐정 사무소의 힘이요, 품위이지요. 우리는 오직 명예를 위해 일합니다."

짐 바르네트는 호텔 계산서를 지불하고는 역까지 짐을 운반해줄 것을 요청했다. 그러고는 베슈가 자신과 함께 파리로 돌아갈 것이리라 생각한 듯 제방을 지나 클럽 건물 안으로 들어갔다. 바르네트는 2층에서 멈추었다. 때마침 형사가 내려오고 있었다.

베슈는 분주히 내려오다가 바르네트를 알아보고는 성난 목소리로 윽박을 질렀다.

"아! 당신 거기 있었구먼, 당신!"

그는 단숨에 몇 계단씩 뛰어 내려오며 상대의 옷깃을 부여잡았다.

"당신, 돈다발을 어떻게 했습니까?"

"돈다발이라니?"

바르네트가 천연덕스럽게 물었다.

"막심 튈리에 역할을 맡았을 때 원형의 방에서 손에 쥐고 있던 지폐들 말입니다."

"이런! 네 뭉치 모두 돌려줬잖소! 방금 전에 그 점에 대해 나를 칭찬까지 하지 않았습니까, 이 친구야."

"지금 알고 있는 걸 아까는 몰라서 그런 게 아닙니까!"

베슈가 고함쳤다.

"그래, 그럼 지금 알고 있는 건 뭐요?"

"당신이 돌려준 돈다발이 모조리 가짜라는 것."

베슈는 분통을 터트리면서 부르짖었다.

"당신은 사기꾼에 불과해! 아! 이쯤에서 끝나리라 생각했겠지! 당신 진짜 돈다발을 내놔야 할 거야, 지금 당장! 다른 돈다발들은 몽땅 위폐였다는 것을, 당신은 그 사실을 잘 알고 있잖아, 이 야바위꾼!"

목이 멘 베슈는 격분해서 짐 바르네트를 붙잡고 마구 흔들어댔으나, 바르네트는 폭소하면서 잘 알아들을 수 없는 소리로 말했다.

"아! 날강도 같은 놈들…. 뭐, 놀랍지도 않소…. 그래, 그들이 막심의 머리에 내던진 돈다발이 위폐였다는 말이오? 이 너절한 놈들! 돈뭉치를 가지고 오라고 했더니 고작 위폐를 들고 오다니!"

이제 베슈는 이성을 잃고 지껄였다.

"그 돈은 희생자의 유족들에게 돌아가야 한다는 거 몰라? 폴 에르슈타인이 딴 돈이고, 그러니까 그 돈은 다른 사람들이 되돌려주어야만 하는 거잖아!"

바르네트의 즐거운 웃음소리는 그칠 줄 모르고 계속되었다.

"아이고! 이런 불미스러운 일이 있나! 자, 그럼 이번에는 그들이 도둑맞은 거군! 두 번째야! 도둑놈들이 벌을 받았구먼!"

"거짓말쟁이! 나를 속였어! 바꿔치기 한 긴 바로 당신이잖아…! 바로 당신이 몽땅 슬쩍했어…. 불한당… 사기꾼!"

베슈가 끈덕지게 으르렁거렸다.

한편, 클럽 문을 나선 사법관들은 극도로 흥분한 베슈 형사가 목소리조차 나오지 않은 채 요란한 몸짓을 하고 있는 모습을 보았다. 그의 앞에는 벽에 기댄 짐 바르네트가 눈에 눈물을 다 글썽이며 포복절도하도록 웃고… 웃고… 또 웃고만 있었다!

4
금니의 사나이

거리에 면한 탐정 사무소의 창문에 드리워진 커튼을 걷어 올리며 짐 바르네트가 웃음을 터트렸다. 봇물 터지듯 쏟아져 나온 웃음에 그만 두 다리가 힘이 풀려 주저앉아야 했을 정도였다.

"우하하하하하! 정말 재밌는 일이야! 이거 전혀 예상도 못했는데… 베슈가 나를 보러 오다니! 세상에나! 굉장히 재밌어!"

"뭐가 그리 재밌으십니까?"

베슈 형사가 안으로 들어서자마자 대뜸 물었다.

그는 하도 웃어서 헐떡이며 짧은 감탄사를 연발하면서 깔깔거리는 이 남자를 가만히 바라보다가, 난처한 빛이 역력한 얼굴로 되물었다.

"뭐가 그리 재미있는 겁니까?"

"그야 물론 자네가 나를 보러 온 거지, 이 친구야! 루앙 클럽 사건 후에도 이곳에 찾아올 용기를 내다니. 대단한 베슈야!"

베슈가 하도 안절부절 어쩔 줄을 몰라 하는 기색이라 바르네트도 웃음을 진정하고 싶은 마음이었다. 하지만 도무지 멈출 수가 없었다. 계속해서 발작적으로 터져 나오는 웃음에 목이 다 멜 지경이었다.

"미안, 미안, 베슈… 너무 웃겨서 그래! 자, 자네 좀 보게나. 사법 당국의 사절로 나를 찾아와 다시 한 번 어떤 놈을 등쳐먹으라고 먹잇감을 가져온 모양새 아닌가! 이번에도 백만장자인가? 아니면 장관? 친절하기도 해라! 참, 일전에 자네가 그런 것처럼 나도 이제 말을 놓기로 했네. 사실 우리 둘 이제 친구가 아닌가? 자, 물에 젖은 고양이마냥 형편없는 얼굴은 하지 말게나… 자, 용건을 꺼내보게나. 무슨 문젠가? 이번엔 또 누가 도움을 요청했나?"

베슈는 냉정을 되찾으려 애를 쓰며 분명한 목소리로 말했다.

"파리 근교의 한 순박한 신부의 일입니다."

"그 순박한 신부가 살육이라도 한 건가? 교구 신자 중에 하나를?"

"아니, 그 반대입니다."

"뭐라고? 교구 신자 중에 하나가 신부를 죽이려 했다? 그래 내가 그를 어떻게 도우면 되겠나?"

"아니… 아니… 단지…."

"빌어먹을! 자네의 청산유수 말솜씨가 오늘은 다 어디로 도망갔나, 베슈! 좋아! 말은 그쯤하고 나를 그 파리 근교에 사는 순박한 사제에게 안내하게나. 자네를 따라나서는 것이라면 내 가방은 언제나 출발 준비 완료일세."

바뇌이는 로마네스크 양식으로 지어진 오래된 성당을 마치 초목의 울타리처럼 둘러싸고 있는 분지와 세 개의 언덕 경사면에 걸쳐 형성되어 있는 작은 마을이었다. 이 성당의 뒤편에는 작은 시골 공동묘지가 펼쳐져 있었고, 그 오른쪽에는 영주의 저택이 자리해 있는 대농장의 울타리가, 그 왼쪽에는 사제관 벽이 경계를 형성하고 있었다.

바로 그곳, 그 사제관 식당 안으로 베슈가 짐 바르네트를 안내했다. 그러고는 그의 사전에 불가능이라는 단어란 없는 유능한 탐정이라고 데술 신부에게 바르네트를 소개했다. 실제로 그는 겉으로 보나 품성으로 보나 순박한 성직자였다. 적당히 살집이 있는 체격에 발그레한 얼굴, 중년의 나이로 보이는 그 사제는 평소에는 온화했을 얼굴에 뭔가 마뜩잖은 문제로 근심을 가득 드러내고 있었다. 통통하게 살이 오른 그의 두 손과 두툼한 손목 살, 번들거리는 싸구려 캐시미어 사제복을 팽팽하게 부풀린 불룩 솟은 복부가 바르네트의 눈에 띠었다.

바르네트가 신부에게 말했다.

"신부님, 저는 신부님을 근심에 빠지게 한 사건에 대해서는 아직 아는 바가 없습니다. 내 친구 베슈 형사가 예전에 신부님을 알 기회가 있었다는 말만 하더군요. 지엽적인 것들은 제외하고 사건의 본론만 간략히 설명해주시겠습니까?"

데술 신부는 미리 이야기를 준비한 듯, 전혀 주저하지 않고 이내 자신의 그 두 겹으로 접힌 턱의 깊은 곳에서 노래하듯 낮은 목소리를 끌어내며 술술 이야기를 풀어냈다.

"바르네트 씨, 이 점은 알고 계셔야 합니다. 우리 교구의 보잘것없는 겸임 사제들은 18세기에 바뇌이 성의 영주들이 우리 성당에 유증한 성물들을 관리하는 역할도 겸하고 있답니다. 금으로 된 성체현시대 두 개, 십자고상 두 개, 촛대들, 감실 한 개가 있지요. 아뿔싸, 이제는 있다가 아니라 있었다고 말해야 할까요? 아홉 개의 성물이 있었답니다. 아주 멀리에서도 사람들이 이 성물들을 보기 위해 찾아와 감탄해 마지않았지요. 나로 말할 것 같으면….”

데솔 신부는 이마에 송골송골 맺히는 땀방울을 닦아내면서 말했다.

“나로 말할 것 같으면, 이 성물 관리에는 늘 많은 위험이 도사리고 있다고 생각했기에 두려움만큼이나 책임감을 느끼며 신중을 기해서 이 업무를 수행해왔다고 말씀드릴 수 있습니다. 이곳에서도 여기 이 창을 통해서 성당 뒤편과 두꺼운 벽 너머로 성물이 보관되어 있던 제의실을 볼 수 있습니다. 그 안으로는 문이 단 한 개 있는데, 참나무로 만들어진 묵직한 원목 문은 성가대 주위의 회랑 쪽으로 나 있답니다. 오로지 나만이 그 문을 열 수 있는 커다란 열쇠를 가지고 있지요. 그리고 오직 나만이 성물을 보관하는 금고 열쇠를 가지고 있으며, 오직 나만이 성물을 보러 온 방문객들을 인솔합니다. 그리고 내 방 창문이 제의실 위쪽으로 난 창살 달린 채광창에서 15미터도 떨어져 있지 않기 때문에, 매일 밤 아무도 모르게 그곳에 밧줄을 연결해두었습니다. 불법 침입의 낌새가 조금이라도 보일라치면 경보 벨이 울려 잠을 깰 수 있도록 하려고요. 게다가 매일 저녁, 그중에서 가장 귀한 성물인 보석들로 빼곡히 장식된 성유물함은 내 방 안에 올려다 두었습니다. 그런데, 지난밤….”

다시 한 번, 데솔 신부는 손수건을 이마로 가져갔다. 이 비운의 사건에 대한 이야기가 전개되어감에 따라 이마에 맺힌 땀방울이 점점 굵고 무겁게 흘러내렸다. 신부는 다시 이야기를 이어갔다.

"그런데 간밤에 새벽 1시경, 제가 침대에서 벌떡 일어나 잠이 덜 깬 채로 어둠 속에서 갈지자 걸음으로 비틀거리게 된 것은 벨 소리 때문이 아니었습니다. 바로 무언가 마루 위로 떨어지면서 낸 소리 때문이었어요. 그 순간 성유물함이 번뜩 머리에 떠오르며, 누가 훔쳐간 건 아닐까 하는 생각이 들더군요. 그래서 저는 소리쳤지요. '거기 누구요…?' 아무 대답이 없었습니다. 하지만 저는 확실히 느꼈습니다. 누군가가 내 앞에, 아니면 내 가까이에 있다는 걸요. 또한 그가 창문을 뛰어넘었다는 걸 알 수 있었습니다. 밖으로부터 찬 기운이 흘러들었거든요. 나는 어둠 속을 더듬어서 겨우 회중전등을 손에 쥐고는 불을 켜고 팔을 높이 힘껏 추켜올렸지요. 바로 그때, 매우 짧은 순간이었지만, 차양을 푹 내려 쓴 회색 모자 아래로 추켜세운 밤색 옷깃 사이에서 잔뜩 찌푸린 얼굴을 언뜻 보았습니다. 얼굴을 찌푸리느라 반쯤 벌어진 그의 입 왼쪽 부분에서 금니 두 개가 반짝이더군요. 근데 별안간 그 남자가 제 팔을 철썩 내리치면서 제가 들고 있던 손전등을 떨어뜨리는 게 아니겠습니까…. 난 이내 그가 사라진 방향 쪽으로 내달렸습니다. 하지만 그는 어디로 사라진 걸까요? 제가 제자리에서 빙글빙글 돌고 있던 게 아니었을까요? 여하튼, 그러다 저는 창문 반대편에 있는 벽난로 대리석에 부딪히고 말았지요. 간신히 성냥을 찾았을 땐 이미 방이 텅 비어 있었습니다. 발코니 난간 위로, 성당 창고에서 빼내온 사다리 하나만 걸쳐져 있을 뿐이었지요. 역시나 성유물함은 제가 은밀히 숨겨둔 곳에 없더군요. 저는 헐레벌떡 옷을 챙겨 입고 제의실로 단숨에 내달렸습니다. 아니나 다를까 성물이 모두 사라지고 만 거예요."

세 번째로 데솔 신부는 얼굴의 땀을 닦아냈다. 그의 얼굴은 땀으로 흠뻑 젖어 있었다. 땀방울들이 비 오듯 쏟아져 내렸다.

이윽고 바르네트가 입을 열었다.

"잘 들었습니다. 채광창은 부서져 있었을 테고, 경보 벨에 연결해둔 밧줄도 잘려 있었을 테죠? 이는 그 장소와 신부님의 평소 습관을 훤히 잘 아는 자의 소행이라 추정되는군요. 안 그렇습니까? 그래서 곧장 뒤쫓아 가셨나요, 신부님?"

"글쎄, 제가 도둑이 들었다고 고함치는 실수를 저질렀지 뭡니까. 그리고 대번에 후회했지요. 고참 성직자들께서는 소동을 마뜩잖게 생각하시기 때문에 이번 일로 초래될 소문들로 아마 저를 나무라실 겁니다. 그나마 다행인 것은 오직 제 이웃만이 고함 소리를 들었다는 사실입니다. 바로 그라비에르 남작인데요, 20년 전부터 공동묘지 맞은편에 자리해 있는 농장을 손수 경영하고 있는 분이지요. 그분은 저와 의견이 같았어요. 헌병대에 알리고 고발을 하기 전에, 먼저 도둑맞은 물건들을 도로 되찾으려는 노력을 기울여야 한다는 거였죠. 마침 남작에게 차가 한 대 있어서, 그 차를 타고 파리로 가 베슈 형사를 만나보자고 청한 거랍니다."

다소 의기양양해진 베슈가 말을 받았다.

"그래서 이곳에 오전 8시에 도착했답니다. 그리고 11시에 모든 게 이미 정리됐습니다."

"뭐라고? 자네 지금 무슨 말을 하는 건가? 자네가 도둑을 잡은 겐가?"

바르네트가 놀라 물었다.

베슈는 검지로 천장을 가리키며 점잔 빼는 태도로 대답했다.

"저 위, 지붕 아래 다락방에 갇혀서 그라비에르 남작의 감시를 받고 있습니다."

"이럴 수가! 솜씨 한번 대단하구먼! 어디 얘기해보게, 베슈. 좀 상세히 털어놔봐, 어서!"

촌뜨기처럼 식민지식 어눌한 프랑스어를 구사하던 베슈 형사는 뜻밖의 찬사에 어깨를 으쓱이며 말했다.

"간략히 말씀드리죠. 첫째, 성당과 사제관 사이, 젖은 땅 위로 수많은 발자국이 나 있었음. 둘째, 발자국을 조사해본 결과, 침입자는 단 한 명이고 우선 성물을 약간 떨어진 곳에 운반한 후 사제관으로 다시 기어올랐음. 셋째, 침입자는 두 번째 시도에서 발각되자 되돌아가 노획한 전리품을 챙겨 결국 대로로 달아났음. 그러다 이폴리트 여관 부근에서 종적을 감추었음."

"그래서 그 직후 여관 주인에게 물었겠지…."

바르네트가 끼어들었지만 베슈는 다시 이야기를 이어갔다.

"여관 주인이 말하더군요. '회색 모자, 밤색 외투 차림에 금니가 두 개 있는 남자요? 그건 바로 베르니송 씨예요. 여기저기 돌아다니며 핀을 파는 사람이지요. 우리는 그를 3월 4일 씨라고 부른답니다. 매년 3월 4일만 되면 이곳에 들르기 때문이죠. 베르니송 씨는 어제 정오에 도착했어요. 마차를 타고 서둘러 왔죠. 마차를 차고에 넣은 뒤 점심을 먹고는 고객들을 만나겠다고 나섰죠.' 그래서 그가 몇 시쯤 돌아왔냐고 물었더니, 평소처럼 새벽 2시경에 돌아왔다고 하더군요. 그래서 지금은 다른 곳으로 떠난 거냐고 물으니, 40분 전쯤 샹티이 방면으로 떠났다더군요."

바르네트가 다시 물었다.

"물론 그의 뒤를 쫓았겠지?"

"남작이 자신의 차로 함께해주었습니다. 이내 베르니송 씨를 따라잡았고, 항의하는 그의 말을 묵살하고 강제로 차를 돌려 되돌아오도록 했습니다."

"아! 그럼 자백한 건 아니군?"

바르네트가 물었다.

"절반은 한 거나 다름없어요. 그가 이렇게 말했거든요. '아내에게는 아무 말 하지 마세요…. 내 아내에게는 절대 알리면 안돼요…!'"

"그럼 보물은 어떻게 된 건가?"

"마차에는 아무것도 없었습니다."

"그런데도 증거가 명백하다고?"

"명백해요. 공동묘지에 남아 있던 발자국과 그의 신발 모양이 정확히 일치했습니다. 게다가 신부님께서 이자를 오후가 끝나갈 무렵 공동묘지에서 봤다고 하셨죠. 그러니 의심의 여지가 없다고 볼 수 있잖습니까."

"그럼 뭐가 잘못되었다는 건가? 나를 동원한 이유가 뭐냐고?"

베슈가 못마땅한 투로 대꾸했다.

"그게, 신부님의 이야기로는…. 부차적인 사항에서 우리가 합의를 보지 못했다는 겁니다."

"부차적이라니요…. 그건 형사님께서 사용한 표현이지요."

땀을 닦은 손수건이 이젠 아예 물에 한 번 들어갔다 나온 모양새가 된 데솔 신부가 이의를 제기했다.

"그럼 뭡니까, 신부님?"

바르네트가 신부에게 물었다.

"그게 뭐고 하니, 문제는 바로…."

"문제는 바로 뭡니까?"

"금니가 문제예요. 베르니송 씨 역시 두 개의 금니가 있지요. 다만…."

"다만?"

"베르니송 씨의 금니는 오른쪽에 있다는 겁니다…. 제가 목격한 것은 그 방향이 왼쪽이었는데 말이죠."

짐 바르네트는 웃지 않을 수 없었다. 웃음이 터져 나와 온몸이 다 들썩일 정도였다. 데솔 신부가 그런 그를 망연자실하여 바라보았기에 바르네트는 이렇게 외쳤다.

"오른쪽이라고요? 이런 큰일이 다 있나! 그나저나 확실한 겁니까? 잘못 보신 건 아니고요?"

"하느님께 맹세하오."

"하지만 그자를 본 적이 있다면서요?"

"네, 공동묘지에서요. 분명 그 사람입니다. 하지만 사건 당일 밤의 그자와는 같은 사람이 아닙니다. 왜냐면 간밤의 침입자는 왼쪽에 금니가 있었지만, 그 사람은 오른쪽에 있으니까요."

바르네트는 한층 더 크게 폭소하더니 말했다.

"아마 위치를 살짝 바꿨나보지요. 베슈, 그럼 그자를 데려와 보게."

2분쯤 지나자, 초라한 차림에 구부정한 허리, 아래로 축 늘어진 콧수염을 한 침울한 얼굴의 베르니송이 안으로 들어섰다. 그 옆에는 건장한 몸집에 각진 어깨를 한 시골 귀족 그라비에르 남작이 손에 총을 든 채 지키고 서 있었다. 얼이 빠진 표정의 베르니송은 이내 우는 소리를 시작했다.

"도대체 이게 어떻게 된 영문인지 난 도통 모르겠어요…. 귀중품은 뭐고, 부러진 자물쇠는 또 무슨 얘깁니까? 대관절 무슨 말을 하시는 거냐고요."

"횡설수설하지 말고 솔직히 털어놓으시오!"

베슈가 쏘아붙였다.

"아내에게 알리지만 않는다면 원하는 건 뭐든 털어놓겠어요. 그것만은 안 돼요. 다음 주에는 아라스 근처에 있는 우리 집으로 돌아가야만 해요. 그땐 반드시 그곳에 있어야만 하고 아내가 아무것도 몰라야만 해요."

격해진 감정과 두려움에 사로잡혀 베르니송의 입술이 삐뚤어지게 열렸다. 그 가운데, 두 개의 금속 치아가 살짝 벌어진 입술 사이로 눈에 띄었다. 짐 바르네트는 남자에게 다가가 벌어진 입술 사이로 두 손가락을 비집어 넣고 살펴보더니 이렇게 결론지었다.

"움직이지 않는군. 원래 오른쪽에 있는 치아야. 그런데 신부님께서 보았다는 치아는 왼쪽에 있고."

베슈 형사는 노발대발했다.

"그래도 달라지는 건 없습니다…. 우린 도둑을 잡은 겁니다. 지난 수년간 마을을 드나들면서 음모를 꾸민 거예요. 바로 이 자란 말입니다! 신부님이 잘못 보신 겁니다."

데솔 신부는 과장된 태도로 두 팔을 내뻗으며 말했다.

"금니는 왼쪽에 있었다고 하느님께 맹세합니다."

"오른쪽!"

"왼쪽!"

바르네트가 두 사람을 따로 떼어놓으며 말했다.

"자, 더 이상 논쟁은 그만합시다. 신부님, 그럼 결국 신부님께서 원하시는 건 뭡니까?"

"제가 확신할 수 있도록 설명을 해주십시오."

"그렇지 않으면요?"

"그럼 애초부터 의당 그랬어야 했던 대로 사법 당국에 직접 신고하겠습니다. 만약 저 사람에게 죄가 없다면, 우리에겐 그를 붙잡아둘 권리가 없습니다. 분명 저를 공격한 자의 금니는 왼쪽에 있었습니다."

"오른쪽!"

베슈가 소리를 치자 신부 역시 지지 않고 맞받아쳤다.

"왼쪽입니다!"

이 상황을 대단히 즐기고 있던 바르네트가 기어이 끼어들어 말했다.

"오른쪽도 왼쪽도 아닙니다. 신부님, 제가 내일 아침 9시까지 이곳에 범인을 잡아다 놓겠습니다. 귀중품을 어디에 숨겼는지는 그에게 직접 들으시면 될 겁니다. 그러니 신부님, 오늘 밤은 이 안락의자에서 보내시고, 남작께서는 여기 이 의자에, 베르니송 씨는 몸이 묶인 채로 저 의자에서 쉬시길 바랍니다. 베슈, 자네는 나를 아침 8시 45분에 깨워주길 바라네. 아침 식사로는 구운 빵, 코코아, 삶은 달걀 좀 준비해주게나."

날이 저물 무렵까지 바르네트는 여기저기를 들쑤시고 다니는 모습을 보였다. 누구는 공동묘지 무덤을 하나하나 샅샅이 살펴보는 그를 보았다고 하고, 또 누구는 신부의 침실로 향하는 그를 보았다고 했다. 또 어떤 이는 우체국에서 전화를 거는 그의 모습을 보았다 하고, 또 어떤 이는 이폴리트 여관에서 주인장과 함께 식사를 하는 모습을 보았다고도 했다. 그야말로 도처를 휘젓고 돌아다닌 것이다.

새벽 2시가 되어서야 바르네트가 돌아왔다. 남작과 형사는 금니가 있는 사내의 양쪽에 가까이 붙어서는 서로 질세라 코를 골고 있었다. 마치 누가 더 크게 코를 고나 시합이라도 하는 것 같았다. 바르네트가 돌아온 소리를 들은 베르니송은 또다시 우는 소리를 했다.

"아내에겐 알리지 마세요…."

짐 바르네트는 바닥에 몸을 던지듯 드러눕고는 이내 곯아떨어졌다.

아침 8시 45분에 베슈가 그를 깨웠다. 아침 식사가 차려져 있었다. 바르네트는 토스트 네 쪽, 코코아 한 잔, 삶은 달걀 몇 개를 게걸스레 먹어치우고는, 자신의 주위로 사람들을 앉히고 이야기를 시작했다.

"신부님, 저는 정확한 시각에 약속을 지켰습니다. 그리고 베슈, 내가 한 수 가르쳐주지. 발자국이라든지 담배꽁초, 괜한 허튼소리 같은 소위 직업적 요령들이란 직관과 경험에 기초한 명징한 지성이 제시하는 가공되지 않은 사유 앞에서는 힘을 쓰지 못하는 법이라네. 자, 그럼 베르니송 씨부터 시작해보도록 하지."

"아내에게 비밀로 해준다면 그 어떤 모욕도 감수하겠습니다."

불면과 걱정으로 몰골이 초췌해진 베르니송이 더듬거리며 말했다.

짐 바르네트가 이야기를 풀어나갔다.

"18년 전, 알렉상드르 베르니송은 핀 제조 공장의 출장 판매인으로 일하던 중 이곳 바뇌이에서, 인근 지역에서 재단사로 일하는 앙젤리크라는 아가씨를 만나게 되었습니다. 그리고 서로에게 한눈에 반하고 말았지요. 베르니송 씨는 몇 주간의 휴가를 얻어서 앙젤리크 양의 마음을 얻으려 애를 쓰다가 결국 그녀를 데리고 떠났습니다. 그녀도 그를 지극히 사랑하고 애지중지하며 행복하게 지내다 그만 2년 후에 세상을 떠났습니다. 베르니송 씨는 슬픔을 달래지 못하다가, 그후 오노린이라는 아가씨의 교태를 이기지 못하고 결혼까지 하게 됩니다. 하지만 잔소리가 심하고 질투심이 많은 오노린이 우연한 기회에 둘의 관계를 낱낱이 알게 된 후로 끝없이 남편을 괴롭히고 비난하여 앙젤리크와의 추억이 더욱 선명해지게 되었죠. 그리하여 그 후로 알렉상드르 베르니송의 애처로운 수수께끼 같은 바뇌이 순례가 시작된 겁니다. 제 이야기에 동의하십니까, 베르니송 씨?"

"원하는 모든 것을…. 다만, 제발…."

아랑곳하지 않고 짐 바르네트가 이야기를 계속 풀어갔다.

"그래서 매년, 베르니송 씨는 오노린 모르게 이곳 바뇌이를 지나도록 마차 순회 여행을 조정했습니다. 그러고는 생전에 그녀가 묻히고 싶어 했던 바로 이 공동묘지의 앙젤리크 무덤을 찾아 그녀의 기일에 무릎을 꿇고 애도를 표했지요. 둘이 만나는 날이면 함께 걷던 곳들을 혼자 거닐다가 예전의 그 시각이 되어서야 여관으로 되돌아갔죠. 여러분도 이 근처 낡고 보잘 것 없는 십자가에서 베르니송 씨의 습관에 대해 알 수 있는 다음과 같은 묘석의 비문을 확인하실 수 있습니다."

앙젤리크가 여기 누워 잠들다
3월 4일 사망
알렉상드르가 그녀를 사랑했고 애도하다!

"이젠 베르니송 씨가 왜 아내가 이번 일을 알게 되는 것을 그토록 두려워했는지 다들 이해하실 겁니다. 성마른 성격의 베르니송 부인이 불충한 남편이 죽은 애인 때문에 도둑 혐의를 받고 있다는 사실을 안다면 과연 무슨 말을 내뱉을까요?"

베르니송은 비문에 적힌 대로 하는 것처럼 눈물을 흘리기 시작했다. 그러곤 아내의 보복을 머릿속으로 미리 그려보기라도 한 듯 또다시 울었다. 사실 그 점만이 그에게 중요했고 나머지는 모두 영문 모를 이야기들이었다. 베슈, 그라비에르 남작, 그리고 데솔 신부는 넋을 잃고 경청하고 있었다.

바르네트가 다시 입을 열었다.

"이리하여 문제 하나는 해결되었군요. 베르니송 씨의 바뉘이 정기 방문 건 말입니다. 이 건의 해결로 성물과 관련한 수수께끼도 자연스럽게 풀리게 되었습니다. 두 가지 사실의 관계가 밀접하지요. 어마어마한 보물일수록 사람의 상상력을 자극하고 욕망을 불러일으키기 마련이지 않습니까. 이곳을 방문하는 사람들이건 이곳에 사는 선량한 사람들이건 보석을 훔쳐볼까 하는 생각이 한 번쯤 머리에서 움텄을 것입니다. 하지만 신부님께서 각별히 주의를 기울인 탓에 훔치는 것이 쉽지 않았겠죠. 그러나 이러한 주의점들을 잘 알아낼 수 있고, 수년에 걸쳐 지역을 조사하고 계획을 수립하며 게다가 고발의 위험을 면할 수 있는 자라면 사정이 좀 달랐겠죠. 사실 모든 문제가 그 점에 달린 거지요. 의심을 받지 않는다는 점 말입니다. 사람들의 의심을 받지 않기 위해서는, 다른 누군가에게 의혹의 눈길을 돌리도록 하는 것 외에 더 좋은 방법이 또 있을까요…. 이를테면 정해진 날짜에 공동묘지에 슬그머니 다녀가면서 남의 시선을 피하고 은밀한 습관이 꺼림칙한 의혹을 불러일으키는 바로 베르니송 씨 같은 사람 말이죠. 그런 식으로 서서히, 그리고 꾸준히 음모가 축적되어온 겁니다. 회색 모자, 밤색 외투, 신발 자국, 금니, 이 모든 것이 세심하게 준비하고 찾아낸 것들이죠. 범인은 바로 이 이방인이 될 것이며, 진짜 도둑, 다시 말하면 어둠 속에서 사제관에 익숙한 점을 이용해 매해 음모를 조금씩 진척

시켜온 그자는 의혹의 시선을 비켜 가게 되는 거지요."

바르네트는 잠시 입을 다물었다. 진실의 일부가 서서히 수면 위로 올라오고 있었다. 베르니송은 이제 희생자의 모습을 띠게 되었다. 바르네트는 그에게 손을 내밀며 말했다.

"부인은 당신의 순례 여행에 대해 전혀 짐작하지 못할 것입니다. 베르니송 씨, 지난 이틀간 저희가 실례를 범한 점 용서해 주시기 바랍니다. 아울러, 지난밤에 마차를 뒤져 궤짝의 이중 바닥 안에서 앙젤리크 양과 주고받은 편지들을 살펴보고 사적인 비밀들을 들추어본 결례에 대해서도 사과드립니다. 베르니송 씨, 이제 돌아가셔도 좋습니다."

베르니송이 자리에서 일어났다.

"잠깐!"

베슈가 이와 같은 결말에 분개하며 바르네트를 막아섰다.

"말하게, 베슈."

"그럼 금니는 어찌 되는 겁니까? 이 문제를 교묘히 비켜 가서는 안 됩니다. 신부님은 두 눈으로 똑똑히 도둑의 입안에서 두 개의 금니를 보았다고 하셨습니다. 그리고 베르니송 씨는 여기 이렇게 금니 두 개가 오른쪽에 있지 않습니까! 이건 엄연한 사실이란 말입니다."

형사가 외쳤다.

"제가 본 금니는 왼쪽에 있었어요."

신부가 말을 바로잡았다.

"아니면 오른쪽이었을 수도 있지요, 신부님."

"단언컨대 왼쪽입니다."

짐 바르네트는 또다시 웃음을 터트렸다.

"하하하하. 이제 그만들 조용! 사소한 것 가지고 말다툼하는 군요. 이봐, 자네, 베슈, 명색이 경찰청 소속 형사가 아직도 이깟 사소한 문제 앞에서 그리 야단인가! 이건 극히 초보 단계의 사건 아닌가! 이건 신참용 사건에 불과해! 신부님, 이 방은 신부님 방과 모양과 구조가 동일합니다, 맞습니까?"

"네, 똑같습니다. 제 방은 바로 이 위에 있으니까요."

"창문의 덧문을 닫고 커튼을 쳐주십시오, 신부님. 베르니송 씨, 제게 모자와 외투를 좀 빌려주시기 바랍니다."

짐 바르네트는 챙을 한껏 내려서 회색 모자를 쓰고 목깃을 올려 밤색 외투를 걸쳤다. 잠시 후, 방 안이 완전히 깜깜해지자 주머니에서 손전등을 꺼내어 신부 앞을 막아서고는 자신의 벌어진 입 사이로 불빛을 비추었다.

"그자야! 금니의 사나이라고요."

데솔 신부는 바르네트를 바라보면서 중얼거리듯 외쳤다!

"제 금니가 어느 쪽에 있지요, 신부님?"

"오른쪽이요. 그리고 내가 봤던 금니는 왼쪽에 있었고요."

짐 바르네트는 손전등을 끄고는 신부의 양어깨를 잡더니만 마치 팽이처럼 제자리에서 여러 차례 팽그르르 돌게 했다. 그런 다음, 갑자기 불을 켜며 강압적인 목소리로 말했다.

"자, 앞을 정면으로 바라보십시오. 금니가 보이죠, 그렇죠? 이제 어느 쪽에 있습니까?"

"왼, 왼쪽이요."

어안이 벙벙해진 신부가 말했다.

"오른쪽이냐… 아니면 왼쪽이냐… 사실 신부님은 크게 확신하지 못하고 있는 상태입니다. 신부님, 이게 바로 그날 밤 벌어진 현상입니다. 잠이 덜 깬 채로 몽롱한 상태에서 껑충 뛰어 일어났을 때, 창문 쪽으로 등을 돌리고 벽난로 앞에 와 있다는 것을 알아차리지 못했죠. 또한 신부님 정면으로는 사람이 없고 옆으로 비껴나 있다는 것도 알아채지 못했지요. 손전등을 켜자 그 빛은 그자를 비춘 것이 아니라 거울에 비친 그자의 이미지에 가 닿은 것입니다. 이건 바로 방금 전 제자리 회전으로 인해 초래된 어지러운 상태와 동일한 현상입니다. 이제 이해하시겠습니까? 거울이 사물을 비추어 물체의 오른쪽을 왼쪽으로, 왼쪽은 오른쪽으로 보이게 한다는 사실을 다시 한 번 주지시켜드리지요. 그래서 오른쪽에 있던 금니를 왼쪽에서 보게 되는 일이 일어나게 된 것입니다."

베슈 형사가 의기양양하게 소리치며 말했다.

"맞아. 하지만 역시 내 말이 옳았어도 신부님이 금니를 보았다고 말한 건 틀린 건 아닙니다. 이제 당신은 우리에게 베르니송 씨 대신 금니를 가진 누군가를 갖다 바쳐야겠군요."

"뭐 그럴 필요 없네."

"하지만 도둑은 금니를 하고 있었잖습니까!"

"금니라면 나도 좀 있는데?"

바르네트가 자신의 이빨 두 개를 감싸고 있는 금박지 한 조각을 입에서 꺼내 보이며 말했다.

"자, 이게 바로 그 증거일세. 어떤가, 이 정도면 설득력 있지 않나? 신발 자국, 회색 모자, 밤색 외투, 두 개의 금니, 이 모든 것이 이론의 여지없이 베르니송 씨라는 존재를 만들어낸 거야. 이 얼마나 간단한가! 금박지 약간만 있으면 되니 말일세… 바로 석 달 전에 그라비에르 남작이 금박지를 구입한 바뉘이의 상점에서 얻은 이 금박지처럼 말이야."

무심한 듯 내뱉은 마지막 문장이 당혹스러운 침묵 속에서 긴 여운을 남겼다. 실은 바르네트의 논증이 한 발 한 발 그 표적을 향하여 죄어들어왔기에, 베슈는 과히 놀라지 않았다. 하지만 데솔 실부는 아연실색한 눈치였다. 그는 명망 높은 교구 신도인 그라비에르 남작을 곁눈질로 힐끔댔다. 붉게 상기되어 한마디도 못 하고 있는 바로 그자를 말이다.

베르니송은 바르네트에게서 모자와 외투를 돌려받고는 이렇게 중얼거리면서 물러갔다.

"약속하셨죠? 아내가 아무것도 모르도록 해주시는 거 맞죠? 오노린이 알게 되면 정말 끔찍할 거예요…. 한번 생각해보세요…!"

그를 배웅한 후, 바르네트는 유쾌한 기분으로 다시 안으로 들어왔다. 탐정은 손바닥을 슬슬 비비면서 말했다.

"정말 신속하고 멋지게 사건을 해결했어. 뿌듯하기까지 하군. 베슈, 사건을 어떻게 처리했는지 잘 보았나? 이번에도 우리가 협력해서 해결한 다른 사건들의 경우와 같은 방법을 사용한 거라네. 의심 가는 사람은 먼저 건드리지 않는다. 그리고 그에게 어떤 설명도 요구하지 않는다. 그에게 관심조차 없는 것처럼 행동한다. 그렇게 해서 그가 경계를 풀면 그의 앞에서 사건의 추이를 차차 재구성해내는 거지. 그럼 그는 자신이 맡은 역할이 눈앞에서 재연되는 것을 보게 되고. 그러는 가운데 어둠 속으로 영영 묻혀버린 걸로 믿어온 모든 것들이 그대로 빛 속에 드러나는 걸 보고 그만 질겁하고 말지. 이젠 자신이 완전히 포박되어 옴짝달싹 못한다고 느끼고 무력감과 혼동에 휩싸이고… 자기를 궁지로 몰아넣을 모든 증거들이 차곡차곡 수집되었다는 것을 알게 된 거야…. 그렇게 극도로 신경이 시달리다 보니 자신을 방어한다거나 저항할 엄두조차 내지 못할 상태가 된 거야. 안 그렇습니까, 남작? 어때요. 이봐요, 내 말에 동의하죠? 굳이 내가 확보한 증거들을 하나하나 펼쳐 보일 필요가 있습니까? 이 정도로도 충분하지 않습니까?"

그라비에르 남작은 바르네트가 묘사한 바로 그대로를 느끼고 있는 것이 틀림없었다. 자신에 대한 비난에 맞서거나 고뇌를 감추려는 의지가 없는 듯 보였다. 그 모습은 마치 현행범으로 체포되었을 때 취할 법한 태도와 다름없었다.

짐 바르네트는 부드럽고 상냥한 태도로 남작에게 다가가 이렇게 안심시켰다.

"남작님, 그리 걱정하실 일은 없습니다. 데솔 신부님께서는 필시 추문을 피하고 싶어 하시는지라 단지 귀중품을 되돌려달라고 요청할 뿐입니다. 그렇게만 하신다면 결산 끝인 거죠."

그라비에르는 고개를 들어 이 기막힌 상대를 잠시 바라보고는 승자의 완고한 시선 끝에서 중얼거렸다.

"그럼 고소하지 않을 겁니까…? 아무 말도 하지 않을 건가요…? 신부님께서 알아서 처리하시는 건가요…?"

데솔 신부가 대답했다.

"아무 말도 하지 않을 거예요. 내가 알아서 처리하겠습니다. 보물을 제자리에 되돌려놓는 즉시 모든 걸 없었던 일로 하겠소이다. 하지만 이 어찌 가당하기나 하오, 남작! 바로 당신이라니! 당신이 이런 죄를 범하다니! 내가 그토록 믿었던 당신이 말이오! 교구 신도들 중 가장 신실한 신자가 어떻게!"

그라비에르는 마치 자신의 잘못을 고백함으로써 마음이 가벼워지려는 어린아이처럼 공손한 태도로 중얼댔다.

"저로서는 도저히 어쩔 수가 없었습니다, 신부님. 손만 뻗으면 닿을 곳에 있는 그 보물 생각이 늘 머릿속을 떠나지 않았습니다⋯. 몸부림도 쳐봤죠⋯. 그러려고 그랬던 건 아닙니다⋯. 어쩌다 보니 제 머릿속에서 그렇게 되어버린 겁니다⋯."

"어찌 그럴 수가 있어요! 어찌 그럴 수 있나요!"

신부는 고통스러운 듯 같은 말만 되풀이했다.

"그렇습니다⋯ 투기를 하느라 돈을 잃었습니다. 어떻게 살아야 할까 막막했지요. 신부님, 그래서 두 달 전부터 제 차고 한 구석에 아름다운 추시계며 태피스트리 등 제가 가진 돈이 될 만한 고가구들을 모조리 모아두었습니다. 그것들을 팔 작정이었죠⋯. 그것들만 팔았어도 어찌 상황은 모면했을 겁니다. 그런데 가슴이 미어지는 거예요⋯. 그리고 3월 4일이 다가오고 있었죠⋯. 유혹이⋯ 전부터 내 속에서 움터오던 그 생각이 밀려오더군요⋯. 그리고는 시험에 든 겁니다⋯. 용서해주세요, 신부님⋯."

"용서하겠소, 하느님께서 당신을 크게 벌하지 않도록 기도하겠습니다."

데솔 신부의 말이 끝나자, 남작은 자리에서 일어나 결연한 어조로 말했다.

"자, 저를 따라오시죠."

마치 산책이라도 하는 사람들처럼 그들은 대로를 따라 걸었다. 데솔 신부는 얼굴에 흘러내리는 땀을 연신 닦아냈다. 남작은 구부정한 등을 한 채 무거운 발걸음을 내딛으며 걸어갔다. 한편, 베슈는 초조해했다. 그토록 민첩하게 사건을 해결한 바르네트가 역시나 신속하게 귀중품들을 빼돌리지는 않을까 하는 의혹을 단 한 순간도 멈출 수가 없었다.

뱃속 편한 짐 바르네트는 곁에서 거드름을 피우며 이야기를 늘어놓고 있었다.

"어찌 진범을 그리도 가려내지 못하는가, 베슈. 자네는 아무래도 까막눈인가 보이. 베르니송이 1년에 한 번 이곳을 방문하는 걸로는 그와 같은 음모를 꾸밀 수 없다는 점을 나는 대번에 간파하고는, 이 지역 사람, 특히 이웃의 소행일 수밖에 없다고 판단했네. 그러고 보니 성당과 사제관을 직접 굽어보는 숙소에 기거하는 남작이야말로 딱 맞아떨어지는 이웃이더군! 신부님이 아무리 신중을 기해도 그는 모든 걸 파악할 수가 있었지. 베르니송이 정해진 날짜에 이 지역을 순례하는 것 역시 보아왔고 말이야… 그래서…."

베슈는 갈수록 첨예해져 가는 자신의 근심에만 몰두한 채 이야기는 제대로 듣고 있지도 않았다. 바르네트가 야유하듯 떠들어댔다.

"결국 나는 확신을 가지고 혐의자를 지목했네. 물론 증거는 커녕, 증거의 그림자조차 확보하지 못했지. 하지만 사건에 대한 묘사가 점차 구체화될수록 어쩔 줄 몰라 안절부절못하며 파랗게 얼굴이 질리는 남작의 모습을 눈치챘지. 아! 베슈, 나는 그 같은 순간에 느끼는 것과 같은 쾌감을 알지 못하네! 베슈, 자네도 그 결과가 어떤지 알겠지?"

"그래, 알겠어요…. 아니, 조만간 알게 되겠죠."

베슈는 반전을 기다리며 그의 말에 대꾸했다.

그라비에르 남작은 자신의 사유지 도랑을 우회하여 풀이 무성한 샛길로 접어들었다. 300여 미터쯤 더 걸어가, 참나무 숲을 지나자 걸음을 멈췄다.

남작은 더듬거리는 목소리로 말했다.

"저기… 들판 한복판… 건초 더미 속에 있습니다."

베슈가 신랄함으로 가득 찬 비웃음을 한차례 내뱉고는 서둘러 달려갔고, 나머지 일행이 그 뒤를 따랐다.

건초 더미는 그리 부피가 크지 않았다. 단숨에 베슈는 쌓여 있는 건초단을 흐트러뜨리며 그 윗부분부터 파헤치기 시작했다. 그러고는 갑자기 승리의 함성을 내질렀다.

"여기 있어! 성체현시대 한 개! 촛대 한 개! 샹들리에 한 개… 여섯 개…! 아니 일곱 개!"

"다 합쳐 아홉 개여야 합니다!"

신부가 외쳤다.

"아홉 개… 모두 다 있어…! 브라보, 바르네트! 정말 멋지게 해냈군! 아! 하여간 이 바르네트…."

신부는 기쁨에 온몸을 휘청거리며 되찾은 물건들을 가슴팍에 끌어안고는 중얼거렸다.

"바르네트 씨, 뭐라 감사드려야 할지! 하느님의 축복이 있을 겁니다…."

하지만 반전을 예상했던 베슈 형사의 예감은 틀리지 않았다. 단지 시간이 좀 지체되었을 뿐.

돌아오는 길에 그라비에르 남작과 그 일행이 재차 저택을 따라 걷고 있는데, 과수원 쪽에서 비명 소리가 들려왔다. 그라비에르 남작은 차고를 향해 득달같이 뛰어갔고, 그 앞에서는 하인과 농장 고용인 세 명이 허둥대고 있었다.

대번에 그 재앙이 어떤 성질의 것인지 그 규모가 얼마나 되는지 짐작할 수 있었다. 차고에 인접한 작은 창고 문이 부서져 있었고 그 안에 쟁여놓은 모든 고가구들, 아름다운 추시계, 태피스트리 등 남작의 마지막 재산이 모조리 사라져버린 것이었다.

"아니, 이런 끔찍한 일이! 언제 이 모든 걸 다 훔쳐 간 거야?"

남작이 몸을 비틀거리고 더듬대며 외치자 하인 하나가 말했다.

"간밤에…. 밤 11시쯤, 개들이 짖어댔어요…."

"대체 어떻게?"

"남작님의 자동차로요."

"내 자동차로! 그럼 내 차도 도둑맞았다는 거야?"

벼락이라도 맞은 듯한 얼굴로 남작은 신부의 품에 쓰러져 안겼고, 신부는 아버지 같은 태도로 부드럽게 그를 위로했다.

"불쌍한 양반, 죗값을 빨리도 치르는구려. 회개하는 마음으로 받아들이시게나…."

한편 베슈는 두 주먹을 불끈 쥐고는 짐 바르네트를 향해 자세를 잔뜩 웅크린 채 금방이라도 달려들 듯한 기세로 한 걸음씩 다가갔다.

"남작님, 고소할 준비를 하십시오. 남작님의 가구들은 사라진 게 아니라는 걸 장담하지요."

베슈는 잔뜩 성이 나서 으르렁댔다.

"아무렴! 아니지, 사라지지 않았지. 하지만 고소를 하는 건 남작 자신에게 매우 위험한 일일 텐데."

바르네트는 흥겹게 웃으며 그의 말에 대꾸했다.

베슈는 점점 더 험악한 눈초리를 하고 보다 더 위협적인 태도로 다가들었다. 하지만 바르네트는 오히려 다가가 그를 붙잡고는 한쪽으로 끌고 가며 말했다.

"나 아니었으면 일이 어떻게 되었을지 알기나 해? 신부님은 보물을 되찾을 수 없었을 테고, 무고한 베르니송이 대신 감옥에 갔겠지. 물론, 베르니송 부인은 남편의 행태에 대해 알게 되었을 테고 말이야. 결국, 자네는 자살이라도 하고 싶었을걸!"

베슈는 어느 나무 등걸에 털썩 주저앉았다. 울화통이 터져서 숨이 막힐 지경이었다.

바르네트가 사람들을 향해 소리쳤다.

"빨리요, 남작님! 베슈에게 강심제 좀 갖다 주세요… 몸이 불편한 듯합니다."

그라비에르 남작이 지시를 내렸다. 오래된 포도주의 마개가 열렸고, 베슈가 한 잔 마셨다. 이어 신부도 한 잔 마셨고, 나머지는 남작이 모두 들이켰다….

5
베슈의 아프리카 주식

잠에서 깬 가시르가 제일 먼저 한 일은 어젯밤 가져온 유가 증권 다발이 침대 머리맡 탁자 위에 제대로 있는가를 확인하는 것이었다.

이를 확인하고 안심한 그는 침대에서 일어나 세수를 했다.

작은 체구에 살집 있는 몸, 야윈 얼굴의 니콜라 가시르는 앵발리드 지역에서 일하는 사업가로, 자신 주변에 신뢰할 만한 고객을 모아 그들이 자신에게 자금을 대도록 하며, 자신은 고객에게 만족스러운 주식 투자 실적과 은밀한 고리 조작을 통해 짭짤한 수익을 돌려주는 일을 하고 있었다.

가시르는 자신이 주인으로 있는 낡고 비좁은 건물의 2층에 거주하고 있었다. 그곳은 침실과 그에 딸린 건넌방 하나, 상담실로 이용되는 식당과 세 명의 직원이 와서 일하는 방 하나, 그리고 맨 끝의 부엌으로 이루어져 있었다.

매우 검소한 가시르는 하녀를 두지는 않았다. 대신 매일 아침, 활발하고 유쾌한 성격에 푸짐한 체구를 한 관리인 여자가 아침 8시에 우편물을 들고 올라와 집 안 정리를 해주고 책상 위에 크루아상 한 개와 커피 한 잔을 두고 갔다.

그날 아침에도 그 관리인 여자는 아침 8시 반에 물러갔고, 가시르는 여느 날처럼 직원들을 기다리는 동안 조용히 식사를 하며 편지를 읽고 신문을 훑어보았다. 그런데 느닷없이, 정확히 9시 5분 전, 자신의 침실 쪽에서 어떤 소리를 들었다. 가시르는 그곳에 두고 나온 유가증권 다발이 불현듯 떠올라 방으로 쏜살같이 내달렸다. 과연 유가증권 다발은 감쪽같이 자취를 감추었고, 그 순간 층계참으로 통하는 건넌방 문이 부리나케 닫혔다.

그는 문을 열려고 했다. 하지만 자물쇠는 열쇠로만 다시 열 수 있었고, 그 열쇠는 책상 위에 올려둔 상태였다.

'열쇠를 가지러 가면 이미 도둑은 흔적도 없이 도망친 후일 테지.'

가시르는 그렇게 생각하고는 거리로 면한 건넌방 창문을 활짝 열어젖혔다. 그 짧은 순간, 누군가 건물을 벗어날 만큼의 시간을 확보하는 건 물리적으로 불가능했다. 그리고 실제로 창밖으로 내다본 거리에는 아무도 없었다. 몹시 당황한 상태였지만 니콜라 가시르는 도움을 요청하는 소리를 내지르지 않았다. 하지만 잠시 후 자기 직원 하나가 인근 대로에 모습을 드러내고 건물 쪽으로 다가오는 것을 보고는, 창밖으로 몸을 기울여 신호를 보내며 말했다.

"서둘러요! 서둘러! 사를로나! 안으로 들어와 문을 닫아요! 아무도 빠져나가지 못하게! 도둑이 들었어요!"

자신의 지시가 이행되자마자, 반쯤 이성을 잃은 가시르가 숨을 헐떡이며 서둘러 계단을 내려와 직원을 다그쳤다.

"사를로나, 아무도 못 봤어요…?"

"아무도 못 봤는데요, 가시르 씨."

그는 계단 아래쪽과 어두컴컴한 안뜰 중간에 위치한 관리인 숙소까지 달려갔다. 관리인 여자가 청소를 하고 있었다.

"도둑이 들었어요, 알랭 부인! 혹시 이쪽으로 숨어든 사람 없어요?"

냅다 소리부터 지르는 가시르를 어리둥절한 표정으로 바라보며 뚱뚱한 여자가 말을 더듬댔다.

"아, 아니요, 가시르 씨."

"내 집 열쇠를 어디에 뒀습니까?"

"여기요, 가시르 씨, 추시계 뒤에요. 근데 제가 30분 전부터 제 숙소에서 한 발짝도 나가지 않았으니 누가 그걸 가져갔으리는 없어요."

"그렇다면 도둑이 계단을 내려간 게 아니라 위로 올라간 게로군. 아! 이런 끔찍한 일이 있나!"

니콜라 가시르는 다시 입구 쪽으로 되돌아왔다. 또 다른 직원 두 명이 도착했다. 숨을 몰아쉬며 가시르가 그들에게 부랴부랴 지시 사항을 전달했다. 자신이 돌아올 때까지 그 누구도 바깥으로 나갈 수도, 안으로 들어올 수도 없게 해야 한다는 것이었다.

"내 말 알아듣겠소, 사를로나?"

그러고는 즉시 계단을 달려 올라가 자신의 방 안으로 내달렸다.

가시르는 전화 수화기를 부여잡고 외쳤다.

"여보세요, 여보세요! 경찰청 좀 연결해주세요…. 아니, 아가

씨, 경찰청 말고 경찰청 카페로 연결해주시구려…. 번호요? 그건 몰라요…. 빨리요…. 제보가 있어서 그래요…. 서둘러줘요, 아가씨!"

결국 카페 주인과 연락이 닿았고 다짜고짜 말을 시작했다.

"베슈 형사 거기 있나요? 그 사람 좀 바꿔주시오…. 빨리요…. 서둘러요…. 내 고객입니다…. 지체할 시간이 없어요. 여보세요! 베슈 형사? 아, 가시르요. 그렇소. 잘 지내오…. 아니, 그렇지 않은 것 같소…. 유가증권 다발을 도둑맞았소…. 어서 와주시오. 뭐라고? 못 온다고? 휴무? 지금 그깟 휴가가 대수요! 냉큼 달려오시오, 베슈… 빨리! 당신의 아프리카 탄광 주식 열두 주도 그 유가증권 뭉치 안에 포함되어 있단 말이오!"

전화 반대편에서 기막힌 욕지거리가 가시르의 귀에 흘러들어왔다.

"이런, 염병할…!"

하지만 이 욕지거리가 이 일에 대한 베슈 형사의 의지와 민첩한 대처를 약속하는 것 같아 오히려 안심이 되는 것이었다. 불과 15분 만에 베슈 형사가 먼지바람을 일으키며 도착했고 일그러진 얼굴로 그 사업가를 향해 무섭게 달려들었다.

"내 **아프리카 주식**…! 내 돈! 내 돈 어디 있어?"

"도둑맞았소! 내 고객들의 증권들과 함께… 내 주식도 포함해서 모조리 도둑맞았소!"

"도둑맞다니!"

"그렇소, 내 침실에서 한 반 시간 전에."

"빌어먹을! 아니, 내 아프리카 주식이 왜 당신 침실에 있었던 거요?"

"은행에 기탁하려고 어제 크레디 리요네의 내 개인 금고에서 유가증권 다발을 빼내 왔소. 그게 편리할 것 같아서. 내 실수요…."

베슈는 강철 같은 손으로 그의 어깨를 붙들고 말했다.

"당신이 책임져야 해, 가시르! 내 주식을 물어내야만 할 거야."

"무엇으로 말이오? 난 파산했소."

"파산이라니? 그럼 이 건물은?"

"이 집은 이미 여기저기에 저당 잡혀 있단 말이오."

두 남자는 제각기 펄쩍 뛰면서 서로를 향해 고함을 질러댔다. 관리인 여자와 세 명의 직원 역시 제정신이 아니었고, 어떻게든 건물 밖으로 나가겠다고 우기는 4층의 젊은 두 세입자 아가씨의 길을 막고 있었다.

제정신이 아닌 베슈가 소리를 질렀다.

"아무도 밖으로 못 나가요! 내 아프리카 주식 열두 주를 되찾기 전에는 아무도 못 나가!"

"아무래도 도움을 청해야 할 듯하오… 푸주한 청년… 잡화점 주인… 이들은 믿을 만한 사람들이오."

가시르의 제안에 베슈가 분명한 말로 대꾸했다.

"도움 따윈 필요 없소. 누군가에게 도움을 청해야 한다면, 라보르드가의 바르네트 탐정 사무소로 연락하시오. 그리고 경찰에 고발을 하고. 하지만 그래 봤자 시간 낭비일 뿐이오. 지금 당장 행동을 취해야 해."

사건을 책임지고 있다는 책임감 때문에 베슈 형사는 애써 냉정을 지키려는 눈치였다. 그럼에도 그의 신경질적인 동작이나 입술에 이는 경련이 극도로 혼란스러운 정신 상태를 고스란히 드러내고 있었다.

그는 가시르에게 말했다.

"냉정을 회복합시다. 어쨌든 우리가 유리한 위치를 점하고 있으니까. 이곳을 빠져나간 사람은 아무도 없소. 따라서 내 아프리카 주식을 몰래 밖으로 빼돌리기 전에 반드시 손에 넣어야만 하오. 그게 바로 핵심이오."

베슈는 두 명의 아가씨에게 질문 공세를 펼쳤다. 한 명은 타이피스트로 집에서 공문과 보고서를 작성하고 있었고, 다른 한 명 역시 자신의 집에서 플루트 교습을 하고 있었다. 둘 다 점심 식사거리를 사러 가고 싶어 했다.

하지만 베슈는 완고한 태도로 응수했다.

"몹시 유감입니다! 하지만 오늘 오전에는 거리로 면한 문이 폐쇄될 것입니다. 가시르 씨, 당신 직원들 중 두 명을 시켜 한시도 눈을 떼지 않고 문을 지키도록 하시오. 나머지 한 명은 세입자들이 필요한 물품을 대신 장 봐주세요. 오늘 오후에는 출입이 가능할 것입니다. 하지만 그것도 내 허가하에만 가능합니다. 모든 소포, 상자나 장바구니까지 무엇이든 의심스러운 꾸러미들은 철저히 조사될 것입니다. 이상은 엄수해야 할 지시사항입니다. 자, 가시르 씨, 우리는 어서 일에 착수하죠! 관리인 아주머니는 우리를 안내하십시오."

건물의 배치는 조사에 용이하게 되어 있었다. 총 네 개의 층으로 되어 있고, 층마다 한 개의 주거 공간이 있었으며, 그중 1층은 임대되지 않고 비어 있는 상태였다. 2층은 가시르, 3층은 전직 장관이자 국회의원인 투페몽, 4층은 두 개의 주거공간으로 분리되어 각각 타이피스트인 르고피에 양과 플루트 선생인 아블린 양이 기거하고 있었다.

그날 아침, 투페몽 의원은 8시 반에 위원회 의장직을 맡고 있는 국회로 등원한 상태였고, 집 안 정리는 점심때에나 들르는 이웃 여인이 봐주고 있는지라 모두 그가 돌아오기를 기다리고 있었다. 두 아가씨의 숙소가 집중적인 수사의 대상이 되었고, 그 후에는 사다리를 통해서 접근해야 하는 다락방의 구석구석이 파헤쳐졌다. 그다음에는 안뜰, 니콜라 가시르 자신의 거처 순으로 조사가 이뤄졌다.

하지만 아무 흔적도 없었다. 베슈는 자신의 아프리카 주식 열두 주 생각에 속이 쓰려왔다.

정오 무렵, 투페몽 의원이 도착했다. 전직 장관이라는 경력에다 영향력 있는 국회의원인 그는 엄청난 일벌레이자 당파를 초월해 존경을 받는 인물이었다. 대정부 질문에는 드물게 나섰지만 결정적인 영향력을 행사해, 정부 각료를 벌벌 떨게 만드는 위인이었다. 절도 있는 발걸음으로 투페몽 의원은 우편물을 가지러 관리인 숙소로 향했고, 그곳에서 가시르를 만나 도난 사건에 대한 이야기를 전해 들었다.

투페몽 의원은 지극히 사소한 이야기들에 동의를 표하듯 사려 깊게 주의를 기울이면서 경청하고는, 가시르가 경찰에 고소를 하기로 결정했다면 자신이 도움을 주겠으며 자신의 거처도 조사해보라고 선뜻 말했다.

"누군가 위조 열쇠라도 가지고 있었는지 누가 알겠습니까?"

조사를 실시했지만, 여전히 아무 흔적도 없었다. 정말이지 사건이 심상치 않았다. 두 남자는 서로 격려의 말을 나누며 사기를 고양하려 했지만, 부질없는 울림만 남길 뿐이었다.

그들은 원기를 회복할 겸 건물 맞은편에 자리한 작은 카페에 갔는데, 그곳이라면 눈으로라도 현장에서 시선을 떼지 않을 수 있을 것 같아서였다. 하지만 베슈는 입맛이 전혀 없었다. 잃어버린 아프리카 주식 열두 주에 대한 생각이 배 속까지 짓누르고 있는 듯했다. 한편, 가시르는 현기증을 호소했다. 그렇게 둘은 비밀스러운 동기를 찾을 수 있으리라는 희망을 품고 사건을 다각도로 살펴보고 있었다.

"사실, 문제는 아주 간단하오. 누군가 당신 처소에 몰래 숨어들었고 증권 다발을 훔친 거요. 한데, 그 누군가가 미처 건물을 빠져나가지 못했으니 아직 저 건물 안에 있는 거요."

베슈의 말에 가시르가 동의를 표했다.

"아무렴!"

"건물 안에 그가 있다면, 내 아프리카 주식 열두 주 역시 저 안에 있는 거요. 그 주식이 천장을 뚫고 하늘로 날아가 버리지는 않았을 테니 말이오, 젠장!"

"증권 다발도 마찬가지요!"

니콜라 가시르가 한술 더 뜨며 대꾸하자 베슈가 말을 이었다.

"결국 우리는 견고한 근거에 기초해 이 같은 확신에 이르게 되오. 즉…."

베슈는 말을 끝마치지 못했다. 그의 두 눈에 돌연 불안이 감돌았다. 베슈는 거리 맞은편에서 한 사내가 활기찬 발걸음으로 건물을 향해 걸어오고 있는 모습을 바라보고 있었다.

"바르네트! 바르네트야…! 대체 어떻게 알고 온 거지?"

말을 더듬거리는 베슈 형사에게 가시르가 다소 머뭇거리며 털어놓았다.

"아까 내게 그에 대해 말했잖소, 라보르드가의 바르네트 탐정 사무소라고. 상황이 이 정도로 심각하니 전화 한 통 넣는 게 무익하지 않겠다 싶었소."

베슈가 알아들을 수 없는 말로 중얼거렸다.

"그건 바보 같은 짓이오. 누가 조사를 이끌어가는 거요? 당신이오, 나요? 바르네트는 저곳에 볼일이 없는 자요! 바르네트는 경계해야 할 불청객이란 말이오! 아, 안 돼! 이런, 바르네트는 안 된다고!"

바르네트와 협력해야 한다는 사실은 베슈에게 갑자기 세상에서 가장 위험한 일로 다가왔다. 짐 바르네트를 집 안에 들이고 이 사건에 연루시킨다는 것, 그것은 조사가 결실을 맺을 경우, 아프리카 주식 열두 주를 포함한 증권 다발이 감쪽같이 사라지는 것을 뜻했다.

노발대발한 베슈는 길을 가로질렀고, 바르네트가 막 문을 두드리려는 참에 그 앞에 버티고 서서 나지막이 떨리는 목소리로 말하며 그를 가로막았다.

"물러가게. 자네 도움은 필요 없어. 실수로 연락이 간 걸세. 제발 귀찮게 하지 말고 가게, 당장."

바르네트는 놀란 눈으로 그를 바라보며 말했다.

"이거 베슈 아닌가! 어쩐 일이야? 뭔가 심기가 불편한가?"

"어서 돌아가게!"

"전화상으로 얘기한 용건이 심각한가 보지? 자네도 푼돈 좀 모았었나? 그래, 그래서 작은 도움도 원하지 않는다 이건가?"

"꺼져. 자네가 말하는 작은 도움이라는 게 뭘 의미하는지 알아. 사람들 호주머니 속을 넘나드는 거지."

베슈가 으르렁거렸다.

"자네의 아프리카 주식이 걱정되나 보군?"

"그래, 자네가 개입할까 봐 걱정이야."

"그 얘기는 이제 관두게. 그 문제는 스스로 해결하게나."

"그럼 갈 텐가?"

"그건 불가능하네. 이 집에 용건이 있거든."

그러고는 어느새 그들과 합류해 문을 반쯤 열고 있던 가시르에게 말을 건넸다.

"실례합니다, 여기가 콩세르바투아르(음악교육과 연구 및 훈련을 전문으로 하는 학교 – 옮긴이)에서 2등을 한 플루트 선생 아블린 양이 사는 곳 맞나요?"

그 말에 베슈는 격분했다.

"그래 맞다, 문패에 적힌 주소를 보고는 공연히 묻는 거지….."

"그래서? 나라고 플루트 교습을 받지 말라는 법 있는가?"

바르네트도 지지 않고 대꾸했다.

"여긴 안 돼!"

"유감일세. 하지만 내가 플루트에 대한 열정이 워낙 대단해서 말이야."

"분명히 난 안 된다고 했어…."

"플루트!"

바르네트는 마구잡이로 안으로 들어섰고, 아무도 감히 그를 막아서지 못했다. 무척이나 불안한 베슈는 계단을 올라가는 바르네트의 뒷모습을 쏘아보았다. 10분 후쯤, 아블린 양과 얘기가 잘 통했는지 조심스레 음을 맞춰보는 플루트 소리가 4층에서 흘러나왔다.

"불한당 같으니! 저 짐승 같은 놈이 끼어들었으니 앞으로 어쩌지?"

자신의 아프리카 주식 때문에 갈수록 애가 타는 베슈가 중얼거렸다.

그는 성가신 일들을 신경질적으로 재개했다. 비어 있는 1층과 엄밀히 따지면 증권 다발을 던져놓았을지도 모를 관리인의 숙소까지 샅샅이 살펴보았다. 하지만 허사였다. 한편, 저 위에서는 오후 내내 빈정대는 듯한 플루트 소리가 신경을 거스르며 삑삑거리고 있었다. 대체 이런 상황에서 어떻게 일을 할 수 있으랴? 마침내, 저녁 6시. 바르네트가 콧노래를 부르며 경쾌한 발걸음으로 큼지막한 상자를 손에 들고 모습을 드러냈다.

판지 상자! 베슈는 길길이 날뛰며 탄성을 내지르고는 상자를 낚아채 뚜껑을 뜯어냈다. 그 안에는 낡은 모양의 모자들과 좀이 슨 모피 옷가지들이 들어 있었다.

바르네트는 근엄한 목소리로 말했다.

"아블린 양이 밖으로 나올 수가 없어서 나더러 이것들을 좀 버려달라고 했네. 알다시피, 아블린 양은 정말 예쁜 아가씨야! 플루트 실력도 대단하고! 나에게 놀라운 재능이 있다고 하더군. 끈기 있게 연습만 하면 성당 계단의 맹인 자리 하나쯤 도전해볼 만하다고 말이야."

밤새 베슈와 가시르는 한 명은 안쪽, 다른 한 명은 바깥쪽에서 보초를 섰다. 만에 하나라도 증권 다발이 창문을 통해 공모자에게 전달되는 일을 막기 위함이었다. 그리고 다음 날 아침, 다시 수사를 재개했지만 그 악착같은 노력은 여전히 물거품으로 돌아갔다. 아프리카 주식 열두 주와 나머지 증권 다발 모두 고집스럽게 숨은 채 나타날 기미가 보이지 않았다.

3시가 되자, 짐 바르네트가 또다시 모습을 드러냈다. 이번에는 텅 빈 판지 상자를 손에 들고 곧장 지나쳐갔다. 그러면서 상냥하게 인사를 던지는 모양새가 흡족한 시간을 보낸 남자의 모습이었다.

플루트 교습이 시작되었다. 조율을 하고 연습이 시작되고 틀린 음정들이 툭 비어져 나오더니 갑작스러운 침묵이 이어졌다. 그런데 알 수 없는 그 침묵이 길어졌고 이는 말로 다 표현할 수 없을 만큼 베슈를 애타게 했다.

'대체 뭔 짓을 하고 있는 거야?'

그는 혼자 속을 끓이면서도, 지금까지 바르네트에 의해 체계적으로 수행되면서 놀랄 만한 성과를 거둔 수사들을 머릿속에 떠올려보았다.

결국 베슈는 4층으로 올라가 바짝 귀를 기울였다. 플루트 선생의 거처에서는 아무 소리도 들리지 않았다. 대신 그녀의 옆방, 속기 타이피스트 르고피에 양의 처소에서 남자 목소리가 흘러나왔다.

'그의 목소리야.'

베슈의 호기심이 끝없이 솟구쳤다.

결국 자신을 억누르지 못하고 베슈는 벨을 눌렀다.

안에서 바르네트가 외쳤다.

"들어오시오! 문에 열쇠가 꽂혀 있으니."

베슈는 안으로 들어갔다. 갈색 머리에 아주 예쁜 얼굴의 르고피에 양은 책상 앞 타자기 가까이에 앉아서 바인더용 루스리프 용지에 바르네트의 말을 속기로 받아 적고 있었다.

바르네트는 아무렇지도 않게 내뱉었다.

"가택수사라도 온 건가? 불안해하지 말게나. 이 숙녀분께선 아무것도 감추는 게 없어. 나 역시 마찬가지고. 내 회고록을 구술하던 중인데, 계속해도 되겠나?"

그러고는 베슈가 가구 아래를 살펴보는 동안, 바르네트는 자신의 회고록 구술을 계속 이어갔다.

"바로 그날, 베슈 형사는 플루티스트 아가씨가 소개한 매력적인 르고피에 양의 거처로 나를 찾아왔고 완전히 사라져버린 자신의 아프리카 주식 열두 주를 찾아 이리저리 들쑤시고 다녔다. 그러고는 소파 아래서 먼지 세 알갱이를 수집하고, 찬장 아래에서는 구두 뒤축의 코르크판을 수거했다. 베슈 형사는 어느 하나 소홀히 하지 않았다. 대단한 직업인이었다!"

베슈는 몸을 일으키고는 바르네트에게 주먹을 들이대고 위협하며 욕지거리를 내뱉었다. 하지만 바르네트는 아랑곳하지 않고 자신의 구술을 이어갔고, 급기야 베슈는 자리를 박차고 밖으로 나가버렸다.

얼마 지나서 바르네트는 판지 상자를 든 채 계단을 내려왔다. 보초를 서고 있던 베슈는 망설였다. 하지만 워낙 염려가 되는지라 상자를 열어보았다. 그 안에는 낡은 종이들과 헝겊쪼가리뿐이었다.

딱한 신세가 된 베슈에게 산다는 것이 견딜 수 없게 느껴졌다. 바르네트라는 존재, 그의 빈정거림과 짓궂은 행동들 때문에 베슈는 점점 울화가 치밀어올랐다. 매일 바르네트는 어김없이 나타났고, 플루트 교습과 속기 회고록 작성을 마친 후 그 판지 상자를 보란 듯이 들고 내려왔다. 뭐 하자는 것인가? 베슈는 이 또한 새로운 익살에 불과하며 필경 바르네트가 자신을 조롱하는 게 틀림없다고 여겼다. 하지만, 만에 하나 바르네트가 증권 다발을 빼돌렸다면? 아프리카 주식 열두 주를 들고 내뺀다면? 기회를 틈타 자신의 전리품을 이동시키는 거라면? 따라서 좋은 싫든 간에 베슈는 낡아빠진 거적때기라든지, 누더기, 털 빠진 깃털, 부러진 빗자루, 굴뚝에서 나온 시커먼 재, 당근 찌꺼기 등 아무짝에도 쓸모없는 각종 잡동사니 쓰레기 속으로 열에 들뜬 손을 밀어 넣어 헤집고 뒤적거리지 않을 수가 없었다. 그리고 바르네트는 그 모습을 지켜보며 옆구리를 부여잡고 배꼽이 빠져라 웃어댔다.

"**주식**이 있다! **주식**이 없다! 찾았나! 못 찾았다…! 아! 빌어먹을 베슈, 이 친구야! 자네 때문에 아주 웃겨 죽겠네!"

이런 일이 일주일 내내 지속되었다. 베슈는 이처럼 무력한 싸움에 자신의 휴가를 전부 써버린 데다, 그 지역에서 대단히 우스꽝스러운 위인으로 낙인 찍혀버렸다. 니콜라 가시르와 베슈는 세입자들이 모든 몸수색과 짐 수색을 순순히 받아들이면서도 자신들의 생업에 종사하는 것을 사실상 반대할 도리가 없었다. 사람들은 이 일로 수군대고 있었다. 가시르의 불운한 소식으로 꽤나 떠들썩했다. 아연실색한 그의 고객들은 가시르의 사무실로 몰려왔고 돈을 내놓으라며 아우성이었다. 한편, 전직 장관 투페몽 의원은 불편을 감수하면서 하루 네 차례 집을 드나드는 가운데 이 모든 소란을 지켜보고는 니콜라 가시르를 불러 경찰에 정식으로 알릴 것을 촉구했다. 이제 상황은 더 이상 이런 식으로 계속될 수만은 없는 노릇이었다.

그러던 중, 우연한 사건 하나가 모든 것을 급박하게 몰아갔다. 어느 오후가 저물 무렵, 가시르와 베슈는 4층에서 언성을 높이며 다투는 소리를 듣게 되었다. 동동 발을 구르는 소리와 여자들의 고함, 이 모든 게 심상치 않은 분위기였다.

두 사람은 부리나케 세 개 층을 뛰어 올라갔다. 층계참에서 아블린 양과 르고피에 양이 맹렬히 싸우고 있었는데, 여느 때 같았으면 즐겁게 구경이나 했을 바르네트가 그들을 뜯어말리는데도 도무지 중단할 기미가 보이지 않는 것이었다. 틀어 올린 머리는 위로 솟구쳐 있었고 블라우스는 갈기갈기 찢어졌으며 온갖 욕설이 서로 대립했다.

가까스로 두 여자를 갈라놓았다. 타이피스트는 신경 발작 중세를 보였고, 바르네트가 그녀를 방으로 옮기는 동안 플루트 선생은 분을 이기지 못해 씩씩거리고 있었다.

아블린 양이 고래고래 소리를 질렀다.

"둘이 함께 있는 걸 봤어! 바르네트는 먼저 나한테 환심을 사려고 집적거리더니 이제는 저 여자를 안고 있더란 말이야. 이바르네트, 아주 웃기는 작자야! 이봐요, 베슈 씨, 저 인간이 지난 일주일 동안 여기서 무슨 획책을 꾸미고 있었는지 물어보는게 좋을 거예요. 왜 우리한테 꼬치꼬치 캐고 사방을 샅샅이 뒤져가며 시간을 보냈는지 어디 한번 물어보라고요. 그래요, 내가 당신에게 말해줄 수 있는 건, 그는 누가 도둑질을 했는지 알고 있다는 거예요. 바로 관리인 여자, 네, 알랭 부인 말이에요. 대체 왜 저 인간이 내가 당신에게 말 한마디도 건네지 못하게 막았을까요? 그리고 증권 다발에 관해 그는 진실을 알고 있어요. 내게 한 말만 들어도 알 수 있다고요. '그것들은 이 건물 안에 없으면서도 있어. 확실히 있으면서 또한 없기도 하고.' 그를 조심해요, 베슈 씨."

타이피스트를 진정시키고 돌아온 짐 바르네트는 아블린 양을 붙들고는 그녀의 방 쪽으로 거칠게 밀어 넣었다.

"자, 친애하는 선생님, 이제 소란은 그쯤에서 멈추고 잘 알지도 못하는 일을 그렇게 떠벌리지 마세요. 플루트를 입에서 떼기만 하면 당신은 횡설수설하는구려."

베슈는 그가 되돌아올 때까지 기다리지도 않았다. 짐 바르네트가 무엇을 생각하는지에 대한 아블린 양의 폭로만으로도 이내 머릿속에서 사건이 명확해지는 듯했다. 그래, 범인은 알랭 부인이다! 어떻게 생각이 미치지 못했을까? 거친 확신으로 인해 화가 난 베슈는 니콜라 가시르를 대동하고 계단을 구르듯 내려와 관리인 숙소로 달음질쳐갔다.

"내 아프리카 주식! 어디로 빼돌렸소? 당신이 내 주식을 훔친 거 다 알아!"

버럭 고함부터 지르는 베슈에 이어 니콜라 가시르도 득달같이 달려들었다.

"내 증권들? 대체 어떻게 한 거야, 이 도둑!"

두 남자는 그 뚱뚱한 여자를 흔들어대고 이리저리 잡아끌다가 한 명이 한 팔씩을 붙들고는 질문과 욕설을 퍼부었다. 하지만 그녀는 묵묵부답이었다. 얼이 빠진 것처럼 보였다.

알랭 부인에게는 악몽 같은 밤이었다. 그 이후로 연속 이틀간 그보다 덜하지 않는 고통의 시간이 이어졌다. 단 한 순간도 베슈는 바르네트가 실수를 했으리라고는 생각지 않았다. 게다가 이 같은 혐의에 비중을 두자, 여러 사실들이 그 진짜 의미를 띄기 시작했다. 관리인 여자는 청소를 하면서 침대 머리맡 탁자 위에서 증권 다발이 놓여 있는 것을 목격했을 테고, 유일하게 열쇠를 가지고 있는 사람이었다. 그리고 가시르의 규칙적인 생활 방식을 잘 알고 있는지라, 언제고 그의 거처 안으로 들어가 증권 다발을 손에 넣은 채 자신의 숙소로 황급히 줄행랑쳤을 가능성이 높다. 나중에 니콜라 가시르가 관리인 여자와 맞닥뜨린 바로 그 숙소 말이다.

한데, 그러면서도 베슈는 왠지 의기소침했다.

"그래, 분명 이 맹랑한 여자가 일을 저질렀을 거야. 하지만 근본적인 수수께끼는 여전히 남아 있어. 범인이 관리인이건 다른 누구이건 사실 그건 별로 중요하지 않아. 내 아프리카 주식 열두 주가 어떻게 되었는지를 모를 바에는 어차피 마찬가지라고. 이 여자가 증권 다발을 자신의 숙소로 빼내 온 것은 그렇다 치고 9시에서 우리가 숙소를 뒤졌던 시각 사이에 대체 무슨 기적이 일어나 그것들이 자취를 감춰버렸느냐 이거요."

이 수수께끼에 대해서, 뚱뚱보 여자는 온갖 협박과 정신적 고문을 가해도 답을 내놓지 않았다. 여자는 모든 사실을 부정했고 아무것도 본 적이 없다고 잡아떼며 자신은 아무것도 모른다고 했다. 혐의가 확실한데도 불구하고 여자는 완고한 태도로 일관했다.

어느 날 아침, 가시르가 베슈를 보며 말했다.

"이쯤에서 끝을 봐야겠소. 투페몽 의원이 어젯밤 정부 부처를 발칵 뒤집어놓은 거 보았소? 곧 기자들이 들이닥칠 거요. 우리가 그들 모두를 수색할 수는 없잖소."

베슈도 이젠 더 이상 참을 수 없는 상황임을 털어놓으며 말했다.

"세 시간 안에 모든 걸 밝혀내겠소."

그날 오후, 그는 바르네트 탐정 사무소의 문을 두드렸다.

"베슈, 그러지 않아도 기다리고 있었네. 뭘 원하는 건가?"

"자네의 도움. 나는 사건에서 헤어나지 못하고 있네."

성실한 답변이었고 진심 어린 태도였다. 베슈는 분명 성심을 다해 사죄하고 있었다.

짐 바르네트는 베슈의 곁으로 서둘러 다가와, 어깨를 다정히 움켜쥐면서 그의 손을 맞잡았다. 그러고는 매력적이고 세련된 태도로 패배자의 치욕을 조금이나마 덜어주려 했다. 사실 그 모습은 승자와 패자의 회합이 아니라 두 친구가 화해하는 모습이었다.

"사실, 베슈 이 친구야, 우리 사이를 소원하게 한 작은 오해로 인해 나는 무척이나 괴로웠다네. 우리 같은 단짝 친구가 서로 으르렁거리다니! 이 얼마나 슬픈 일인가! 난 잠도 못 잤다네."

베슈는 눈썹을 찡그리고 있었다. 경찰의 양심에 비추었을 때, 그는 바르네트와 절친한 관계를 맺고 있는 자신을 신랄하게 비난할 수밖에 없었고, 어찌 운명이 자신을 이런 사기꾼 같은 놈에게 목매는 협력자로 만들어버렸는지 참으로 몸서리가 쳐졌다. 하지만 어쩌겠는가! 때로는 가장 고결한 사람들도 고개를 굽히고 허리를 낮춰야만 하는 상황들이 있거늘…. 열두 주의 아프리카 주식을 잃은 상황 또한 그중 하나이지 않겠는가!

불안감에 질식할 것 같은 베슈는 중얼거렸다.

"관리인 여자가 맞지, 그렇지?"

"그 여자일세. 수많은 이유들 가운데 오직 그 이유, 그 여자 외에는 범인이 있을 수 없다는 이유만으로도 그녀가 틀림없어."

"하지만 그때까지만 해도 꽤 존경받는 여자였는데 어떻게 그런 짓을 저지를 수 있지?"

"자네가 그녀에 대한 정보를 좀 더 주의를 기울이고 면밀히 수집했더라면, 그 불쌍한 여자에게 악질적인 사기꾼 아들이 하나 있으며 계속해서 어미의 돈을 우려먹고 있다는 사실을 알았을 걸세. 결국 자식 때문에 유혹에 넘어가고 만 거지."

베슈는 몸서리를 치며 말했다.

"그럼 결국 그 못된 놈한테 내 아프리카 주식을 몽땅 떠넘겼다는 거야?"

"오! 그건 아니네, 내가 그렇게 두진 않지. 자네 주식은 무사하네."

"그럼 대체 어디 있나?"

"자네 호주머니 속에."

"농담하지 말게, 바르네트."

"난 이런 심각한 문제를 두고 농담하지 않네, 베슈. 확인해보게."

베슈는 호주머니 속으로 조심스레 손을 집어넣고 더듬대고는 '나의 친구 베슈에게'라고 쓰여 있는 커다란 봉투 하나를 꺼냈다. 봉투를 열자 자신의 아프리카 주식이 그 안에 들어 있었고 세어보니 모두 열두 주가 확실했다. 베슈는 얼굴이 창백하게 질리면서 두 다리가 후들후들 떨려왔다. 그런 베슈에게 바르네트는 얼른 각성제병을 코앞에 내밀었고, 베슈는 킁킁거리며 냄새를 맡아댔다.

"숨을 쉬게나, 베슈. 정신을 잃지 말게."

베슈는 의식을 잃지는 않았지만 남몰래 눈물을 훔쳐냈다. 기쁨에 목이 다 멜 지경이었다. 보나 마나 자신이 방에 들어와 속내를 토로하는 사이에 바르네트가 호주머니 속에 봉투를 쑤셔넣었으리라는 것을 베슈는 전혀 의심하지 않았다. 하지만 아프리카 주식 열두 주가 고스란히 자신의 떨리는 손 안에 쥐어져 있으니, 저 바르네트가 더 이상 사기꾼으로만 보이지는 않았다.

대번에 기운을 차린 베슈는 느닷없이 깡충깡충 뛰고, 캐스터 네츠라도 손에 쥔 듯한 동작으로 발을 구르며 플라멩코를 추고는 소리쳤다.

"찾았다! 내 품에 돌아왔다고, 아프리카 주식이 말이야! 아! 바르네트, 자네 정말이지 괜찮은 사람이야! 이 세상에 둘도 없는 바르네트, 단 하나뿐인 베슈의 구원자! 바르네트, 자네 이름으로 동상이라도 세우고 싶네! 이보게, 바르네트, 자넨 영웅이야! 그나저나 어떻게 해낸 건가? 얘기 좀 해주게, 바르네트!"

또 한 번 더, 바르네트의 사건 수사 방식이 베슈 형사를 어안이 벙벙하게 만들었다. 직업적 호기심에 잔뜩 몸이 달아 베슈가 보챘다.

"자, 어서, 바르네트?"

"뭘 말인가?"

"에이, 이거 왜 이러나. 대체 이 모든 골칫거리를 어떻게 해결했냐고. 증권 다발은 어디에 있었던 거야? 또 '건물 안에 없으면서 있다'라고 할 텐가?"

"또는 건물 안에 있으면서 없었지."

바르네트가 농을 쳤다.

"그러지 말고 좀 털어놔 보게."

베슈가 조르듯 말했다.

"이제 항복하는 건가?"

"좋을 대로 생각하게."

"그럼, 이제 더 이상 작은 과실들에 대해 지탄을 가하면서 나를 괴롭히지도 않고, 내가 마치 정도를 벗어난 것처럼 여겨지게 하지도 않을 거지?"

"알았으니 어서 얘기 좀 해보게, 바르네트."

그제야 바르네트는 외쳤다.

"아, 정말 매력적인 이야기라니까! 이보게 베슈, 자네에게 미리 알려주지만 결코 실망하지 않을 이야기야. 세상에 이처럼 재미있고, 예상치 못하면서, 과감하고, 긴박감 넘치면서, 인간적인 동시에 황당무계한 일은 처음일세! 게다가 극히 단순해서 자네처럼 진지함으로 무장한 성실한 경찰관은 도통 영문을 알 수가 없을 거야."

기분이 상한 베슈가 퉁명스레 말했다.

"자자, 어서 말해. 대체 증권 다발이 어떻게 집 밖으로 벗어난 거냐고?"

"어처구니없는 베슈, 그야 자네 목전에서 그런 거지! 더구나 집 밖으로 빠져나갔을 뿐만 아니라 다시 집 안으로 다시 돌아오기도 했네. 그것도 하루에 두 번씩 말이야! 자네의 목전에서, 자네의 그 순박하고 너그러운 눈앞에서 말이야! 지난 열흘 동안 자네는 그 앞에서 깍듯이 인사까지 했다니까! 성 십자가의 조각이 눈앞을 지나쳤다는 말일세! 자칫하면 자넨 그 앞에서 무릎이라도 꿇을 참이었네!"

"이봐! 말이 안 되잖아, 난 모든 걸 샅샅이 뒤져 살펴보았단 말이야."

베슈가 소리치며 반박했다.

"그렇지, 모든 걸 뒤졌지, 그것만 빼고! 소포 꾸러미, 판지 상자, 핸드백, 호주머니, 모자, 통조림통, 쓰레기통까지… 그래, 다 뒤졌지, 하지만 그것만 빼고. 국경에 위치한 역에서 여행객들은 조사 대상이지만, 외교관의 가방만큼은 건드리지 않지. 마찬가지로 자네도 모든 것을 조사했지만 그것만은 손대지 않았어!"

"대체 그게 뭔데?"

베슈는 참을 수가 없어서 소리쳤다.

"알아맞힐 리가 없지."

"제기랄, 어서 말하란 말이야!"

"전직 장관의 서류 가방이라네!"

베슈는 자리에서 펄쩍 뛰어 일어났다.

"뭐라고? 바르네트, 자네 지금 뭐라 했나? 지금 투페몽 의원을 고발하는 건가?"

"정신이 나갔군! 내가 국회의원을 고발할 거라 생각하나? **선험적으로**, 전직 장관을 역임한 국회의원은 혐의를 두기 어렵지. 더구나 모든 국회의원과 모든 전직 장관을 통틀어 투페몽 같은 위인은 그 어떤 혐의도 둘 수 없는 인물이라고 생각하네. 그렇다고 해서 그가 알랭 부인의 농간에 놀아난 장물아비가 되지 못하리라는 법은 없지."

"그러면 공범이라는 건가? 투페몽 의원이 공범이야?"

"너무 앞서가지 말게."

"그럼, 대체 뭐가 문제인 거야?"

"뭐가 문제냐고?"

"그래."

"그의 서류 가방이지."

바르네트가 침착하면서도 쾌활한 어조로 설명을 시작했다.

"베슈, 자고로 장관의 서류 가방은 비중 있는 역할을 담당하지. 투페몽 의원이 세계 어디를 가든 투페몽 의원이 있는 곳엔 항상 그의 서류 가방이 있네. 서로가 떨어질 수 없는 존재지. 하나가 또 다른 하나의 존재 이유인 거야. 요컨대 서류 가방을 들지 않은 투페몽을 상상할 수 없을 뿐만 아니라 투페몽 없는 투페몽의 서류 가방을 상상할 수도 없을 걸세. 이 둘은 서로 떼려야 뗄 수가 없는 불가분의 관계지. 이따금 투페몽이 서류 가방을 옆에 내려놓을 때라곤, 먹거나 잠을 자거나 이런저런 일상적인 행동을 해야 할 때뿐이지. 바로 그런 때에만, 투페몽의 서류 가방은 별개의 존재가 되어 투페몽과 상관없는 행동들을 나름대로 취할 수 있는 거라네. 그리고 바로 그게 도난 사건이 발생한 아침에 일어난 일이고."

베슈는 바르네트를 멀뚱히 바라보았다. 대체 뭘 말하려는 걸까?

바르네트가 다시 얘기를 이어갔다.

"바로 그 일이 일어난 거야, 자네의 아프리카 주식 열두 주가 감쪽같이 사라진 그날 아침에 말이야. 자신이 범한 도둑질에 혼을 다 뺏겨버린 데다가 닥쳐올 위험 때문에 까무러치기 일보 직전인 관리인 여자는 장물을 어디에 숨겨야 할지 몰랐는데, 문득 벽난로 위를 보니 그야말로 기적같이 투페몽 의원의 서류 가방만 덩그러니 놓여 있는 걸 목격하게 되었지. 투페몽 의원이 우편물을 가지러 막 관리인 숙소로 들어선 거야. 그리고 서류 가방을 벽난로 위에다 올려놓은 뒤 편지를 뜯어 살피고 있던 그에게 니콜라 가시르와 베슈, 자네가 증권 다발이 사라진 사실을 얘기한 거라네. 바로 그때, 기발한 생각, 그래, 기발한 생각 하나가(이외에는 다른 적합한 말이 없을 듯하네) 알랭 부인의 뇌리를 스치고 지나갔지. 훔쳐낸 증권 다발 역시 벽난로 위 서류 가방 옆에 신문지로 덮여 있던 상태였다네. 아직 관리인 숙소를 뒤져보지 않은 상태였으나 조만간 수색이 시작될 테고 결국 모든 게 들통나고 말 테였지. 지체할 시간이 없었어. 여자는 서둘러 움직였지. 얘기를 나누고 있는 무리를 등진 상태에서 서류 가방을 열고는 두 개의 수납 주머니 중 한 곳의 서류를 모조리 비워내고 그 안에 증권 다발을 쑤셔 넣은 거야. 결국 그렇게 된 거지. 아무도 그 어느 것도 눈치채지 못했지. 투페몽 의원이 서류 가방을 겨드랑이에 끼고 다시 그곳을 빠져나갔을 때, 자네의 아프리카 주식 열두 주와 가시르의 증권 다발 역시 모두 들고 나간 거란 말일세."

베슈는 단 한 마디 대꾸도 못 했다. 바르네트가 강한 확신에 찬 어조로 단언하듯 얘기하는 가운데 베슈는 난공불락의 진실 앞에 복종했다. 그는 믿을 수밖에 없었고 그것은 거의 신앙에 가까운 믿음이었다.

"실은, 그날. 관리인 숙소에서 서류와 보고서 한 뭉치를 보았네. 별다른 주의를 기울이지는 않았지. 하지만 관리인 여자는 그것들을 투페몽 의원에게 돌려주어야 했을 텐데."

베슈의 말에 바르네트는 대답했다.

"난 그렇게 생각하지 않네. 그걸로 인해 의심을 사느니 차라리 불태워버렸을 거야."

"하지만 나중에라도 의원이 찾았을 게 아닌가?"

"아닐세."

"아니, 어떻게! 그럼 그 서류 뭉치가 사라진 걸 끝내 몰랐다는 말인가?"

"증권 다발이 들어 있는 것도 까마득히 몰랐지."

"하지만 그럼 투페몽 의원은 서류 가방을 언제 열어보았나?"

"가방을 열어보지 않았네. 사실 결코 열어보는 일이 없지. 투페몽 의원의 서류 가방 역시 대부분의 정치가들이 들고 다니는 서류 가방들처럼 눈속임에 지나지 않아. 일종의 의장용이자 위압감을 풍기면서 경고용 소품인 셈이지. 만약 그가 가방을 열었다면 사라진 서류를 찾으려 했을 테고, 당연히 증권 다발을 내놓았을 걸세. 하지만 전혀 그러지 않았지."

"하지만 업무를 볼 때는 어떤가?"

"업무를 보지 않는다는 거지. 서류 가방을 끼고 있다고 해서 반드시 일을 해야 한다는 법은 없네. 오히려 전직 장관으로서 서류 가방을 옆에 꿰차고 있는 것만으로도 더 이상 할 일은 없는 거지. 서류 가방이 일과 권력, 권위와 전지전능을 뜻하니까. 어제저녁 하원 의회에서 투페몽 의원이(나도 그곳에 있었다네. 그래서 사정을 잘 알고 말하는 걸세) 연단 위에 전직 장관의 서류 가방을 턱하니 올려놓자, 각료들이 전의를 상실한 듯한 모습을 보이는 거야. 저 엄청난 일꾼의 서류 가방 속에는 얼마나 엄청난 문서들이 들어 있겠느냐 이거지! 숫자와 통계 수치들 말이야! 하지만 투페몽 의원은 가방을 보란 듯 올려놓았을 뿐, 그

두툼한 가방의 주머니 속에서 아무것도 꺼내지 않았지. 그러면서도 연설 도중에 이따금, '모든 것은 이 안에 있소'라고 말하듯 서류 가방 위에 손을 갖다 대더라 이걸세. 사실 그 안에는 베슈의 아프리카 주식 열두 주와 가시르의 증권 다발, 그리고 낡은 신문지들이 고작인데 말이야. 그걸로 충분했어. 투페몽 의원의 서류 가방이 내각 전체를 굴복시킨 거야."

"그나저나 자네는 어떻게 알았나…?"

"의회가 끝난 후 새벽 1시쯤, 걸어서 집으로 돌아가고 있던 투페몽은 난데없이 어떤 남자와 부닥치고는 보도 위로 벌렁 자빠지고 말았지. 그 순간, 그 남자의 공범인 또 다른 누군가가 재빨리 서류 가방을 챙겨 들고는 부리나케 증권 다발을 빼내고 대신 낡은 종이뭉치를 그 안에 쑤셔 넣었지. 그 제2의 인물의 이름을 굳이 말할 필요는 없겠지?"

베슈는 호탕하게 웃어젖혔다. 자신의 주머니에 열두 주의 아프리카 주식이 안전하게 들어 있는 만큼 저간의 사정과 투페몽이 겪은 우여곡절이 그저 재미있고 흥미진진하게만 여겨졌다.

바르네트는 펄쩍 뛰어올라 공중에서 한 바퀴 팽그르르 돌더니 외쳤다.

"자, 이게 이 사건의 모든 비밀이라네, 친구! 내가 자서전을 구술하고 플루트를 배운답시고 설친 것도 죄다 여러 가지 참고 사항들을 수집하고 집 안 분위기도 알아보면서 이 독특한 진실을 밝혀내기 위함이었네! 흥미진진한 일주일이었어. 4층에서는 가벼운 연애도 했고 1층에서는 나름대로 다양한 기분 전환을 했으니 말이야. 가시르, 베슈, 투페몽… 모두 내가 배후 조종을 한 꼭두각시들이었지! 가장 골치 아팠던 건, 투페몽이 정말로 자기 서류 가방이 음모의 온상이고, 또 부지불식간에 자네의 아프리카 주식을 이리저리 들고 다녔다는 사실을 과연 몰랐는지를 확인하는 것이었네. 나로서는 이 문제로 애를 먹었지. 아울러 관리인 여자는 또 어땠겠나! 놀라 자빠질 일 아닌가! 속으로는 투페몽이야말로 가장 악질적인 사기꾼이라 생각하고 있을 거네. 그 여자 생각에는 아프리카 주식 열두 주와 나머지 증권 다발을 투페몽이 '가로챈' 걸 테니 말이야. 빌어먹을 투페몽이라고 욕하고 있겠지."

"이제라도 사실을 귀띔해주어야 할까?"

베슈가 물었다.

"뭣하러? 그냥 계속해서 낡은 신문지 다발이나 들고 다니면서 서류 가방을 베개 삼아 잠이나 주무시라고 하게! 베슈, 이번 일에 관해서는 그 누구에게도 입도 뻥긋하지 말게나."

"물론 가시르는 예외겠지. 증권 다발을 돌려주려면 어차피 얘기해야 할 테니까."

순간, 바르네트가 툭 내뱉었다.

"무슨 증권 다발?"

"원래 그자의 물건이었던 그 증권 다발 말일세. 자네가 투페몽 의원의 서류 가방에서 찾아낸 거 말이야."

"아, 이런! 자네 돌았나, 베슈? 가시르가 자신의 증권 다발을 다시 손에 넣으리라 생각하는 건가?"

"맙소사!"

바르네트는 주먹으로 탁자를 내리치면서 갑자기 노한 목소리로 말했다.

"베슈, 자네 그 니콜라 가시르가 어떤 작자인지 아나? 관리인 여자의 망나니 아들과 다를 게 없는 사기꾼 녀석일세. 그래, 사기꾼이야! 자기 고객의 돈을 후려냈어, 니콜라 가시르 그 작자가! 그리고 그들 돈으로 장난질을 쳤지! 이보다 더 나쁜 건, 그걸 들고 어디론가 튈 준비를 하고 있었다고! 자, 이게 바로 놈이 구매한 브뤼셀행 1등석 열차표라네. 자기 금고에서 증권 다발을 꺼낸 바로 그 날짜가 이 위에 찍혀 있지 않은가. 그가 주장한 대로 은행에 기탁하려고 증권 다발을 꺼내 온 게 아니라, 가지고 내빼려 한 거라고. 자, 이제 그 잘난 니콜라 가시르에 대해 뭐라 말 좀 해볼 텐가?"

베슈는 아무 말도 하지 않았다. 사실, 아프리카 주식을 도둑맞은 이후 니콜라 가시르에 대한 신뢰감은 눈에 띄게 낮아졌다. 그럼에도 불구하고 그는 이렇게 말했다.

"하지만 가시르의 고객은 선량한 사람들일세. 이로 인해 그들이 파산한다면 정당하다고 할 수 있겠나?"

"파산하지 않을 걸세! 절대 그럴 일 없을 거야! 결코 그 같은 불공평한 일은 용납하지 않을 것이네!"

"그럼 어찌할 셈인가?"

"이보게. 가시르는 부자야."

"그는 땡전 한 푼 없다네."

베슈의 말에 바르네트는 정색을 했다.

"잘못 알고 있는 거야! 내가 입수한 정보에 의하면 그는 고객들에게 변상을 하고도 남을 만큼의 돈을 가지고 있어. 잘 생각해보게, 가시르가 사건 첫날부터 경찰에 신고를 꺼렸던 것은 바로 사법 당국이 자기 사업에 대해 냄새를 맡지 않길 바라서였네. 그러니 이제라도 감옥에 들어갈 수 있다고 으름장을 놔보게. 돈? 그 니콜라 가시르는 백만장자일세. 그러니 그자가 잘못한 일은 내가 아니라, 바로 그자 본인에게 수습하라고 해야한다네!"

"그럼 결국 자네가 가로채겠다는 말인가…?"

"증권 다발 말인가? 천만에! 이미 매각해버렸네."

"그랬겠지. 그러면 그렇게 해서 마련한 돈은…?"

바르네트는 고결한 척하며 화를 내면서 외쳤다.

"단 한 순간도! 단 한 푼도 나는 손대지 않아!"

"그럼 그걸로 무얼 할 텐가?"

"나눠줄 걸세."

"누구에게?"

"궁핍을 겪는 친구들, 내가 후원하는 흥미로운 작업들에 건넬 걸세. 아! 걱정하지 말게, 베슈, 니콜라 가시르의 돈은 적절히 사용될 거야!"

베슈는 의심하지 않았다. 이번 역시 사건은 바르네트가 '한몫' 챙기는 것으로 마무리되었다. 바르네트는 죄인들을 벌하고 결백한 이들을 구해내면서 동시에 스스로 배를 불리는 것을 잊지 않았다. 다른 사람 일을 생각하기 전에 우선 자기 호주머니부터 두둑이 챙기는 것이었다.

베슈 형사의 얼굴이 벌게졌다. 가만히 있는 것은 곧 공범이 되는 것이었다. 하지만 다른 한편으로는 호주머니 속에 너무도 소중한 아프리카 주식 열두 주가 안전히 들어 있는 마당에, 만약 저 바르네트가 아니었으면 그 모든 것을 깡그리 날렸을 거라는 것에 생각이 미쳤다. 과연 이 순간 벌컥 화를 내고 몸싸움을 벌여야 할까?

"왜 그런가? 기분 안 좋나?"

바르네트가 묻자 불운한 베슈가 대답했다.

"천만에, 기분 좋다네. 아주 기분 좋아."

"그래, 모든 게 잘되었으니 웃게나."

베슈가 무기력하게 웃음을 짓자 바르네트가 외쳤다.

"좋아, 잘됐어! 자넬 돕는 일은 항상 즐겁다네. 나에게 그럴 기회를 주는 자네가 고마울 따름이야. 자, 이제 그만 헤어지세. 자네도 아마 바쁠 테지, 나는 지금 숙녀 한 분을 기다리고 있는 중이라네."

문 쪽으로 다가가며 베슈가 말했다.

"잘 있게!"

"또 보세!"

바르네트도 화답했다.

베슈는 자기 말대로 기분 좋은 상태로 문밖을 나섰다. 하지만 마음 한구석이 여간 편치 않았고 저 빌어먹을 인간으로부터 벗어나야겠다고 결심했다.

밖으로 나와 옆길로 돌아들자 예쁜 타이피스트가 시야에 들어왔다. 물론 바르네트가 기다리고 있다던 그 숙녀임에 틀림없었다.

그로부터 이틀 뒤, 베슈는 극장에서 바르네트와 마주쳤다.

이번에는 못지않게 예쁜 플루트 선생, 아블린 양과 함께였다….

6
우연이 기적을 행하다

비외 동종 사건을 해결할 임무를 띠고 필요한 정보를 챙긴 베슈 형사는 프랑스 중부 지역으로 향하는 야간열차에 올라타고는 게레에서 내렸다. 그곳에서 자동차를 타고 다음 날 아침 마쥐레크 읍에 당도했다. 일단, 크뢰즈 강의 만곡이 감싸고 있는 지대 위에 세워진 드넓은 고성을 방문하는 것으로 업무를 시작했다. 그 성에는 조르주 카제봉이라는 인물이 살고 있었다.

조르주 카제봉은 부유한 실업가에다 도의회 의장을 맡고 있으며, 정계 인맥으로 상당한 영향력을 지닌 나이 마흔은 족히 넘어 보이는 건장한 사내였다. 그는 다소 평범한 얼굴에 존경심을 불러일으킬 만한 풍채를 하고 있었다. 비외 동종이 자신의 영지로 편입되자마자 조르주 카제봉은 베슈를 그리로 불러들이고자 했다.

먼저 밤나무들이 심어진 아름다운 정원을 가로질러야 했고, 그러고 나서 봉건시대의 마쥐레크로부터 오늘날 남아 있는 유일한 흔적인, 폐허가 된 망루에 이르렀다. 그것은 무너져 내린 바위들 위로 크뢰즈 강이 유유히 흐르는 깊은 협로로부터 하늘을 향해 우뚝 솟아 있었다.

그런가 하면 달레스카르 가문 소유의 강물 맞은편 기슭에는 마치 방파제를 이룬 듯 12미터쯤 떨어진 위치에 습기로 번들번들 윤이 난 커다란 석벽들이 늘어서 있었고 그 위 약 5~6미터 위로 발코니로 에워싼 마당이 드러나 있었으며 그리로 오솔길이 연결되어 있었다.

황량한 지역이었다. 바로 그곳에서, 열흘 전 아침 6시에, 그중 가장 커다란 바위 위에서 젊은 장 달레스카르 백작의 시신이 발견되었다. 몸에 난 상처라고는 추락으로 인해 생긴 머리의 상처뿐이었다. 그런데 맞은편 마당의 나뭇가지 중 하나가 최근에 부러진 듯 줄기를 따라 늘어져 있는 것이었다. 결국 이 비극적인 사건은 다음과 같이 재구성되었다. 백작이 바로 그 나뭇가지에 걸터앉아 있다가 강으로 추락한 것이다. 따라서 사고사로 처리되었고 매장 허가서가 발부되었다.

"그런데 저 나무 위에서 젊은 백작이 대체 무엇을 하고 있었을까요?"

베슈가 묻자 조르주 카제봉이 대답했다.

"전통 있는 가문인 달레스카르 가문의 요람이었던 이 누대를 좀 더 높이, 그리고 좀 더 가까이서 지켜보려 그랬던 것 같습니다."

그리고 곧장 덧붙였다.

"더 이상 말씀드리지 않겠습니다, 형사님. 파리 경찰청에서 형사님께 이 사건을 의뢰한 게 나의 간곡한 청 때문이라는 사실을 모르시지 않겠지요. 사실 이곳에는 흉흉한 소문들과 저를 직접 겨냥한 중상모략들이 돌고 있답니다. 그것들에 마침표를 찍고 싶습니다. 수사해주십시오. 심문 조사를 하고 특히 죽은 백작의 누이이자 가문의 마지막 생존자인 달레스카르 양을 만나봐 주세요. 그리고 형사님이 떠나시는 날, 인사를 나누러 와 주세요."

베슈는 시간을 지체하지 않았다. 망루의 발치를 조사하고, 무너진 계단과 마루 널빤지 조각들로 안이 꽉 차 있는 잔해들 속으로 파고들었다. 그리고 읍내로 나와 교구 사제와 읍장을 만나 질문 공세를 펴 조사를 하고는 여인숙에서 식사를 해결했다. 오후 2시, 베슈는 마당으로 이어진 오솔길 속으로 들어갔고 그 중간쯤 자리 잡은 봉건시대 영주의 저택으로 불렸던 폐허가 다 된 작고 볼품없는 건물에 이르렀다. 그곳에서 베슈 형사는 늙은 하녀를 통해 달레스카르 양에게 안내되었다. 간소한 가구가 배치되어 있는 낮은 천장의 방 안에서 달레스카르 양이 한 신사와 이야기를 나누고 있는 모습이 보였다.

여자가 일어섰고 신사도 따라 일어났다. 베슈는 그가 짐 바르네트임을 알아보았다.

바르네트는 손을 내밀며 즐겁게 외쳤다.

"아, 이제야 왔군! 오늘 아침 신문에서 자네가 크뢰즈 지역으로 출발한다는 기사를 읽고서는 자네를 돕기 위해 내 40마력짜리 자동차를 몰고 서둘러 달려와 기다리고 있었네. 아가씨, 베슈 형사를 소개합니다. 파리 경찰청에서 특파된 형사지요. 그와 함께라면 안심하셔도 됩니다. 이미 이번 사건의 대부분을 해결해놓았을 겁니다. 저는 그처럼 능수능란한 인물을 알지 못한답니다. 진정 대가예요. 말 좀 해보게, 베슈."

베슈는 한마디도 하지 않았다. 어안이 벙벙할 따름이었다. 바르네트라는 존재는 전혀 예상치도 못한 일이어서 소름 끼치고 얼떨떨할 따름이었다. 또다시 바르네트라니! 여전히 바르네트야! 저 지긋지긋한 바르네트와 다시 충돌하고 그 고약한 협조를 감당해야만 한다는 것인가? 그가 관여한 모든 사건마다, 바르네트는 항상 우롱하고 속여먹으려고만 하지 않았는가 말이다!

하지만 베슈가 뭐라 할 말이 있겠는가? 지금까지 한 일이라고는 어둠 속에서 갈피를 못 잡고 뭐 하나 제대로 발견을 한 것도 없는데 말이다!

묵묵부답인 베슈를 보고 바르네트가 말을 이었다.

"자, 보세오, 아가씨. 베슈 형사는 진지한 근거들에 의한 확신을 다진 다음 당신에게 와서 지금까지의 조사 결과를 확인하려는 참입니다. 아가씨와 제가 아직 별다른 이야기를 나누지 않았으니, 이제 남동생인 달레스카르 백작이 희생된 이 비극적인 사건과 관련된 것들을 말씀해주시겠습니까?"

큰 키에 창백한 낯빛, 아름다운 얼굴의 엘리자벳 달레스카르는 상중의 검은 베일을 드리운 채, 이따금 터져 나오는 오열을 참느라 얼굴을 씰룩이면서 말했다.

"차라리 침묵을 지키고 아무도 고발하지 않으려 했어요. 하지만 이토록 고통스러운 의무를 저에게 부여하시니, 아무래도 대답해드려야겠군요."

바르네트가 다시 말을 이었다.

"내 친구 베슈 형사는 당신이 정확히 몇 시에 남동생을 마지막으로 보았는지를 알고 싶어 할 겁니다."

"밤 10시였어요. 우린 평상시처럼 즐겁게 식사를 하고 있었죠. 장은 저보다 몇 살 아래로 제가 거의 키우다시피 한 무척 아끼는 동생이었어요. 우리는 함께 살며 늘 행복했죠."

"그가 밤에 외출을 했나요?"

"동이 트기 좀 전에, 새벽 3시 반쯤 나갔어요. 우리 집 하녀 할멈이 들었다고 했어요."

"어디로 갔는지 알고 있었나요?

"전날, 저에게 얘기하기로는 강을 내려다보는 마당 위쪽으로 낚시를 하러 갈 거라고 했어요. 그 애 취미 중 하나였죠."

"그럼 새벽 3시 반부터 동생분의 시체를 발견한 시점까지, 그곳에서 무슨 일이 일어났는지는 전혀 알 수 없다는 건가요?"

"아니에요. 6시 15분쯤 총성이 들렸어요."

"네, 그 소리는 다른 사람들도 들었다고 하더군요. 하지만 그건 밀렵꾼의 총소리일 수 있답니다."

"저도 그렇게 생각했어요. 하지만 왠지 불안했고, 곧장 일어나 옷을 갈아입었어요. 마당에 가보았을 땐 이미 맞은편에 사람들이 몰려 있었고 성의 정원 쪽으로 그 애를 끌어올리고 있었어요. 우리 쪽 경사는 너무 가팔랐거든요."

"그 총성은 이 사건과 아무 관련이 없지 않을까요? 그게 아니면 사체를 조사했을 때 총상이 발견되었을 텐데 그렇지 않았으니까요."

여자는 머뭇거렸고 바르네트가 이내 다그쳤다.

"어서 말씀해주세요."

여자가 털어놓듯 내뱉었다.

"현실에서는 어떨지 몰라도, 제 정신 속에서는 그 둘은 확실히 연결되어 있어요."

"그 이유는요?"

"우선, 달리 설명할 것이 없기 때문이에요."

"하지만 사고사 아닌가요…?"

"아뇨! 장은 운동신경도 남다른 데다 대단히 신중한 사람이었어요. 그처럼 연약한 나뭇가지에 목숨을 맡겼을 리가 없어요."

"하지만 분명 나뭇가지는 부러져 있었습니다."

"그 애 때문에 그렇게 되었거나 그날 밤에 그렇게 되었다는 증거는 어디에도 없어요."

"그렇다면 아가씨, 당신의 솔직하고 완고한 의견은 타살이라는 거군요."

"네."

"그래서 사람들 앞에서 혐의자를 지목한 것이고요."

"네."

"자, 그럼 이제 베슈 형사가 묻고 싶은 것은, 대체 어떤 근거로 그런 주장을 하느냐는 것입니다."

엘리자벳은 잠시 생각에 빠져들었다. 끔찍한 기억을 떠올리느라 고통스러운 듯했다. 하지만 결심한 듯 입을 열었다.

"좋아요, 말할게요. 그러려면 24년 전 사건으로 거슬러 올라가야 합니다. 당시 제 아버지는 공증인이 달아나는 바람에 파산을 하셨고, 채권자들에게 빚을 갚기 위해 게레의 한 부유한 실업가에게 돈을 빌려야만 했어요. 그 실업가는 20만 프랑을 빌려주면서 조건을 하나 내걸었어요. 앞으로 5년 이내에 돈을 상환하지 않을 경우, 마쥐레크의 우리 성과 영지, 영토가 그의 소유가 된다는 내용이었어요."

"그 실업가는 조르주 카제봉의 아버지죠?"

"네."

"그가 이 성에 집착했나요?"

"네, 심하게 그랬어요. 수차례 우리 성을 사려고 했어요. 그리고 4년 11개월이 지난 어느 날, 아버지께서 뇌출혈로 돌아가셨어요. 그는 우리 남매의 후견인인 삼촌에게 상환 기한이 한 달 남았다고 알려왔답니다. 아버지는 아무것도 남긴 게 없으셨죠. 저와 장은 즉시 쫓겨났고 바로 이곳 봉건시대 영주의 저택에 살고 계시던 삼촌의 보살핌을 받게 되었답니다. 그분 역시 보잘것없는 연금으로 살아가는 처지였어요. 삼촌도 얼마 안 있어 돌아가셨고, 카제봉 씨의 아버지도 돌아가셨죠."

바르네트와 베슈는 여자의 이야기를 주의 깊게 경청하고 있었다. 그러다 짐 바르네트가 넌지시 말했다.

"내 친구 베슈 형사는 이러한 사정이 작금의 사태와 어떤 관계를 맺고 있는지 모르는 듯합니다."

달레스카르 양은 다소 경멸 어린 놀란 시선으로 베슈 형사를 바라보고는, 대답 없이 얘기를 이어갔다.

"장과 저, 저희 둘은 그 이후 이 작은 영주의 저택에서 살았답니다. 대대로 우리 조상의 것이었던 저 누대와 성을 마주 바라보면서 말이에요. 특히 장은 나이가 들어 청년의 지성과 감성이 자라날수록 그 같은 현실에 몹시 괴로워했어요. 자기가 주인이었을 그곳에서 쫓겨났다는 생각에 너무나 고통스러워했죠. 놀고 공부하는 가운데서도 하루 종일 고문서를 뒤지고 우리 가문에 관한 책들을 탐독하며 시간을 보냈습니다. 그러던 어느 날, 그 책들 속에서 아버지가 생전 마지막 몇 해 동안의 회계 내역을 기록해둔 서류철을 발견했습니다. 거기엔 저축 내역, 토지 경작이 잘 되어 난 수익 등이 상세하게 적혀 있었지요. 은행 전표들도 있었고요. 전 그 은행을 찾아갔고, 아버지가 돌아가시기 일주일 전에 예금계좌를 해지하고 그 계좌에 입금해둔 20만 프랑에 달하는 금액을 전액 인출한 사실을 알게 되었어요."

"몇 주 후 상환해야 할 금액과 정확히 일치하는 금액이군요. 그런데 왜 상환을 미뤘을까요?"

"모르겠어요."

"수표로 지불하지 않은 이유는 뭘까요?"

"모르겠어요. 아마 아버지의 습관이셨던 것 같아요."

"자, 그럼 결국 아버지가 그 20만 프랑을 어딘가에 숨겨두었을 거라는 건가요?"

"네."

"어디에 말인가요?"

엘리자벳 달레스카르는 바르네트와 베슈에게 숫자가 잔뜩 적힌 스무 장에 달하는 서류철을 내밀었다.

"답은 여기에 있을 거예요."

마지막 장을 펼쳐 보이며 여자가 말했다. 거기에는 4분의 3 상당의 원과 우측에 그보다 작은 크기로 반원이 덧붙여 그려져 있었다.

반원은 네 개의 가는 선으로 나뉘어 있었고 그중 두 개의 선 사이에 자그마한 십자가 표시가 있었다. 그리고 이 모든 건 일단 연필로 그려진 다음, 다시 잉크로 덧칠되어 있었다.

"무슨 의미일까요…?"

바르네트가 묻자 엘리자벳이 대답했다.

"오랜 시간을 들여 그걸 이해하려고 했어요. 그러다 결국 가없은 장은 이 그림이 비와 동종의 외곽선을 기초로 작성된 지도라고 결론지었죠. 서로 접해 있는 다른 크기의 원의 비율이 실제와 같았거든요. 네 개의 가는 선은 네 개의 총안銃眼을 뜻했고요."

이어 바르네트가 마무리를 지었다.

"그럼 십자가는 달레스카르 백작이 상환일을 앞두고 20만 프랑을 숨겨둔 장소로군요?"

"네."

젊은 여자가 간결하게 대답했다.

바르네트는 생각에 잠긴 채 한동안 서류를 검토한 뒤 말했다.

"충분히 일리 있는 얘기입니다. 달레스카르 백작은 조심성 있게도 자신이 선택해놓은 장소를 표시해두었지만 이를 누군가에게 알릴 시간적 여유가 없이 죽음을 맞이한 겁니다. 하지만 카제봉 씨의 아들에게라도 이를 알리고 확인을 받을 수 있었을 텐데요….”

“망루에 올라가게 해달라고요? 그야 물론 그랬죠. 서먹한 관
계이기는 했지만, 조르주 카제봉은 우리를 친절히 맞아주었어
요. 하지만 어떻게 누대에 올라야 할까요? 15년 전에 이미 계
단이 무너져 내린 상태였거든요. 석재가 와해된 상태였어요.
망루 꼭대기 역시 풍화되었죠. 어떤 사다리도, 아니 여러 사다
리를 한데 이어 붙인다 해도, 30여 미터나 위에 위치한 그 총안
들에는 이를 수가 없었답니다. 기어오르는 것도 생각조차 할
수 없었어요. 우리끼리 회합하며 몇 가지 계획을 세워보았지만
몇 달 지나지 않아 결국….”

“불화가 있었죠?”

바르네트가 묻자 여자가 얼굴이 빨개진 채 대답했다.

“네.”

“조르주 카제봉은 당신에게 마음이 있었고 구애를 펼쳤으나
거절당했죠. 그로서는 자존심 상하는 일이었을 테고 말입니다.
그 후로 틀어지고 만 거죠. 장 달레스카르가 마쉬레크의 영지
안으로 출입할 권한이 사라지고 말았죠.”

여자가 시인했다.

“네. 그렇게 된 거예요. 하지만 동생은 포기하지 않았어요. 그
애는 그 돈을 원했어요. 그 돈으로 우리 영지의 일부를 다시 사
들이거나 제가 마음에 드는 혼처로 시집가기 위한 지참금을 마
련하고 싶어 했거든요. 그 애는 항상 이 문제로 마음을 쓰고 있
었어요. 가닿을 수 없는 망루 꼭대기만을 쉬지 않고 바라만 보
았어요. 그곳에 이를 수 있을 수만 가지 방법을 궁리하곤 했어

요. 활을 쏘아보기도 했어요. 새벽부터 오전 내내 줄을 매단 화살들을 쏴 올려서 그것을 통해 밧줄을 꼭대기까지 끌어올릴 수 있기를 바라면서 말이에요. 60여 미터 길이의 밧줄도 준비했지만 아무 소득이 없었고, 그 실패로 인해 더 깊은 절망에 빠지기도 했지요. 죽기 전날만 해도 저한테 이렇게 말했어요. '두고 봐, 내가 이렇게 집착하는 건 분명히 성과가 있을 거라 확신하기 때문이야. 좋은 일이 반드시 일어날 거야. 기적이 일어날 거야, 그런 예감이 들어. 정당한 일은 우연에 의해서건 신의 도움에 의해서건 늘 이루어지기 마련이니까.'"

바르네트가 재차 물었다.

"그럼 당신은 동생이 새로운 시도를 하는 도중에 죽었다고 믿는 건가요?"

"네."

"밧줄이 원래 있던 장소에 없었나요?"

"아뇨, 그렇진 않아요."

"그럼 무슨 근거로…?"

"그 총성이요. 조르주 카제봉이 내 동생을 발견하고는 총을 쏜 거예요."

바르네트는 소리쳤다.

"아! 저런! 당신은 조르주 카제봉을 그 같은 행동을 할 위인이라 생각하시나요?"

"네, 그는 충동적인 사람이에요. 평소에는 스스로를 자제하지만, 천성이 극단적 폭력… 심지어 살인으로까지 치달을 수 있는 사람이에요."

"무슨 동기로 총을 쐈을까요? 동생에게서 돈을 빼앗으려고?"

"모르겠어요. 게다가 가엾은 장의 시신에 아무런 상흔이 없으니 살인이 어떻게 이루어졌는지 저 역시 모르겠어요. 하지만 내 확신은 전적이고 절대적이에요."

바르네트가 입장을 정리했다.

"그렇다 해도, 그 확신이 사실들보다는 직관에 기초하고 있다는 점은 인정해야 합니다. 사법 당국의 시각으로 보면 그건 증거 불충분에 해당할 테고요. 화가 난 조르주 카제봉이 당신을 중상모략으로 고발하고 나서는 일도 없을 법한 일은 아니지요. 안 그런가, 베슈?"

달레스카르 양은 몸을 일으키며 진지하게 말했다.

"그런 건 아무래도 상관없습니다. 죄인이 벌을 받는다 해서 내 가엾은 동생이 살아 돌아올 리 없죠. 제 동생의 앙갚음을 하고자 하는 말이 아니에요. 저는 그저 진실이라고 굳게 믿는 것을 얘기한 것뿐이에요. 조르주 카제봉이 나를 고발하려거든 마음대로 하라고 하세요. 저는 그때에도 역시 양심에 따라 떳떳하게 대응할 테니까요."

여자는 잠시 입을 다문 후, 이렇게 덧붙였다.

"하지만 그는 잠자코 있을 거예요. 틀림없어요."

면담은 그렇게 끝났다. 달레스카르 양은 소심해질 유형의 여인이 아니었기에 짐 바르네트도 다그치지 않았다.

"이렇게 불편을 끼쳐드린 점 양해해주시기 바랍니다, 아가씨. 하지만 진실을 규명하기 위해서 꼭 필요한 작업이었습니다! 베슈 형사가 지금까지의 진술을 토대로 충분한 정보를 뽑아냈을 테니 안심하시기 바랍니다."

바르네트는 이렇게 말하고는 인사를 하고 밖으로 나갔다. 베슈도 인사를 한 뒤 그 뒤를 따라나섰다.

한마디도 하지 않았던 베슈는 밖에서도 여전히 침묵을 지키고 있었다. 이는 점점 더 자신의 신경을 거스르는 바르네트의 협조에 거부감을 표시하려는 의미와 수수께끼 같은 이 사건의 전모에 대한 당혹감을 애써 감추기 위함이었다. 한편, 바르네트는 보다 말이 많아졌다.

"자네가 옳아, 베슈. 자네의 깊은 생각을 다 알고 있네. 저 아가씨의 진술 가운데는(이렇게 표현하는 걸 용서하게나) 좋은 것과 나쁜 것이 한데 뒤섞여 있네. 가능한 것도 있고 불가능한 것도 있으며, 진짜인 것도 있고 있음 직하지 않은 것도 있어. 예컨대 달레스카르 군이 사용한 방식은 정말이지 유치하단 말이야. 만약 그 불쌍한 젊은이가 망루 꼭대기까지 기어오르는 데 성공했다면, 자네 속생각과 달리 난 그랬으리라 믿고 싶군, 그건 우리가 아직 상상조차 못 하고 있는, 인간의 이해력 밖에 있는 기적의 힘으로나 가능했을 걸세. 그걸 가정했을 때, 문제는 이렇게 정리된다네. 그 젊은이가 두 시간 동안 어떻게 등반 방식을 고안해낼 수 있었으며, 어떻게 이를 준비하고 이행했는지, 그리고 어떻게 다시 내려오다가 총알을 맞지 않고 총성 한 방에 허공으로 추락해버렸는지를 아는 거라네."

짐 바르네트는 신중하게 말했다.

"총소리로… 실제로 맞지는 않았고… 그래, 베슈, 이 사건에는 기적과 같은 뭔가가 있어…."

바르네트와 베슈는 저녁 때 마을 여인숙에서 다시 만났다. 각자 자리에서 저녁 식사를 했고 그다음 이틀 동안도 같은 식이었다. 식사 시간에만 서로 마주쳤다. 나머지 시간에는 베슈는 자기 나름의 조사와 탐문을 진행하였고, 바르네트는 영주의 저택 정원을 빙 돌아서 마당보다 좀 더 멀리 나가 비외 동종과 크뢰즈 강물이 바라보이는 잔디 비탈 위에 자리 잡고 앉아 있었다. 그곳에서 낚시를 하거나 담배를 태우면서 몽상에 잠겼다. 기적을 발견하려면 그 흔적을 찾아다니기보다는 본질을 꿰뚫어보아야 했다. 장 달레스카르는 상황을 호전시킬 만한 어떤 구원의 손길을 찾아낸 것이었을까?

그러다 사흘째 되는 날에는 게레로 향했고, 마치 그곳에서 자신이 무엇을 할지, 어느 문을 두드릴지 미리 알고 온 사람처럼 행동했다.

결국 나흘째 되는 날, 바르네트는 베슈와 다시 맞닥뜨렸는데, 베슈는 이렇게 말했다.

"조사를 마쳤네."

"나 역시."

바르네트도 대꾸했다.

"난 이제 파리로 돌아갈 거야."

"나도, 베슈. 내 차에 자리 하나 내주지."

"좋아. 근데 난 한 45분 후에 카제봉 씨와 약속이 있네."

"나도 그리로 가려던 참이네. 이제 이 마을이 지겹네그려."

바르네트는 여인숙에서 계산을 치르고는 성을 향해 갔다. 정원을 가로질러 조르주 카제봉에게 명함을 전달했는데 명함에는 '베슈 형사의 협력자'라고 적혀 있었다.

커다란 홀로 안내되었는데 양쪽 벽에는 박제된 사슴 머리와 각종 무구 장식이 가득했고, 사격 및 사냥에 관련된 총기구과 자격증이 전시된 유리 진열장이 놓여 있었다. 이윽고 조르주 카제봉이 바르네트를 맞았다.

"제 친구인 베슈 형사와 이곳에서 만나기로 했습니다. 함께 협력하여 조사를 진행해왔고 이제 함께 이곳을 떠날 겁니다."

바르네트가 말을 건네자 조르주 카제봉이 물었다.

"그래, 베슈 형사의 의견은 뭡니까?"

"지극히 명료합니다, 선생. 이번 사건을 기존 시각과 달리 볼 만한 여지는 전무하다는 겁니다. 항간의 소문에는 그 어떤 신빙성도 없다는 거지요."

"달레스카르 양은요…?"

"베슈 형사에 따르면, 달레스카르 양은 커다란 슬픔에 빠져 있는지라 그녀의 진술을 검토하기가 어렵답니다."

"당신도 마찬가지 견해인가요, 바르네트 씨?"

"오, 저는 그저 하찮은 보조자일 뿐입니다! 저는 그저 베슈의 의견에 따를 따름입니다."

바르네트는 홀 안을 어슬렁거리면서 진열장 안의 수집품에 매혹된 듯 한참을 바라보고 있었다.

"멋진 총들이죠, 그렇지 않습니까?"

조르주 카제봉이 말했다.

"훌륭합니다."

"총기 애호가이신가요?"

"특히 총기를 다루는 능란한 솜씨를 찬미한답니다. 여기 이 '생트베르의 문하생', '크뢰즈의 수렵인' 등 이 모든 자격증과 면허증과 수료증을 보아하니 당신은 사냥의 대가인 듯합니다. 어저께 게레에서 듣던 얘기 그대로예요."

"이번 사건에 대해 게레에서 말이 많던가요?"

"천만에요. 당신의 능란한 사격 솜씨만 정평이 나 있더군요."

그러면서 바르네트는 소총을 하나 집어 들고는 이리저리 만지작거리며 손에 들고 무게를 가늠해보았다.

"조심하세요. 사냥용 총으로 실탄이 장전되어 있어요."

조르주 카제봉이 말했다.

"강도를 대비한 건가요?"

"그보다는 밀렵꾼을 쫓아내기 위한 겁니다."

"정말로 사람을 쏠 용기가 있습니까?"

"그저 다리 한 짝 부러뜨리는 걸로 충분하지요."

"바로 여기에서, 저 창문들 가운데 한 곳을 통해 사격을 하시 겠군요?"

"오, 밀렵꾼들이 그렇게까지 가까이 접근하지는 않아요!"

"허나 그러면 참 흥미로울 것 같네요! 짜릿한 쾌감이 있을 것 같아요…."

바르네트는 방 모퉁이의 매우 자그마한 십자형 유리창을 살짝 열고는 외쳤다.

"자, 보세요! 나무들 사이로 약 250미터에 달하는 비외 동종

일대가 내다보이네요. 아마도 크뢰즈 강의 위쪽으로 솟아오른 지대겠죠?"

"거의 그런 셈이오."

"그래요, 그래. 정확해요. 보세요, 두 개의 돌 더미 사이로 서양무아재비 덤불이 보이는군요. 총구 끄트머리로 이 노란 꽃이 보이세요?"

바르네트는 거총 자세를 취했다. 그러고는 방아쇠를 힘차게 당겼고, 꽃이 떨어졌다.

조르주 카제봉은 언짢은 기분을 드러냈다. 기막힌 사격 솜씨를 갖춘 이 '하찮은 보조자'의 꿍꿍이가 뭘까? 대체 무슨 권리로 이 소란을 부린단 말인가?

바르네트가 말을 꺼냈다.

"당신의 하인들은 성의 또 다른 끝 쪽에 기거하고 있죠? 그럼 이곳에서 벌어지는 일을 제대로 파악하기 어렵겠군요…. 얼마 전, 달레스카르 양의 마음을 불편하게 했던 그 참혹한 기억에 대해 유감을 표하는 바입니다."

조르주 카제봉이 빙그레 웃었다.

"달레스카르 양이 총성과 남동생의 사고사가 상관관계가 있다고 여전히 고집을 부리는 모양이군요?"

"그렇습니다."

"하지만 그 상관관계, 그 둘이 어떻게 연관되어 있다고 하던가요?"

"방금 제 자신이 직접 그 상관관계를 확인해본 바 그대로의 방식이죠. 한쪽에선 누군가가 이 창문 앞에 자리를 잡고 있고,

다른 쪽에선 달레스카르 양의 남동생이 누대를 따라 대롱대롱 매달려 있는 형국이지요."

"하지만 그는 추락사 하지 않았습니까?"

"두 손으로 매달려 있던 돌출부, 그 석재가 파괴되어 추락사 한 거지요."

일순간, 조르주 카제봉의 얼굴빛이 어두워졌다.

"달레스카르 양의 진술이 그 정도로 명확한 성격을 띠고 있는지는 몰랐군요. 정식 고발로 볼 수 있겠어요."

"정식이지요."

바르네트가 되뇌었다.

상대는 그를 바라보았다. 이 하찮은 보조자의 후안무치와 단호한 말투와 태도는 조르주 카제봉을 점점 당혹스럽게 만들었고, 혹시 이 탐정이 공격적인 의도를 품고 이곳을 찾아온 게 아닌가 하는 생각이 자꾸만 일었다. 그도 그럴 것이 방심한 어조로 시작된 이야기가 카제봉이 맞서야 할 공격적인 어투로 자꾸 변질되어갔다.

갑자기 의자에 주저앉은 조르주 카제봉이 계속 물었다.

"그래, 그녀 말로는 동생이 왜 그곳을 기어올랐답니까?"

"당신에게도 보여준 적이 있는 그 그림 속 작은 십자가가 지시하는 장소에서 자신의 아버지가 숨겨둔 20만 프랑을 되찾기 위함이었답니다."

조르주 카제봉이 발끈했다.

"난 그 같은 해석을 결코 용인한 적이 없소. 만약 그들 아버지에게 그 정도 돈이 있었다면 왜 우리 아버지에게 그 즉시 돈을 갚지 않고 숨겨두었겠습니까?"

"일리 있는 반론입니다. 단, 숨겨둔 것이 돈이 아니라면 말입니다…."

"그럼 무어란 말이오?"

"저는 모르죠. 그저 가설을 세워볼 따름입니다."

조르주 카제봉이 어깨를 으쓱했다.

"분명한 건, 그 달레스카르 남매는 온갖 가설들만 줄줄이 늘어놓았다는 겁니다."

"그럴 수도 있겠죠! 그들은 나 같은 전문가가 아니니까요."

"제아무리 혜안을 지닌 전문가라도 무에서 유를 창조해낼 수는 없지요."

"이따금은 가능하지요. 그레옴 씨를 아시나요? 게레에서 신문 보급소를 운영하고 있는데 예전에는 당신 공장에서 회계 일을 도맡았었지요."

"네. 물론이죠. 그래요, 꽤 괜찮은 사람이죠."

"그 그레옴 씨의 진술에 따르면 장 백작의 아버지는 은행에서 20만 프랑을 인출한 바로 다음 날 당신의 성을 방문했다는 겁니다."

"그래서요?"

"그리고 그 방문 시 20만 프랑의 돈이 상환되었고, 누대의 꼭대기에 임시방편으로 숨겨둔 것이 바로 그 영수증이라고 가정해볼 수 있지 않겠습니까?"

조르주 카제봉은 펄쩍 뛰었다.

"이봐요, 선생, 당신의 그 가설이 내 아버지에 관한 기억을 욕되게 하고 있다는 걸 알고 있습니까?

바르네트는 순진한 얼굴로 되물었다.

"어떤 점에서요?"

"만약 아버지가 그 돈을 받았다면 성실하게 모든 걸 밝혔을 겁니다."

"왜요? 개인적으로 빌려준 돈을 상환받았다고 해서 주변에 알릴 의무는 없지 않습니까."

조르주 카제봉은 주먹으로 책상을 내리쳤다.

"그래도 2주가 지나서, 그러니까 채무자가 세상을 떠난 며칠 후에 마쥐레크 영지에 대한 소유권을 행사하지는 않으셨을 거 아닙니까!"

"그러나 실제로 그렇게 했죠."

"이봐요, 이봐! 당신 지금 하고 있는 말 다 헛소리요. 선생, 그 같은 발언을 단정 지으려면 논리가 있어야 합니다. 내 아버지가 이미 받아 쥔 돈을 재차 요구할 수 있으리라 가정했다면, 그 영수증을 제시할 것을 감안했을 거 아닙니까!"

바르네트는 무심한 어조로 또박또박 끊어 내뱉었다.

"아마, 어느 누구도 영수증에 관해 모른다는 사실을 당신 부친께서 알고 있었기 때문일 겁니다. 성의 상속권자들이 돈이 상환된 사실을 모르고 있다는 것도 아셨겠지요. 들리는 말로는 아버님께서는 영지에 집착을 해왔고, 그것을 반드시 손에 넣겠다고 호언장담을 해왔다고 하니 그만 유혹에 굴복하고 만 걸로 볼 수 있지요."

이렇게 차츰차츰 은밀하고 집요한 암시를 통해, 짐 바르네트는 사건의 얼굴을 완전히 뒤바꿔놓았다. 문제의 카제봉 영감은 배신과 협잡의 죄목으로 고발당하고 있던 것이다. 분노로 몸을 부르르 떨면서 창백한 얼굴을 한 조르주 카제봉은 주먹을 움켜쥐고는 태연한 어조로 천인공노할 날에 있던 일련의 사실들을 감히 늘어놓고 있는 이 보조자를 대경실색한 표정으로 쏘아보고 있었다.

"그런 식으로 말하는 거 허락하지 않겠소. 당신은 지금 되는 대로 말하고 있어요."

이를 악물고 조르주 카제봉이 말했다.

"되는 대로라뇨? 전혀 그렇지 않습니다. 제 주장에서 완벽한 사실에 근거하지 않은 건 하나도 없습니다."

마침내 이 뜻밖의 상대가 자신을 조여오는 가설과 추측의 고리를 중단시키며 조르주 카제봉이 고함을 질렀다.

"거짓말! 아무런 증거도 없잖소! 내 아버지가 그 같은 후안무치한 행각을 저질렀다는 증거를 확보하려면, 비외 동종의 꼭대기로 그 증거를 찾으러 올라가야만 할 거요!"

"장 달레스카르가 그렇게 했죠."

"거짓말이야! 저 탑의 30여 미터 높이를, 그것도 오로지 맨손으로 두 시간 만에 기어오를 수 있다는 건 말이 안 되오! 그건 인간 능력을 벗어나는 일이야!"

하지만 바르네트가 고집스레 되뇌었다.

"장 달레스카르는 해냈습니다."

"어떤 수로 말이오? 마법이라도 부렸나?"

길길이 날뛰는 조르주 카제봉이 소릴 질렀다.

바르네트 역시 아무렇지도 않게 내뱉었다.

"밧줄을 사용했죠."

순간, 카제봉은 웃음을 터트렸다.

"밧줄? 그거 완전히 미친 짓이군! 그래, 하긴 그가 그런 식으로 미리 준비한 밧줄을 걸겠다는 어리석은 희망으로 수백 번 화살을 쏘아대는 걸 본 적이 있지. 딱한 녀석이야! 하지만 그런 식의 기적은 일어나지 않았지. 게다가, 뭐, 고작 두 시간 안에? 그리고…! 그리고 그 밧줄, 만약 그게 가능했다면 사고 이후 망루나 크뢰즈 강의 바위들 위에 예의 밧줄이 발견되었을 거요. 원래 있던 영주의 저택에서가 아니고 말이요."

짐 바르네트가 여전히 침착하게 대꾸했다.

"사용된 밧줄은 그 밧줄이 아닙니다."

신경질적으로 웃던 조르주 카제봉이 외쳤다.

"그래, 이거 진중한 이야기 맞소? 마법의 밧줄을 소지하신 장 백작이 새벽녘에 자신의 정의의 마당까지 내려와 마법의 주문을 외치니 밧줄이 혼자서 똬리를 풀며 누대 꼭대기까지 올라가 마법사로 하여금 그걸 타고 오르게 해줬다? 이건 인도의 탁발승에게나 기대할 수 있는 기적이 아니고 뭐요!"

"보세요, 당신 역시 기적을 거론할 수밖에 없나 봅니다. 장 달레스카르에게도 기적만이 마지막 희망이었고, 저도 그 기적이라는 개념에 근거하여 확신을 구축한 겁니다. 하지만 기적은 당신이 상상하는 방식과는 반대로 일어났지요. 십중팔구 보통 생각하듯이 아래에서 위가 아니라 위에서 아래로 일어난 거죠."

바르네트가 말을 마치자 카제봉이 농을 쳤다.

"신의 섭리구먼, 그래. 하느님이 자신이 선택하신 자 중 하나에게 구명 튜브를 던져주신 거요?"

바르네트는 여전히 덤덤하게 말했다.

"뭐 자연의 섭리를 거슬러 신까지 끌어들일 필요는 굳이 없습니다. 그건 아니에요. 오늘날, 기적은 단순한 우연에 의해 촉발될 수 있는 일들 속에 존재하지요."

"우연이라!"

"우연 앞에 불가능은 없지요. 우연이야말로 가장 혼란스럽고, 가장 기발하며, 가장 뜻밖이면서도 변덕스러운 것이랍니다. 우연이란 가장 엉뚱한 조합들을 연결시키고 한데 모으고 되풀이하며 가장 어울리지 않는 요소들로 일상의 현실을 창조해내지요. 기적을 일으키는 데에는 우연보다 더한 것이 없지요. 하늘에서 운석이라든지 천체의 먼지 덩어리 외에도 엉뚱한 것이 떨어지기도 하는 우리가 사는 이 시대에서도, 그건 너무도 기이한 우연이 아니겠습니까?"

"그 밧줄 말이오!"

카제봉은 한껏 비아냥댔다.

"밧줄이든 뭐든. 바다 밑바닥에는 수면을 가르고 다니는 배에서 굴러떨어진 물건들이 산재한 법이죠."

"하늘에는 배가 없는데."

"웬걸요, 있답니다. 다만 그 이름이 다를 뿐이죠. 이를테면, 열기구라든가 비행기, 혹은 비행선으로 불리죠. 이것들은 배들이 바다를 무수히 가르고 다니듯 창공을 가르고 다니죠. 그리고 그로부터 온갖 것들이 떨어지거나 던져질 수 있지요. 한데 그런 것들 중 하나가 밧줄 꾸러미였고, 그게 아래로 떨어지다 누대의 총안에 걸리게 되었다면, 모든 게 설명이 되지요."

"참 쉬운 설명이군요."

"근거 있는 설명입니다. 지난주에 발간된 지역신문들을 읽어보시죠. 전 어제 읽어봤습니다. 그럼 웬 열기구 한 대가 장 백작이 죽기 전날 밤 이 지역 상공을 가로질러 지나갔다는 사실을 알 수 있을 겁니다. 북에서 남으로 향하던 그 열기구는 게레 북방 15킬로미터 근방에서 모래주머니 몇 개를 풀어 하중을 줄여 고도를 높였죠. 그 와중에 밧줄 꾸러미 하나가 함께 쓸려 떨어지는 것은 충분히 있을 법한 일이 아니겠어요? 그 밧줄의 한쪽 끄트머리는 마당의 나무 어딘가에 걸쳐 있었고 장 백작은 그걸 풀어내기 위해 나뭇가지를 하나 꺾어야 했지요. 그는 마당에서 내려와 밧줄의 다른 쪽 끄트머리도 찾아낸 뒤 양 끝을 서로 묶어 망루로 기어오른 것입니다. 쉽지 않은 작업이었지만 그 또래 청년으로선 가능한 일이었지요."

"그러고요?"

얼굴을 잔뜩 찌푸린 카제봉이 중얼거렸다.

"그러고는 사냥꾼처럼 사격 솜씨가 좋은 누군가가 바로 이곳, 창가 부근에서 허공에 대롱대롱 매달려 있는 이 젊은이를 목격하고는 총을 쏴 밧줄을 끊어버린 겁니다."

"아! 사고를 그런 시각으로 보고 있구려!"

카제봉이 둔탁한 목소리로 말했고, 이내 바르네트가 이야기를 이어갔다.

"그런 다음 그 누군가는 강까지 달려 나가 사체를 뒤지며 영수증을 빼앗으려 했고, 이후 늘어져 있던 밧줄 끝을 발견하고는 모조리 수거해 그 증거물을 근처 우물들 속에 던져버렸으나 사법 당국에 의해 쉽게 발견됐지요."

이젠 고발이 그 대상을 옮아가는 양상이었다. 즉, 아버지에 이어 그 아들에게로 말이다. 확실하고 부인할 수 없는 논리적 연결 고리가 과거와 현재를 이어주고 있었다.

카제봉은 사내가 내뱉은 그 말들보다 오히려 사내 그 자체로부터 벗어나려고 발버둥을 치며 외쳤다.

"그따위 되지도 않는 가설들과 제멋대로의 설명들이라면 이젠 지긋지긋하오! 당장 여기서 꺼지시오! 베슈 씨에게는 공갈범이나 다름없는 당신을 내쫓아버렸다고 전하리다."

바르네트는 빙글빙글 웃으며 대꾸했다.

"만약 내가 당신을 협박할 생각이었다면, 아마 증거물을 먼저 들이댔을 겁니다."

이미 제정신이 아닌 카제봉이 길길이 날뛰었다.

"증거! 증거가 있소? 말뿐일 테지, 그래 허튼소리야! 그럼 증거 하나, 더도 말고 당신 말을 입증할 수 있는 증거를 어디 딱 한 가지만 대보시오! 증거라고? 값어치 있는 증거는 단 하나밖에 없소! 나와 내 아버지를 한꺼번에 꼼짝 못하게 만들 증거는 오직 하나라고…! 그걸 확보하지 못했다면 당신의 그 아둔한 장광설은 사라져버리고 말 거요. 당신은 그저 악의적인 농담꾼에 불과해!"

"그게 뭐죠?"

"맙소사, 영수증이지! 내 아버지의 서명이 되어 있는 영수증 말이오."

그 순간 바르네트는 노랗게 바래고 접힌 자국에 소인이 찍힌 종이 한 장을 척 내보이며 말했다.

"여기 있습니다. 당신 아버지의 필체 맞죠? 그 내용도 명확하지 않습니까?"

아래 서명한 나, 오귀스트 카제봉은
달레스카르 백작님에게 빌려준 20만 프랑의 돈을 정히 영수하였음을 인정함.
일전에 그의 성과 영지에 대해 본인과 합의한 저당권 일체는 이번 상환과 더불어 이의 없이 해제되었음을 밝힌다.

"날짜는 그레옴 씨가 지목한 바로 그날과 일치합니다. 서명도 있고요. 따라서 이는 이론의 여지가 없는 증거물이지요. 당신은 그 존재를 분명 알고 있었어요, 선생. 부친의 고백을 통해서든, 부친이 비밀리에 남긴 서류들을 통해서든 말이죠. 증거물이 발견된다는 것은 부친은 물론 당신 자신의 파멸을 의미하는 것이었죠. 아울러 두 부자가 그토록 집착했던 성에서 쫓겨나야 한다는 걸 뜻하기도 하고 말입니다. 이게 바로 당신이 살인을 한 이유죠."

카제봉은 말을 더듬거렸다.

"만약 내가 죽었다면 그 영수증을 빼앗았을 거요."

"당신은 희생자의 사체를 샅샅이 뒤졌지요. 하지만 거기엔 아무것도 없었습니다. 장 백작이 신중을 기하기 위해 그걸 돌멩이에 묶어 망루 꼭대기에서 아래로 던졌거든요. 잠시 후에 수거하려고 말입니다. 그리고 내가 강가에서 20미터쯤 떨어진 지점에서 그 돌을 발견해낸 겁니다."

바르네트의 말이 끝나기가 무섭게 조르주 카제봉이 그에게 달려들어 종이를 낚아채려 했다.

순간, 두 사내는 서로를 노려보았다. 그리고 바르네트가 먼저 말을 꺼냈다.

"그런 태도는 자기 죄를 고백하는 거나 다름없지. 당신 눈빛속에서 비이성적인 것이 느껴져! 달레스카르 양의 말처럼 그럴때 보면 당신은 분명 무슨 짓이든 저지를 수 있는 사람 같군. 거의 자기도 의식하지 못하는 사이, 사람을 향해 총구를 겨눈 그때 그 당시도 필시 마찬가지였겠지. 자, 진정하시게. 철책 문 쪽에서 초인종이 울리는군그래. 베슈 형사군, 그가 아무것도 모르고 있는 편이 당신에게 유리할걸!"

잠시 시간이 흘렀다. 이윽고, 황망한 눈빛을 한 조르주 카제봉이 속삭였다.

"얼마면 되겠소? 그 영수증을 얼마면 내놓겠소?"

"이건 팔 물건이 아니오."

"그럼 그걸 가지고 있겠다는 거요?"

"몇 가지 조건만 지켜지면 돌려주겠소."

"그게 뭐요?"

"베슈 형사 앞에서 이야기하리다."

"만약 내가 조건 수락을 거부한다면?"

"당연히 당신을 정식 고발해야겠지."

"당신의 주장은 타당성이 없소."

"한번 두고 봅시다."

고개를 떨구는 것을 보니, 조르주 카제봉은 상대의 저항할 수 없는 힘과 확고부동한 의지를 느끼는 듯했다. 그 순간, 하인 한 명이 베슈를 안내해 들어왔다.

바르네트가 성에 와 있으리라 예상치 못한 형사의 눈썹이 일 그러졌다. 대체 두 남자가 무슨 얘기를 주고받았을까? 베슈 자신이 주장하려 했던 이야기를 저 빌어먹을 바르네트가 미리 선수 친 건 아닐까?

그런 우려는 베슈를 더욱 결연하게 만들었고 급기야 조르주 카제봉의 손을 부자연스러운 태도로 덥석 붙들기까지 하며 말했다.

"선생, 제가 이곳을 떠날 때, 그간의 조사 결과와 조서의 향후 방향에 관해 말씀드리기로 약속한 바 있습니다. 한마디로 말씀드리면, 기존에 이 사건을 바라보던 시각과 거의 전적으로 일치하는 결론이 나왔습니다."

그리고 공교롭게도 바르네트가 사용했던 것과 동일한 표현을 되풀이하며 덧붙였다.

"달레스카르 양이 당신을 상대로 퍼트린 소문에는 그 어떤 신빙성도 없습니다!"

바르네트가 맞장구를 쳤다.

"좋아, 좀 전에 내가 카제봉 씨에게 한 말과 정확히 일치하는 구먼. 나의 스승이자 친구인 베슈의 예리한 통찰력이 다시금 발휘되었어. 카제봉 씨는 자신을 겨냥한 중상모략에 지극히 관대한 태도로 응할 준비가 되어 있다는군. 달레스카르 양에게 그녀 조상의 영지를 되돌려주기로 했단 말일세."

베슈는 마치 망치로 한 대 얻어맞은 표정을 지었다.

"뭐…? 어떻게 그럴 수가?"

바르네트는 확실한 어조로 대답했다.

"충분히 그럴 수 있다네. 이번 사건을 겪으면서 카제봉 씨는 이 지역에 대해 다소 불쾌감을 느꼈다네. 그래서 게레의 공장들과 보다 가까운 곳에 있는 성 하나를 점찍어둔 상황이지. 게다가 내가 이곳에 들어왔을 때 카제봉 씨는 부동산 증여서를 작성하려던 참이었고, 거기다 10만 프랑 상당의 무기명 수표까지 첨부하겠다고 하셨어. 물론 이 돈은 달레스카르 양에게 배상금으로 지불할 금액이라네. 어때요, 이 내용에 합의가 된 거죠, 카제봉 씨?"

조금도 망설일 여지가 없었다. 마치 스스로 자진해서 결정하고 만족스럽게 나서는 것처럼 조르주 카제봉은 바르네트의 지시에 따라 기민하게 책상 앞에 앉아 증서를 작성하고 수표에 서명을 한 뒤 말했다.

"여기 있습니다, 선생. 공증인에게 내 지시 사항을 전달하도록 하지요."

바르네트는 서류와 수표를 건네받고는 봉투를 집어 들어 그 안에 서류와 수표를 밀봉하고서 베슈에게 말했다.

"자, 받게. 이걸 달레스카르 양에게 전해주게. 확신하건대 그녀도 카제봉 씨의 행동에 감사해할 걸세. 카제봉 씨, 그럼 저는 이만 인사드리겠습니다. 모두에게 흡족한 결말로 사건이 정리되어서 베슈와 저 둘 다 얼마나 기쁘게 생각하는지 이루 다 표현할 수가 없습니다."

재빨리 밖으로 나가는 바르네트를 베슈가 서둘러 뒤따라 정원까지 나왔다. 점점 더 어리둥절한 베슈는 중얼거렸다.

"그럼, 뭐야, 저자가 총을 쏜 거야…? 자신의 범행을 실토했나?"

"베슈, 신경 끄게나. 이번 사건은 그냥 이대로 덮어둬. 해결된 거나 마찬가지야. 자네도 보다시피 모두에게 유익한 방향으로 정리되었네. 그러니 달레스카르 양에게로 가 자네의 임무를 마무리 짓게…. 그녀에게 이제 입을 다물고 모든 걸 잊으라고 당부한 다음, 우리는 여인숙에서 만나세."

15분 후쯤 베슈가 돌아왔다. 달레스카르 양은 증여를 받아들이기로 했고 자신의 공증인더러 조르주 카제봉의 공증인을 만나도록 지시했다. 하지만 수표만큼은 거부했고, 오히려 불쾌감을 느낀 여자는 수표를 찢어버렸다.

바르네트와 베슈는 마을을 떠났다. 서로 말이 없는 가운데 여정은 빠르고 과묵하게 흘러갔다. 형사는 공공연한 억측으로 진을 빼고 있었다. 그는 아무것도 이해할 수가 없었지만 친구 바르네트는 속내를 털어놓을 기미를 보이지 않았다.

오후 3시가 되어 파리에 도착하자, 바르네트는 증권거래소 부근에서 점심이나 들자며 베슈를 설득했다. 무기력하고 무감각한 상태에서 좀처럼 헤어나지 못하는 베슈가 바르네트의 제안을 수락했다.

"자, 먼저 시키게. 난 잠깐 다녀올 데가 있네."

그렇게 말하며 나가더니 금세 돌아왔다. 둘은 음식을 실컷 먹었다. 이윽고 커피를 홀짝이며 베슈가 입을 열었다.

"카제봉에게 찢어진 수표 조각이라도 돌려보내야겠네."

"그럴 필요 없네, 베슈."

"왜?"

"그 수표는 아무 값어치가 없으니까."

"무슨 소린가?

"말 그대로일세. 달레스카르 양이 거절할 걸 미리 예상하고 내가 봉투에 증여 증서를 집어넣으면서 시한이 지난 낡은 수표를 밀어 넣었거든."

베슈는 신음을 내뱉으며 되물었다.

"그럼 진짜 수표는? 카제봉이 서명한 그 수표 말이네!"

"방금 은행에서 현금화했네."

바르네트는 저고리를 살짝 걷어 올리고 두둑한 현금 다발을 보여주었다.

순간 베슈는 쥐고 있던 커피 잔을 떨어뜨렸다. 하지만 이내 마음을 가다듬었다.

둘은 서로를 마주 보며 오랫동안 담배만 뻐끔거렸다.

마침내 짐 바르네트가 먼저 입을 열었다.

"정말이지, 베슈, 우리의 협력 사건은 지금까지 풍요로운 결실을 거두어왔네. 숱한 모험을 함께했고, 또 내 작은 주머니를 부풀리는 데도 적잖은 공을 세웠어. 그래서 말이네만, 이제는 왠지 자네를 대하기가 좀 불편해지기 시작했어. 함께 고생은 하지만 돈을 불린 건 바로 나일세. 이봐, 베슈, 이참에 나와 동업하는 건 어떻겠나? 바르네트와 베슈 탐정 사무소… 어때? 나쁘지 않지 않나?"

베슈는 증오가 가득한 눈빛으로 상대를 쏘아보았다. 여태껏 그토록 사람을 미워해 본 적이 없는 것 같았다.

형사는 벌떡 몸을 일으키고는 커피값을 테이블에 두고는 이렇게 웅얼거리면서 자리를 떠났다.

"이따금 저 인간이 진짜 악마는 아닌지 의심스러울 때가 있다니까."

바르네트가 활짝 웃으며 말했다.

"하긴 나 역시 가끔 그런 생각이 든다네."

7
흰 장갑… 흰 각반…

베슈는 택시에서 홀쩍 뛰어내려 탐정 사무소로 폭풍우처럼
돌진해 들어갔다.

바르네트가 반갑게 달려들며 소리쳤다.

"아, 자네로군! 반갑네! 일전엔 냉랭한 분위기로 헤어져서
자네가 혹시 화난 건 아닌가 걱정했다네. 그래, 이번엔 뭔가?
내 도움이 필요해서 왔나?"

"그래, 바르네트."

바르네트는 상대의 손을 우악스레 잡고 흔들며 인사를 나눴다.

"잘됐군! 그래, 무슨 일인가? 자네 얼굴이 온통 상기되어 있
군. 설마 성홍열에 걸린 건가?"

"농담하지 말게, 바르네트. 이번 경우는 아주 난감해. 내 명예
를 걸고 해결해야 할 일이라네."

"무슨 일인데?

"내 아내 문제네."

"아내! 그럼 자네 결혼했나?"

"6년 전에 이혼했네."

"성격 차이였나?"

"아니. 그녀가 소명을 따랐을 뿐이야."

"자네를 떠날 소명 말인가?"

"그녀는 배우가 되길 원했네. 그게 어떤 건지 자네도 알지? 형사 아내가 여배우라니!"

"결국은 그리되었나?"

"그래. 노래를 하지."

"오페라 극장에서?"

"아니, 폴리 베르제르에서."

"이름이 뭔가?"

"올가 보방"

"가수이자 곡예 댄서 말인가?"

"그렇네."

짐 바르네트는 열광 어린 찬사를 터트렸다.

"정말로 축하하네, 베슈! 올가 보방이라면 진정한 예술가 아닌가. 그 특유의 '자유자재로 늘어지는' 노래로 새로운 스타일을 선보인, 진정한 예술가 말일세. 고개를 아래로 떨군 채 부르는 최근 노래를 듣고 있자면, 엄청난 예술적 전율에 몸이 다 떨린다네. '이지도르… 날 사랑하네… 하지만 내가 사랑하는 이는… 잼이라네.'"

"고맙네. 자, 이것 보게, 내가 그녀로부터 받은 걸세."

베슈는 그날 아침 날짜가 적혀 있는, 연필로 휘갈겨 쓴 속달 우편을 읽어 내렸다.

내 침실이 도둑맞았음.

가엾은 어머니는 거의 살해당할 뻔함.

어서 와주길.

— 올가

"'거의'라는 표현이 참신하군!"

바르네트가 말했다.

베슈는 계속 얘기를 이어갔다.

"나는 그 즉시 파리 시 경찰청에 전화를 걸었는데, 벌써 다들 사건 소식을 알고 있더군. 마침 현장에 있던 동료 형사들과 합류하도록 조치가 내려졌다네."

"그런데 뭐가 걱정인가?"

바르네트가 묻자 베슈는 기어들어가는 목소리로 대답했다.

"올가를 다시 본다는 게…."

"자네 여전히 그녀를 사랑하는 건가?"

"다시 보게 되면 감정이 복받칠 것 같아…. 그럼 목이 메고 말도 더듬을 거네…. 생각해보게나, 이런 상황에서 조사가 제대로 이루어지겠는가? 난 틀림없이 바보 같은 짓만 저지를 걸세."

"정작 마음은 반대로 그녀 앞에서 의연하고 체면을 유지하고 싶은데 말인가?"

"바로 그렇다네."

"말하자면 내게 좀 도와 달라 이 말이지?"

"그렇다네, 바르네트."

"그녀, 자네 전처의 행실은 어떠한가?"

"나무랄 데가 없어. 소명이 아니었다면 올가는 지금도 어엿한 베슈 부인으로 남아 있었을 걸세."

"예술계는 손해를 보았을 테고 말이야."

몇 분 만에 둘은 뤽상부르 공원 부근의 가장 조용하고 인적이 드문 길목으로 접어들고 있었다. 올가 보방은 1층의 키 큰 창문들이 쇠창살로 가로막혀 있는 평범한 건물의 4층과 맨 꼭대기 층을 사용하고 있었다.

"한마디만 하겠네. 제발 이번만은 우리 조사단의 명예를 욕되게 할 그 돈 떼먹는 짓은 그만둬주기 바라네."

베슈의 말에 바르네트가 발끈했다.

"내 양심상…."

"자네 양심은 그냥 두게. 이번엔 내 양심과 그녀가 나에게 퍼부을 비난을 좀 생각해주기 바란다는 얘기야."

"내가 올가 보방의 돈을 빼돌릴 사람으로 보이는가?"

"그 누구의 돈도 빼돌리지 말아달라고 부탁하는 거네."

"그래야 마땅한 사람 돈도?"

"그자들을 벌주는 건 사법 당국에 맡기게."

바르네트는 한숨을 내쉬며 말했다.

"그럼 재미가 덜한데! 하지만 자네가 원한다면…."

경찰 한 명이 문을 지키고 있었고 다른 한 명은 이 일로 혼비백산한 관리인 부부와 함께 숙소 안에 있었다. 베슈는 그 지역 경찰서장과 치안국에서 나온 형사 둘이 건물에서 나갔고 예심 판사가 약식 조사를 마쳤다는 사실을 알게 되었다.

"안에 아무도 없는 틈을 이용하세."

베슈가 바르네트에게 그렇게 말하고는 계단을 올라가며 설명을 시작했다.

"이곳 오래된 숙소에 기거하는 사람들은 옛날 방식 그대로를 고수하고 있다네… 이를테면 대문은 항상 닫혀 있고 그 누구도 열쇠를 가지고 있지 않기 때문에 초인종을 울려야만 드나들 수가 있다네. 2층에는 성직자가 살고, 3층에는 사법관이 살고 있다네. 관리인 여자는 이들의 집 안 청소를 도맡고 있지. 올가는 어머니와 자기를 키운 거나 다름없는 두 명의 나이 든 하녀와 함께 그야말로 바른 생활을 하고 있다네."

문이 열렸다. 베슈는 현관 우측으로 올가의 침실과 규방이 있고, 좌측으로는 어머니와 두 명의 하녀가 묵는 방들이 있다고 귀띔했다. 그리고 맞은편으로 체조실로 개조된 아틀리에가 있었는데, 그곳에는 철봉과 기계체조용 그네, 링이 갖춰져 있었고, 안락의자와 소파들 가운데 수많은 장비들이 산재해 있었다.

그 둘이 막 안으로 들어서는데 저 위쪽, 빛이 스며들어오는 유리창으로부터 뭔가가 떨어졌다. 체구가 작은 젊은 남자였는데 그는 키득키득 웃어대며 매력적인 얼굴 위로 헝클어진 붉은 머리카락을 흩날리고 있었다. 허리춤을 잘록하게 동여맨 그 실내복 차림 속에서 바르네트는 올가 보방의 모습을 알아보았다. 여자도 파리 변두리의 억양으로 외쳤다.

"이봐요, 베슈, 엄마는 많이 괜찮아졌어요. 잠이 드셨죠. 내 사랑하는 엄마! 운이 좋았어!"

그러고는 머리를 아래쪽으로 향하게 하고 늘어뜨린 두 팔로

땅을 짚고 두 다리는 공중으로 뻗어 물구나무를 섰다. 여자는 심금을 울리는 다소 쉰 콘트랄토 목소리로 노래를 부르기 시작했다.

"이지도르… 날 사랑하네… 하지만 내가 사랑하는 이는… 잼이라네."

여자는 다시 몸을 일으키며 말했다.

"나의 베슈, 나 역시 당신을 사랑하고 있어요. 어쩌면 이리도 빨리 와주다니, 당신 정말 멋지군요."

"이쪽은 동료인 짐 바르네트요."

베슈는 애써 태연하려 했지만 이미 눈가가 촉촉해져 있었고 신경질적으로 눈꺼풀을 떠는 모습은 가슴 속 동요를 고스란히 드러내고 있었다.

"완벽해요! 두 분이 함께라면 이 사건을 전부 해결해서 내 침실을 되돌려줄 것 같네요. 그것이 바로 두 분이 해줘야 할 일이에요. 아, 나도 소개할 사람이 있어요. 내 체조 교사이자 마사지사인 동시에 분장사이기도 한 델 프레고예요. 포마드와 다른 화장품을 팔기도 해서 뮤직홀 아가씨들한테는 최고의 인기를 누리고 있죠. 그의 손길이 닿으면 세상 누구보다 젊어지고 유연해진답니다. 인사하세요. 델 프레고."

델 프레고가 먼저 고개를 숙여 인사를 해왔다. 떡 벌어진 어깨와 구릿빛 피부, 밝고 명랑한 얼굴과 옛날 광대 같은 발걸음이 눈에 띄었다. 회색 옷을 입었고 흰색 각반과 흰색 장갑을 착용했다. 손에는 밝은색 펠트 모자가 들려 있었다. 그는 느닷없이 요란한 몸짓을 하면서 스페인어, 영어, 러시아어의 어휘들을 이국적인 프랑스어 발음에 실어, 점진적으로 관절 푸는 방법을 설명하려 했다. 올가는 텔 프레고의 말을 서둘러 끊었다.

"지체할 시간이 없어요. 베슈, 어떤 정보가 필요해요?"

"우선 당신 침실을 보여주구려."

"자, 그럼 어서 가요!"

올가는 발을 한 번 굴러 몸을 튀어 오르게 하더니 기계체조용 그네에 매달렸다가 그 반동으로 몸을 날려 두 개의 링을 부여잡고 몸을 한 바퀴 회전시키고는 침실 문 앞에 날렵하게 착지했다.

"여기예요."

침실은 완전히, 감쪽같이 텅 비어 있는 상태였다. 침대, 가구들, 커튼, 판화들, 거울과 양탄자, 골동품들이 깡그리 사라졌다. 이사를 했다고 하더라도 방이 이처럼 썰렁하지는 않을 법했다.

올가는 그만 실소를 터뜨렸다.

"어때요? 아주 청소를 했죠! 내 상아로 된 머리빗 세트마저 쓸어 가 버렸어! 아주 먼지까지 싹 털어 간 것 같아! 내가 내 침실에 얼마나 애착을 가졌는데! 완전한 루이 15세풍 침실이었는데… 한 점 한 점 사 모은 거란 말이야…! 루이 15세의 총희 퐁파두르 부인이 누웠던 침대…! 궁정 화가 부셰의 판화 작품 네 점…! 장인의 날인이 되어 있는 서랍장…! 진귀한 소품들…! 미 대륙 순회공연으로 벌어들인 돈을 모조리 쏟아부은 건데!"

올가는 그 자리에서 고난이도 점프를 선보이며 머리카락을 흔들고는 힘차게 소리를 질렀다.

"쳇! 또 다른 걸 마련하면 돼요. 고무처럼 탄력 있는 내 근육들과 허스키 보이스만 있으면 아무 걱정이 없다고…. 근데 베슈, 왜 그렇게 나를 곁눈질로 힐끔거려요? 사람들이 당신 모습 보고 마치 내 발아래에 쓰러져 기절이라도 할 거라고 생각하겠어요! 내 품 안으로 오세요. 그리고 궁금한 거나 줄줄이 물어봐요. 검찰청 사람들이 오기 전에 끝내자고요."

베슈가 말했다.

"무슨 일이 있었는지 얘기해줘요."

여자는 이야기를 시작했다.

"오! 그리 길지는 않아요. 어젯밤, 10시 반을 울리는 종이 막 쳤을 무렵이었죠…. 아, 그보다 먼저 8시에 엄마 대신 델 프레고와 함께 폴리 베르제르로 향했다는 것부터 얘기해야겠군요. 엄마는 뜨개질을 하고 계셨어요. 그러던 중 30분을 알리는 종소리가 울렸던 거예요. 갑자기 내 침실 쪽에서 무슨 소리가 들렸다고 하더군요. 엄마는 그리로 달려가셨죠. 곧 꺼져버리기는 했지만 전등 불빛에 비친 남자를 목격했다는데, 그는 침대를 분해하고 있었답니다. 그리고 또 다른 누군가가 엄마를 넘어뜨렸고, 첫 번째 남자가 테이블보를 엄마의 머리에 뒤집어씌우더라는 거예요. 그렇게 해서 그들은 가구를 하나하나 옮기며 방을 비워냈지요. 엄마는 움직일 수도, 소리 지를 수도 없었어요. 엄마는 길에서 대형 차량이 시동을 거는 소리를 들었고, 이후 실신을 하셨대요."

"당신이 폴리 베르제르에서 돌아왔을 땐 어떤 상태였소…?"

"저 아래 문도, 이 건물 문도 모조리 열려 있었고 엄마는 기절해 있었죠. 내가 얼마나 당황했을지 상상이 가죠!"

"관리인 부부는?"

"당신도 그 부부 잘 알잖아요. 이곳에만 30년을 살아온 선량한 노부부죠. 지진이 난다 해도 개의치 않을 거예요. 한밤에 그들을 깨울 수 있는 건 오직 대문 초인종 소리뿐이에요. 노부부는 맹세컨대 자신들은 밤 10시경에 삼사리에 들었는데 그때부터 아침까지 초인종을 누른 이는 아무도 없다는 거예요."

"그 말은 결국 단 한 차례도 문을 열어준 적이 없다는 얘긴가?"

"그런 셈이죠."

"다른 세입자들은?"

"역시 아무 소리도 못 들었대요."

"그렇다면⋯."

"그렇다면, 뭐요?"

"당신 생각은 어떠오, 올가."

여자는 버럭 화를 냈다.

"당신 왜 이래요! 지금 이 상황에 내가 무슨 생각을 할 처지예요? 정말, 당신도 검찰청 사람들과 별반 다를 것 없이 멍청해 보이는군요."

베슈는 당황해 더듬대며 말했다.

"하지만 이제 겨우 시작인걸."

"지금껏 내가 얘기한 것만으로도 뭔가 반짝하고 떠오르는 게 없나요? 그 정도로는 부족해요? 저 바르네트라는 사람도 당신처럼 멍청하다면 난 퐁파두르 침대와는 안녕을 고할 수밖에 없겠군요."

바르네트라는 이름의 그 사내는 앞으로 나서며 올가에게 이렇게 물었다.

"당신의 그 퐁파두르 침대, 어느 날 되찾고 싶으신지요, 부인?"

"뭐라고요?"

여자는 그때까지 하등의 관심을 보이지 않았던 크게 별 볼일 없는 외모의 이 사내 쪽으로 놀란 시선을 던지며 소리를 내질렀다.

바르네트는 친근한 어조로 다시 물었다.

"부인의 퐁파두르 침대와 방 안 물건 전부를 어느 날 몇 시에 되찾고 싶으신지 알고 싶습니다."

"그게…."

"날짜만 정하십시오, 오늘이 화요일입니다. 다음 주 화요일이면 만족하시겠습니까?"

여자는 눈을 휘둥그레 뜨며 아연실색한 눈치였다. 이 당돌한 제안을 어찌 해석해야 할까? 농담일까 아님 허풍일까? 갑자기 여자는 실소를 터뜨렸다.

"여기 재밌는 양반이 하나 있네! 베슈, 대체 이 친구 어디서 데려온 거예요? 아니, 저 바르네트라는 사람, 배짱 한번 두둑하군요! 일주일이라! 내 퐁파두르 침대를 자기 호주머니 속에라도 넣어뒀나 보네…. 당신 생각엔 내가 당신네들처럼 터무니없는 남정네들과 실랑이하느라 시간을 허비할 것 같아요!"

그러고는 두 남자를 현관까지 몰아붙였다.

"자, 이제 꺼져요. 다시는 볼 일 없으면 좋겠네요. 난 누가 날 조롱하는 걸 좋아하지 않아요. 웃기는 인간들이야!"

아틀리에의 문이 두 명의 웃기는 인간들 앞에서 시끄럽게 닫혔다. 베슈는 풀이 죽은 채로 한숨을 내쉬었다.

"여기 온 지 10분도 안 되었을 거야."

한편 바르네트는 침착한 태도로 현관을 여기저기 살펴보면서 늙은 하녀 한 명에게 이런저런 질문을 던졌다. 둘이 함께 계단을 내려와서도 관리인 숙소에 들어가 마찬가지로 질문 공세를 펼쳤다. 집 밖으로 나오자 바르네트는 택시를 잡아 올라타고는 라보르드가의 주소로 가달라고 했다. 한편 베슈는 어안이 벙벙한 채 보도 위에 그대로 서 있었다.

베슈에게 바르네트는 대단히 위엄 있는 존재이긴 했지만, 올가는 그보다 더한 경외감을 느끼는 대상이었다. 그런 올가의 표정으로 미루어 보아, 바르네트가 한낱 장난일 수 있는 약속으로 어려운 자리를 모면한 것은 아닌가 하는 우려가 들었다.

다음 날 바르네트 탐정 사무소에 들어서면서 베슈는 그럼 그렇지 하는 생각을 했다. 안락의자에 기대앉아 책상에 다리를 척하니 올려놓고는 바르네트가 담배를 태우고 있는 게 아니겠는가.

베슈는 화가 나 소리쳤다.

"성심으로 임하겠다는 게 고작 이건가? 우린 이제 **영영** 일을 그르칠 걸세. 아무리 동분서주해봐야 소용없어. 검찰청 작자들은 조금도 관심을 보이지 않네. 나 역시 이제 어쩔 수가 없네. 몇 가지 점에 대해서는 동의가 이루어지긴 했지. 예컨대, 위조 열쇠를 가지고 있다고 하더라도, 안에서 누가 문을 열어주지 않는 한 건물 안에 들어가는 건 물리적으로 불가능하다는 것. 아울러 공모 관계를 의심할 만한 내부인이 없다면, 결론은 다음의 두 가지로 좁혀지네. 첫 번째, 사건 전날 오후 늦게부터 두 도둑놈 중 한 명이 집 안에 들어와 있다가 공범에게 문을 열어주었다. 두 번째, 설사 그렇다 해도 건물 대문이 항상 잠겨 있었기 때문에 관리인 중 어느 누구의 눈에도 띄지 않고 안으로 들어올 수는 없다. 그나저나 누가 들어와 있었던 거지? 누가 문을 열어준 거야? 정말 수수께끼일세, 안 그런가?"

바르네트는 침묵을 깰 눈치가 아니었다. 사건에 대해 완전히 초연한 듯 보였다. 베슈는 계속 이야기했다.

"사건 전날 건물을 방문했던 사람들 명단을 작성했네. 이들 하나하나에 대해 관리인은 지극히 명확히 말하더군. 들어왔던 모든 사람들이 밖으로 나갔다는 거야. 말하자면 어떠한 단서도 없는 거야. 다양한 단계로 꼼꼼히 따져보았지만 지극히 단순하고 대범하게 치러진 도둑질이 그 발단부터 완전히 설명 불가라 이거야. 이봐, 이 사건에 대해 뭐라고 어디 말 좀 해볼 텐가?"

바르네트는 기지개를 켜고는 비로소 현실 세계로 돌아온 듯한 목소리로 말했다.

"그 여자 참 매력적이더군."

"누구? 뭐라고? 누가 매력적이야?"

"자네 전처 말이네."

"뭐라고?"

"무대에서만큼이나 실제 생활에서도 매력적이야. 활력이 넘처! 생명력이 충만해! 진짜 파리의 말괄량이야…. 거기다 그럴 듯한 취향과 우아함까지 갖췄어! 모은 돈을 가지고 퐁파두르의 침대를 구입할 생각을 하다니, 정말 매혹적이지 않은가? 베슈, 자네에겐 너무 벅찬 행운인 것 같네."

베슈는 투덜댔다.

"내 행운이라는 거, 흔적도 없이 사라진 지 이미 오래네."

"얼마나 지속되었나…?"

"한 달."

"그런데도 불평이야?"

토요일, 베슈는 또다시 채근하러 왔다. 바르네트는 여전히 담배를 태우고 몽상에 젖은 채 묵묵부답이었다. 마침내 월요일, 베슈는 잔뜩 의기소침한 모습으로 나타나 말했다.

"되는 게 하나 없어. 검찰청 놈들은 모두 머저리들이야. 이러는 동안 퐁파두르 부인의 침대와 올가의 침실은 어느 부둣가에서 어느 날 덧없이 외국으로 팔려 나가겠지. 이러니 올가가 형사인 내 꼴을 뭐로 보겠나? 멍청이로 보겠지."

그는 바르네트가 몽실몽실 천장을 향해 소용돌이처럼 솟아오르는 담배 연기만 바라보고 있는 모습을 한동안 노려보다가 버럭 화를 냈다.

"우리는 자네가 한 번도 겪어본 적 없는 막강한 상대를 두고 싸우고 있네…. 놈들은 분명 이전부터도 특별한 방식과 이런 속임수를 사용해왔고 이를 완벽하게 가다듬어온 게 분명하네…. 그런데도 자네는 잠자코 있을 텐가? 틀림없이 그놈들이 수작을 부리고 있는 게 분명한데 자네는 음모를 밝히려고 노력조차 하지 않을 건가?"

"그 여자에게는 다른 그 무엇보다 흥미로운 뭔가가 깃들어 있어."

바르네트가 중얼거렸다.

"뭐라고?"

"그녀의 천성, 솔직한 태도. 허세라고는 눈곱만치도 없네. 올가는 스스로 생각한 대로 말을 하고, 본능에 따라 행동하며, 마음이 가는 대로 살아간다네. 거듭 말하지만, 베슈, 그 여자는 정말이지 매력적인 존재야."

베슈는 주먹으로 탁자를 쾅하고 내리쳤다.

"그 여자 눈에 자네가 어떻게 보이는지 아나? 얼간이라고. 올가가 델 프레고하고 자네에 대해 얘기하면서 얼마나 웃어댔는데. 얼간이 바르네트… 허풍쟁이 바르네트라고 말이야…"

바르네트는 한숨을 내쉬며 말했다.

"안타까운 평가로군! 그런 대접을 안 받으려면 어떻게 해야 하지?"

"내일이 바로 화요일일세. 자네가 약속한 대로, 퐁파두르 침대를 돌려놔야겠지."

"제기랄. 그게 어디 있는지 불행히도 알지 못하는걸. 조언 좀 해주게, 베슈."

"우선 도둑놈들부터 잡아들이게. 놈들을 통해 진실을 알아내는 수밖에."

"그래, 그게 더 쉽겠군. 영장은 있나?"

"그래."

"동원할 수 있는 인력은 있고?"

"경찰청에 전화만 하면 되네."

"그럼 전화해서 쓸 만한 친구 두 명만 오늘 뤽상부르 공원 근처, 오데옹 광장의 아케이드로 출동시켜달라고 해놓게."

베슈는 펄쩍 뛰었다.

"자네 지금 날 놀리나?"

"천만에. 자넨 내가 올가 보방의 눈에 얼간이로 보이길 원한다고 생각하나? 아니, 뭣보다! 내가 약속한 것을 지키지 않은 적 있나?"

베슈는 잠시 생각에 잠겼다. 바르네트가 진지하게 얘기하고 있다는 느낌이 들었고, 안락의자에 느긋하게 파묻혀 있던 지난 엿새 동안 수수께끼를 푸느라 한시도 생각을 쉬지 않았으리라는 생각이 들었다. 하긴 그는 아무리 조사를 한다 해도 가만히 앉아 생각을 집중하는 것이 훨씬 나을 때가 많다고 틈만 나면 얘기하지 않았던가?

베슈는 더 이상 묻지 않고 수화기를 들고 동료 중 치안국장의 직속 부관이나 다름없는 알베르라는 친구와 통화를 했다. 그렇게 해서 두 명의 형사가 오데옹 광장으로 출동하도록 조치가 취해졌다.

바르네트는 자리에서 일어나 나갈 채비를 했다. 오후 3시였고, 둘은 밖으로 나섰다.

"올가가 사는 동네로 가는 건가?"

"그 건물로 가는 것이네."

"설마 올가의 집은 아니겠지?"

"관리인 숙소로 가는 걸세."

실제로, 둘은 관리인 숙소 구석에 자리를 잡았다. 바르네트는 미리 관리인 부부에게 누군가 함께 방 안에 있다는 인상을 주지 않도록 아무 말이나 행동을 섣불리 취하지 말라고 일러두었다. 침대를 가리는 넉넉한 휘장이 두 사람의 모습을 완벽히 가려주었다. 그러면서도 이 둘은 자기 위치에서, 건물을 드나들 때마다 문을 열어줘야 하는 모든 이의 모습을 고스란히 내다볼 수가 있었다.

2층에 사는 성직자가 지나갔고 그다음으로 올가의 늙은 하녀 중 한 명이 바구니를 팔에 끼고 장보러 나갔다.

베슈가 중얼거렸다.

"대체 누굴 기다리는 거야? 목적이 뭐냐고?"

"자네한테 한 수 가르쳐주려는 거네."

"하지만…."

"입 닫게."

오후 3시 반이 되자 델 프레고가 흰 장갑에 흰 각반, 회색 정장에 밝은 색깔의 모자를 쓴 차림으로 들어섰다. 그는 관리인 부부에게 손짓으로 인사를 건넨 뒤 계단을 올라갔다. 일일 체조 교습이 시작되는 시간이었다.

40분 뒤, 그는 또다시 밖으로 나가 담배 한 갑을 사서 돌아왔다. 흰 장갑에 흰 각반이 눈에 띄었다.

그 후 세 명이 줄지어 나타났는데 갑자기 베슈가 속삭였다.

"자, 저것 봐! 또 들어오네. 이번이 세 번째야. 이번엔 어디 갔다 오는 거지?"

"이 문 말고 또 있겠나."

바르네트의 대꾸에 확신이 부족한 채로 베슈가 말했다.

"글쎄, 그럴 것 같지는 않은데, 우리가 잘못 살핀 게 아니라면…. 안 그런가. 바르네트?"

갑자기 바르네트는 휘장을 확 걷어치우며 외쳤다.

"이제 우리가 나설 때인 것 같네. 가서 자네 동료들 좀 데리고 와, 베슈!"

"이리로 데리고 와?"

"그래."

"자네는?"

"난 위로 올라가 보겠네."

"날 기다리지 않고?"

"뭐하러?"

"하지만, 어쩌려고 그래?"

"두고 보게. 좌우간 동료들을 데리고 와서 3층을 지키고 있게. 내가 부를 때까지."

"감을 잡았군?"

"확실해."

"누구야?"

"글쎄 맹랑한 놈들이 있어. 자, 서두르게."

베슈는 득달같이 달려 나갔다. 바르네트는 말한 그대로 곧장 계단을 달려 4층으로 올라가 벨을 울렸다. 그리고 델 프레고의 감독하에 올가가 체조 수업을 받는 체조실로 안내되었다.

줄사다리 꼭대기에 걸터앉아 있는 올가가 소리쳤다.

"자, 용감무쌍한 바르네트 씨로군요! 전능하신 바르네트. 그래, 바르네트 씨, 내 퐁파두르 침대를 가져왔나요?"

"거의 그런 셈입니다, 부인. 그나저나 방해한 건 아닌가요?"

"천만에요."

놀랄 만한 민첩성과 위험을 개의치 않는 태도로, 여자는 델프레고가 간결한 목소리로 지시하는 동작들을 놀이 동작처럼 이행했다. 체조 교사는 칭찬도 하고 꾸짖기도 하면서 이따금 스스로 시범을 보였는데, 그 몸짓이 유연하다기보다 격렬한 것이어서 일부러 자신의 비범한 완력을 과시하는 것 같았다.

교습을 마치자, 델 프레고는 웃옷을 걸쳐 입고 흰 각반 단추를 채우고는 다시 흰 장갑을 끼고 밝은색 모자를 썼다.

"그럼 오늘 저녁 극장에서 봅시다, 올가."

"오늘은 기다렸다가 같이 안 가나요, 델 프레고? 엄마가 안 계시니 나를 데려다줘야 하잖아요."

"오늘은 불가합니다, 올가. 저녁 식사 전에 회합이 있거든요."

그는 출구 쪽으로 발길을 옮겼지만 멈춰 서야 했다. 바르네트가 문과 델 프레고 사이에 서서 가로막고 있었던 것이다.

"잠깐 몇 마디 말 좀 나눴으면 합니다. 당신과 함께 자리를 한 것도 보통 행운이 아닌 듯하니 말이오."

바르네트가 말을 건넸다.

"유감입니다만…."

"제 소개를 다시 할까요? 바르네트 탐정 사무소의 사설탐정, 짐 바르네트라고 합니다. 베슈의 친구이지요."

델 프레고는 한 걸음 더 앞으로 내디디며 말했다.

"대단히 죄송합니다, 선생. 지금 좀 바빠서요."

"아! 더도 말고 딱 1분이면 됩니다. 당신의 옛 추억을 되살려 드릴 시간이면 됩니다."

"무슨 말입니까?"

"어떤 터키인에 관한 기억인데…."

"터키인이요?"

"네, 벤 발리라는 이름의 사내죠."

체조 교사는 고개를 저으며 대답했다.

"벤 발리라고요? 전혀 들어본 적 없는 이름입니다."

"그럼 아베르노프라는 이름은 아실 텐데요?"

"그 또한 모르겠소. 대체 그자들이 누구요?"

"둘 다 살인자입니다."

짧은 침묵이 흘렀고, 델 프레고는 히죽 웃으며 말했다.

"그렇다면 더더욱 별로 마주치고 싶지 않은 자들이군요."

바르네트는 딴지를 걸었다.

"하지만 실제로는 당신이 그 사람들과 긴밀한 관계라는 얘기가 있던데요."

델 프레고는 바르네트를 머리끝에서 발끝까지 훑어본 뒤 이를 악물고 중얼거렸다.

"대체 뭐 하자는 거요? 대놓고 설명을 해보시오! 수수께끼 같은 말들은 딱 질색이오."

"앉으시지요, 델 프레고 씨. 편하게 얘기 좀 해봅시다."

델 프레고는 짜증스러운 몸짓으로 대답을 대신했다. 어느새 아름답고 호기심 가득한, 체조복 복장의 올가가 두 남자에게 다가와 있었다.

"앉아봐요, 델 프레고. 모두 다 내 퐁파두르 침대를 찾기 위한 거라고 생각하고요."

바르네트가 맞장구를 쳤다.

"맞습니다. 델 프레고 씨, 당신에게 수수께끼나 풀라고 한 게 아님을 알아주십시오. 다만 도난 사건 이후, 이곳을 처음 방문했을 때부터 한동안 사람들 입에 오르내렸던 사회면 기사 두 개가 계속해서 내 머릿속을 떠나지 않았지요. 아무래도 그에 대한 당신 견해를 좀 들어보는 게 좋겠다고 생각했죠. 그저 몇 분이면 충분합니다."

바르네트의 태도는 더 이상 평상시의 다소곳한 태도가 아니었다. 그의 목소리에는 그 누구도 복종할 수밖에 없는 권위가 묻어났다. 올가 보방은 무척 깊은 인상을 받은 눈치였다. 델 프레고는 주눅이 든 목소리로 으르렁댔다.

"서두릅시다."

"자, 얘기인즉 다음과 같습니다."

바르네트가 얘기를 시작했다.

"3년 전, 파리 한복판에 위치한 널찍한 아파트 꼭대기 층에서 어떤 보석상이 자기 아버지와 함께 살고 있었습니다. 소루아라는 이 사람은 터번에다 불룩한 터키식 반바지 복장을 한 벤 발리라는 작자와 사업상 관계를 맺고 있었는데, 그는 동양산 토파즈라든가 찌그러진 진주, 자수정 등 품질이 좀 떨어지는 보석들을 주로 암거래로 유통시키는 일을 하고 있었지요.

그런데 벤 발리가 수차례에 걸쳐 집을 드나들었던 그날 밤, 보석상 소루아가 극장에서 돌아와서 보니 아버지가 단도에 찔려 있고 금고 속 보석은 완전히 털린 상태였답니다. 그런데 조사 결과, 범행은 이의를 제기할 수 없는 완벽한 알리바이를 내세운 벤 발리가 아니라, 그날 오후 그가 데려왔던 다른 누군가에 의해 저질러진 것으로 판명되었습니다. 어쨌든 사법 당국으로서는 바로 그 누군가는 물론, 터키인도 어떻게 손쓸 수 없는 상황에 봉착했지요. 사건은 그대로 종결되었고요. 기억나시나요?"

"나는 파리에 온 지 2년밖에 안 되었소. 게다가 난 흥미도 못 느끼…."

델 프레고의 대답을 끊으며 짐 바르네트의 얘기가 계속 이어졌다.

"열 달 전, 비슷한 성격의 범행이 또 한 차례 발생했습니다. 그때의 희생자는 메달 수집가인 다불이었죠. 이때는 아스트라칸 모피 모자에 기다란 프록코트 차림의 러시아인 아베르노프 백작에 의해 그 집에 들어와 숨어 있던 정체불명의 작자가 용의자였죠."

"그건 나도 기억해요."

하얗게 질린 올가 보방이 끼어들었고 바르네트가 다시 말을 이어갔다.

"앞선 두 사건과 퐁파두르퐁 침실 도난 사건 사이에는 현저한 유사성까지는 아니더라도 뭔가 비슷한 점이 있다는 생각이 들더군요. 이를테면, 보석상 소루아를 희생시킨 절도 사건이

나 수집가 다불을 희생시킨 사건 모두가 이방인에 의해 자행되었다는 겁니다. 아울러 이번 사건에서도 발견되는 바이지만 사전에 한두 명의 공범을 미리 현장에 잠입시키는 방법을 통해서 말입니다. 문제는 과연 그 방법의 성격이 무엇이냐는 것입니다. 나 역시 이 문제에 대해 처음에는 감을 잡지 못했고, 지난수일 내내 침묵과 고독 속에 침잠하면서 물고 늘어진 것도 바로 그것이었답니다. 일단 수중에 확보된 두 가지 요소, 즉 벤 발리 건과 아베르노프 건을 가지고 내가 알지 못하는 다른 상황들에도 적용되었을 법한 방식에 대한 총괄적인 개념을 정형화할 필요가 있었지요."

"그래, 뭔가 발견해냈나요?"

올가가 잔뜩 달아오른 목소리로 물었다.

"네. 정말 근사한 아이디어라고 말씀드리고 싶군요. 한마디로 예술이에요. 제가 그 분야를 좀 아는데, 그건 지극히 참신하고 독창적이면서 누구에게도 의존하지 않는… 대단한 기술이랍니다! 도둑과 살인자 무리들은 항상 은밀하게 행동하고 남몰래 잠입하든지, 아니면 미리 공범을, 이를테면 배관공이나 배달부같이 집 안으로 교묘히 파고드는 공범들을 보내는 데 반해, 위 두 사건은 백주 대낮에 벌어진 일인 데다 보란 듯이 활개를 치며 자행되었지요. 사람들의 시선을 많이 받을수록 이들에게는 오히려 유리합니다. 이들은 공개적으로 건물을 드나들며 그 건물 세입자들과는 낯익은 사이로 정기적으로 그들을 보기도 한답니다. 그러다가 어느 하루 날을 잡고, 이들은 건물을 나갔다 다시 들어왔다… 다시 나갔다 들어왔다를 재차 반복하지요. 그러다가 우두머리가 안에 머물러 있을 어느 한때를 골라 다른 누군가가 새로 나타나지요. 그는 지금까지 들락날락하며 사람들 시선에 들었던 장본인이 아니면서 그 외모는 같은 인물로 혼동할 만큼 비슷한 자예요. 기막히지 않나요?"

바르네트는 델 프레고를 향해서 신랄하게 외쳤다.

"천재적이오, 델 프레고! 암, 천재적이고말고! 다시 말하지만, 일반적인 경우라면 좀도둑처럼 어중간한 색깔의 옷에 어떻게든 남의 시선을 끌지 않는 방식으로 눈에 띄지 않게 결정타를 시도할 텐데. 그런데 이들은 사람들의 이목을 끌어야만 일이 된다는 것을 알고 있다오. 모피 모자를 쓴 러시아인이나 불룩한 치마바지 차림의 터키인이 하루에 네 번씩 계단을 오르내린다면, 그걸 꼬박꼬박 세면서 밖으로 나간 것보다 딱 한 차례 안으로 들어온 횟수가 많다는 걸 간파하는 이는 아무도 없을 거요. 그런데 그 다섯 번째 들어온 사람이 문제의 공범이지. 그 누구도 눈치채지 못했고 말이야. 바로 이게 이 사건에 이용된 방식이라오. 이만하면 경의를 표할 만하지! 이런 걸 고안하고 실제로 적용시킬 정도의 비범한 능력의 대가라면, 내 생각에는 이 세상에 둘 이상 있지 않을 것 같은데. 벤 발리와 아베르노프 백작은 동일 인물이고, 지금 우리가 골치를 썩이는 이 사건에 그 인물이 세 번째로 등장한 게 아닌가 하는 것이 내 의견인데, 어떻게 생각하나요? 처음엔 터키인으로, 그다음엔 러시아인으로… 그리고 이제… 이방인 행세를 하며 튀는 복장을 한 이 사람을 과연 우리는 어떻게 생각해야 할까요?"

잠시 정적이 이어졌다. 올가는 분개한 몸짓을 했다. 바르네트가 처음부터 무엇을 목표로 얘기를 진전시켜왔는지를 단박에 깨달았고, 이에 대항했다.

"말도 안 돼. 그 말 속의 암시에 대해 나는 동의할 수 없어요."

델 프레고는 관대한 태도를 내보이며 빙긋이 웃었다.

"내버려 두세요. 올가…. 바르네트 씨가 농담을…."

바르네트가 말을 끊었다.

"물론이오, 델 프레고, 난 지금 농담을 하는 거요. 결말이 어떻게 매듭지어질지 미처 파악하지 못한 입장에서, 내 변변찮은 무용담을 진지하게 받아들이지 않는 것은 당연한 처사지요. 물론, 잘 알고 있습니다. 분명 당신은 이방인이고 흰 장갑에 흰 각반까지 정말 눈에 띄는 복장을 하고 있군요…. 물론, 당신의 얼굴 표정은 무척 다양해서 이리저리 다른 얼굴을 만들어낼 수가 있지요. 러시아인에서 터키인으로, 터키인에서 화려한 외양에 수상쩍은 호사를 부리는 이방인으로 자유자재로 변신이 가능하지요. 게다가 이 건물에 친숙한 상황인 데다 여러 가지 일을 겸하고 있는지라 이곳을 하루에도 수차례 드나들 수도 있지요. 문제는 당신의 신사로서의 명성이 난공불락이고, 올가 보방이 당신을 비호하고 있다는 거요. 그러니 당신을 고발하는 건 문제가 되지 않겠소? 그러니 어찌해야 할까? 어때요, 내 당혹감을 아시겠소? 유일한 용의자는 바로 당신인데, 당신은 범인이 될 수 없는 인물이지 않소. 안 그렇습니까, 올가 보방?"

여자는 열에 들뜬 불안한 눈빛으로 외쳤다.

"안 돼요! 안 돼! 대체 누가 고발을 하겠어요? 무슨 수로요?"

"간단한 방법을 썼습니다."

"그게 뭐예요?"

"덫을 놓아두었거든요."

"덫이라고요? 아니, 어떻게요?"

짐 바르네트는 대답 대신 올가에게 물었다.

"그저께 당신은 로랭 남작으로부터 전화 한 통을 받지 않았습니까?"

"네, 맞아요."

"그가 어제 이곳을 찾아왔지요?"

"네…. 네…."

"그가 퐁파두르 부인의 문장이 새겨진 은으로 만든 묵직한 보석함을 가져왔지요?"

"저 탁자 위에 있는 바로 저것이에요."

"파산한 로랭 남작은 에티올 가문의 조상 대대로 물려받은 그 보석함을 매각할 방안을 궁리하다가 찾아온 건데 당신이 그걸 내일 화요일까지 맡아두기로 한 거죠?"

"아니, 어떻게 아셨어요?"

"그 남작이 바로 저니까요. 그간 당신은 은으로 만들어진 이 멋들어진 보석함을 주위 사람들에게 보여주면서 찬사를 늘어놓았죠?"

"네."

"한편, 당신 어머니께서는 시골에서 병든 자매를 보러 와달라는 내용의 전보 한 장을 받으셨겠고요?"

"그건 또 어떻게?"

"전보도 내가 보냈습니다. 자, 당신 어머니는 아침에 떠났고,

보석함은 내일까지 이곳에 있을 거라는데, 침실도 너끈히 훔쳐 낸 자가 그보다 훨씬 수월한 이 은제 보석함을 슬쩍하고 자신 의 비범한 능력을 다시 한 번 펼칠 수 있는 유혹을 쉽사리 이겨 냈을까요?"

올가는 갑자기 겁에 질린 듯한 비명을 내지르며 외쳤다.

"세상에! 오늘 밤에 또 다른 시도가 있을 거라는 거예요?"

"오늘 밤이요."

"끔찍한 일이에요!"

여자가 떨리는 목소리로 말했다.

한편 꼼짝도 하지 않고 귀를 기울이던 델 프레고는 몸을 일 으켜 말했다.

"끔찍할 것도 없습니다, 부인. 이미 사전 제보를 받았으니까 요. 경찰에 신고를 해두는 걸로 충분합니다. 괜찮다면 제가 즉 시 가보겠습니다."

바르네트가 가로막았다.

"맙소사, 안 되죠! 델 프레고, 난 지금 당신이 필요한 걸요!"

"내가 당신에게 무슨 도움이 될 수 있을지 잘 모르겠군요."

"무슨 말씀! 공범을 체포하기 위해서 필요하죠."

"오늘 밤에 일이 예정되어 있다면 시간이 충분할 텐데요."

"네. 하지만 공범은 미리 잠입해 있기 마련이라는 점을 기억 하세요."

"이미 들어와 있다는 말이요?"

"30분쯤 됐소."

"그럼, 내가 이곳에 도착했을 즈음?"

"정확히 하자면 당신이 두 번째로 도착한 시점부터지."

"웬 뚱딴지같은 소리요."

"지나가는 것을 똑똑히 봤거든, 지금 당신을 보듯이 말이야."

"그럼 이 아파트에 숨어 있겠구려?"

"그렇소."

"어디에요?"

바르네트는 문 쪽을 향해 손가락을 가리켰다.

"저기. 현관에는 옷가지를 넣어둔 벽장이 하나 있지. 오후 내
내 그곳을 열어볼 일이 전혀 없는 곳이지. 그 속에 공범이 있소
이다."

"하지만 혼자서 안으로 들어올 수가 없었을 텐데?"

"들어올 수 없지요."

"누가 문을 열어줬다?"

"델 프레고, 바로 당신."

얘기의 초반부터 바르네트의 모든 말들은 체조 교사를 겨냥
하고 있었고 모든 것들이 점점 더 노골적으로 그 암시를 구체
화하고 있었다. 그가 방금 내뱉은 말은 델 프레고로 하여금 펄
쩍 뛰게 만들었다. 델 프레고의 얼굴은 분노와 불안, 울컥 행동
을 저지르려는 광포한 충동 등 지금까지 숨겨왔던 엄청난 감
정의 동요들을 드러내고 있었다. 델 프레고가 주저하는 모습을
눈치챈 바르네트는 혼란을 틈타 현관 쪽으로 달려가 벽장으로
부터 웬 사내 하나를 끌어내 아틀리에 쪽으로 거칠게 밀어붙였
다.

"아! 사실이었어?"

올가가 탄식을 내뱉었다.

그는 델 프레고와 같은 신장에다 그처럼 회색 복장에 흰색 각반을 착용하고 있었다. 번들거리는 얼굴, 풍부한 표정도 흡사했다.

"모자와 장갑을 잊으셨구려, 선생."

바르네트는 그의 머리에 밝은 색깔의 펠트 모자를 씌워주고는 흰 장갑을 내밀었다.

기겁을 한 올가는 한 발 한 발 뒷걸음질을 치면서도 두 남자에게서 시선을 떼지 않은 채, 곡예용 줄사다리로 거슬러 올라갔다. 비로소 델 프레고가 어떤 존재이며 그의 곁에서 그동안 얼마나 위험한 상황에 처해 있었는지 이해하게 되었다.

바르네트는 빙그레 웃으며 말했다.

"어때요, 재미있지 않습니까? 쌍둥이처럼 닮지는 않았지만, 동일한 체구에 옛날 광대 같은 저 얼굴, 특히 빼다 박은 듯 똑같은 저 우스꽝스러운 옷차림이 마치 형제처럼 보이네요."

두 공범은 서서히 혼란스러운 정신 상태에서 빠져나와 냉정을 되찾고 있었다. 어찌 보면, 건장한 체격에 강한 완력을 소유한 두 남자가 상대할 자는 체구도 초라하고 꼭 끼는 프록코트 차림에 평범한 점원 같은 행색이지 않은가.

델 프레고는 외국어로 뭐라 으르렁거렸고, 바르네트는 그 즉시 그걸 통역했다.

"똘마니한테 권총이 있냐는 말을 굳이 그렇게 러시아어로 얘기할 필요는 없네…."

델 프레고는 분해서 부르르 몸서리를 치더니 이번에는 또 다른 외국어로 중얼거렸다.

물론 곧장 바르네트가 외쳤다.

"운이 없구먼! 터키어야말로 내 호주머니 속처럼 훤히 꿰뚫고 있다네! 미리 한마디 해두겠는데, 지금 층계참에는 베슈가 동료 두 명과 함께 대기하고 있네. 자네도 알지, 올가의 전 남편 말이야. 그리고 동료 두 명도 함께 있다고. 총성이 울리는 동시에 그들이 행동을 개시할 걸세!"

델 프레고와 공범은 서로 눈짓을 주고받았다. 전의를 상실한 듯했다. 하지만 그들은 두 어깨를 붙잡히고 꼼짝달싹할 수 없게 될 때까지 절대 포기하지 않는 유형의 인간들이었다. 마치 부동자세인 것처럼 눈에 보이지 않는 움직임을 통해 그들은 바르네트와의 거리를 좁혀 왔다.

"좋았어! 어디 몸싸움 한번 해보시겠다! 어디 필사적으로 한번 붙어봐? 나를 제치고 나서 베슈에게 인사도 없이 내빼겠다 이거지. 조심하세요, 부인! 이제 현란한 광경을 목도하시게 될 겁니다. 이 보잘것없는 사내를 상대로 두 명의 거구가 나서시는군! 다윗 한 명에 두 명의 골리앗이라… 자, 덤벼봐, 델 프레고! 좀 더 빠르게! 자, 좀 더 용기를 내보란 말이야! 어서 우격다짐으로 달려들란 말이야!"

그사이 거리는 세 발짝으로 좁혀졌다. 두 불한당은 손가락에 잔뜩 힘을 싣고는 당장이라도 달려들 태세였다.

하지만 바르네트가 선제공격을 가했다. 공중제비를 넘더니 두 사내의 다리를 각각 낚아채 마네킹처럼 뒤집어 엎어뜨려버렸다. 아울러 그들이 방어 자세를 취하기 전에 그들 머리통은

쇠징과도 같은 무자비한 바르네트의 손바닥에 딱 달라붙어 꼼짝달싹 못하는 처지가 되었다. 두 사내 모두 숨이 넘어갈 듯 헐떡이며 질식할 듯한 모습을 보였고, 그들의 두 팔은 힘없이 축 늘어져 있었다.

바르네트는 놀랄 만큼 침착하게 말했다.

"올가 보방, 이제 문을 열고 베슈를 불러주시겠습니까?"

줄사다리에서 부리나케 내려온 올가는 얼마 남지 않은 힘을 다해 문 앞까지 내달렸다.

"베슈! 베슈!"

잠시 후 형사와 함께 돌아온 그녀는 찬사와 두려움을 동시에 드러내며 그에게 말했다.

"상황 끝이에요! 그가 이놈들을 혼자서 '요절'냈어요! 세상에, 이런 사람일 줄 몰랐어요…!"

바르네트는 베슈에게 말했다.

"자, 여기, 자네 고객 두 명일세. 자네는 이자들의 손목에 수갑만 채우면 돼. 그래야 내가 딱한 놈들 숨통을 열어주지! 아니, 너무 세게 조이진 말게, 베슈! 그래도 꽤 합리적인 작자들이라 확신하네. 그렇지 않은가, 델 프레고? 자, 아직도 항복할 마음이 없나…?"

그러고는 다시 자세를 바로 하고는 놀란 눈으로 자신을 바라보고 있는 올가의 손등에 입맞춤을 한 뒤, 호탕한 목소리로 이렇게 외쳤다.

"아, 베슈, 오늘 사냥 한번 재미있었어! 덩치도 꾀도 최고 수준인 야수 두 마리를 포획했으니 말이야! 델 프레고, 자네의 작업 방식에 진심 어린 감탄을 보내는 바이네."

바르네트는 베슈가 단단하게 수갑을 채워놓은 체조 교사의 가슴팍을 손끝으로 몇 차례 툭툭 친 뒤 여전히 즐거운지 계속해 떠들어댔다.

"다시 말하지만, 정말 천재적이야. 아까 관리인 숙소에서 망을 보면서 자네의 속임수를 간파하고 있던 내 눈에 마지막 방문객이 눈에 띄는 거야. 그자는 분명 자네가 아니었어. 한데, 잠시 어리둥절해하던 베슈는 그대로 속아 넘어가더라고. 흰색 장갑과 흰색 각반, 밝은색 중절모에 회색 재킷을 입은 그 신사가 델 프레고라는 거야. 이미 수차례 드나드는 걸 목격한 그 델 프레고 말일세. 그런 식으로 제2의 델 프레고는 손쉽게 계단을 오를 수 있었고, 진짜 델 프레고 자네가 닫지 않고 살짝 열어둔 문 안으로 슬그머니 미끄러져 들어가 벽장 속에 숨어들 수가 있었던 게야. 침실 전체가 어둠 속으로 사라져버린 바로 그날 밤처럼 말일세…. 설마 자신이 천재라는 걸 부정하진 않겠지?"

정말이지 바르네트는 터질 것 같은 기쁨을 더 이상 자제하기 어려워 보였다. 놀라운 도약 솜씨로 훌쩍 날아올라 기계체조용 그네 위에 사뿐 안착하더니, 다시 고정 장대로 몸을 날려 그것을 붙잡고는 마치 바람개비처럼 빙글빙글 회전했다. 뿐만 아니라 매듭 진 밧줄을 붙잡더니 다시 링에 매달리고, 링에서 사다리로, 마치 우리 안에서 원숭이가 재주를 부리듯 자유자재로 옮겨 다니는 것이었다. 그러는 와중에도 그의 뒤에서 미친 듯이 날뛰며 펄럭이는 낡은 프록코트의 뒷자락은 더없이 우스꽝스러웠다.

점점 더 혼란스러운 표정을 짓는 올가 앞에 갑자기 바르네트가 척 하고 착지했다.

"내 심장 부위를 손으로 만져보세요, 아름다운 부인…. 전혀 요동치지 않죠? 제 이마를 살펴보세요. 땀 한 방울 없죠?"

그는 또 전화기를 집어 들더니 번호를 요청했다.

"경찰청 부탁합니다…. 치안국… 수사과요…. 아, 알베르 자네인가? 날세, 베슈. 내 목소리를 못 알아보겠다고? 상관없어! 베슈 형사가 방금 올가 보방 도난 사건의 진범이자 살인 용의자 두 명을 체포했다고 보고하게."

바르네트는 베슈에게 손을 내밀었다.

"모든 영예는 자네에게 돌아갈 거네. 부인, 전 그만 인사드리겠습니다. 델 프레고, 자네 계속해서 내게 얼굴 찌푸리고 있을 텐가?"

델 프레고가 으르렁댔다.

"나를 이런 식으로 골탕 먹일 수 있는 자는 한 명뿐이야."

"그게 누군데?"

"아르센 뤼팽!"

바르네트가 버럭 소리쳤다.

"됐네, 델 프레고, 이제는 고난도 독심술까지 선보이려는군! 아! 자네, 앞으로 '그 대갈통을 잃지'만 않으면 재목이 되겠어! 근데 왠지 그게 더 이상 자네 어깨 위에 제대로 붙어 있을 것 같지 않구려."

바르네트는 웃음을 터뜨리고는, 올가에게 인사를 하고 노래를 흥얼거리며 경쾌한 발걸음으로 문을 나섰다.

"이지도르… 날 사랑하네… 하지만 내가 사랑하는 이는… 잼이라네."

다음 날, 델 프레고는 집요한 질문 공세와 증거들에 짓눌려 올가 보방의 침실 일체를 감춰둔 교외의 어느 창고 위치를 털어놨다. 정확히 화요일이었다. 결국 바르네트는 약속을 지킨 것이다.

베슈는 며칠간 임무 수행차 시골을 다녀왔는데, 집에 돌아오자 바르네트로부터 이런 전갈이 도착해 있었다.

솔직히 말해서 나 근사했지? 사건 해결을 빌미로 한 푼도 챙기지 않았어! 자네가 치를 떨던 그 돈 떼먹는 짓을 전혀 하지 않았단 말이야! 그러나 어떤 점에선, 자네의 칭찬을 듣는다는 게 얼마나 뜻깊은 보상이겠는가…!

그날 오후, 베슈는 바르네트와의 모든 인연을 끊어버릴 결심으로 라보르드가의 탐정 사무소로 향했다.

그런데 문이 닫힌 채 다음과 같은 내용의 팻말만 걸려 있었다.

연애사업으로 잠시 휴업 중
밀월여행을 마치고 다시 개업함

"이건 또 무슨 기이한 소리야?"
베슈는 알 수 없는 불안을 느끼며 중얼거렸다.

그는 올가의 집으로 내처 달려갔다. 역시 문이 잠겨 있었다. 폴리 베르제르에도 가보았다. 그곳에서는, 위대한 예술가 여인이 막대한 금액의 위약금을 지불한 뒤 여행을 떠나버렸다는 사실을 알려왔다.

거리로 나오자마자 베슈는 그르렁댔다.

"젠장 빌어먹을! 어떻게 이럴 수 있어? 돈을 떼먹는 대신 승리를 이용해 유혹한 거야…?"

끔찍한 의혹이 일었다. 이 같은 참담함이 또 있을까! 어떻게 알아내야 하나? 아니, 차라리 어떻게 해야 베슈가 가장 두려워하는 확신에 이르지 않기 위해 모르는 척 지나갈 수 있을까?

아, 이런! 바르네트는 먹잇감을 그냥 놔두지 않은 것이다. 이후 수차례에 걸쳐 베슈는 다음과 같이 열락에 겨운 글이 담긴 그림엽서들을 받았다.

아! 베슈! 로마의 밝은 달일세! 베슈, 자네만 좋다면 시칠리아로 오게나….

베슈는 이를 악다물고 웅얼거렸다.

"불한당 같은 놈! 내 너를 다 눈감아줬지만 이것만은 절대 안 돼. 두고 봐, 앙갚음할 테니…!"

8
베슈, 짐 바르네트를 체포하다

베슈는 경찰청사의 돔 지붕 아래로 들이닥치더니 안마당을 가로지른 후 계단을 올라갔다. 그러곤 노크도 없이 문을 열고는 자신의 직속상관 앞으로 급히 다가가 격정으로 일그러진 얼굴을 들이대며 내뱉었다.

"짐 바르네트가 데스로크 사건에 개입해 있습니다! 데스로크 의원 집 앞에서 제 두 눈으로 확인했다고요."

"짐 바르네트가?"

"그렇습니다. 제가 여러 차례 말씀드린 일이 있는 그 사설탐정입니다. 지난 수 주간 자취를 감췄던 그 작자 말입니다."

"무용수 올가와 함께 사라진 인물?"

"네. 제 전처죠!"

분노에 사로잡힌 베슈가 소리쳤다.

"그런데?"

"놈을 미행했습니다."

"눈치채지 않게 했겠지?"

"제가 미행을 붙은 자는 절대로 눈치채지 못합니다. 그런데 그 불한당 같은 놈은 어슬렁대는 척하면서 주위를 살피며 신중을 기하더군요. 놈은 에투알 광장을 빙 돌아 클레베르 가도를 따라가다 트로카데로 광장에서 멈췄습니다. 근처 벤치에 한 여자가 앉아 있었는데 색깔 있는 숄을 걸쳐 시선을 끌 법한 검은 머리의 예쁜 집시 여인이었죠. 1~2분가량 그들은 거의 입술도 움직이지 않고 이야기를 나눴는데 이따금 클레베르 가도와 광장이 이어진 모퉁이의 한 건물을 눈으로 가리켰습니다. 그러더니 바르네트는 몸을 일으켜 지하철을 탔습니다."

"여전히 미행은 했고?"

"네. 하지만 유감스럽게도 제가 올라타기 전에 기차가 출발해버렸습니다. 다시 원형 광장으로 돌아와보니 집시 여자도 떠나고 없더군요."

"그들이 곁눈질했다던 그 건물에는 가보았나?"

"방금 그곳에서 오는 길입니다."

베슈는 과장스러울 정도로 또박또박 발음을 해가며 이야기를 풀어놓았다.

"건물 5층의 가구가 모두 구비된 아파트에, 용의자의 아버지인 퇴역 장군 데스로크 씨가 4주 전부터 살고 있답니다. 아시듯이 납치 및 감금, 살인 등 혐의로 수감된 자기 아들을 변호하기 위해 지방에서 올라왔죠."

이 마지막 문장이 효과를 발휘했고, 상관은 태도를 달리하며 물었다.

"그래, 장군을 만나는 봤는가?"

"직접 문을 열어줬습니다. 저는 그 즉시 제가 목격한 장면을 장군에게 털어놓았습니다. 놀라는 기색이 아니더군요. 안 그래도 바로 그 전날, 웬 집시 여자가 찾아와 손금과 카드 점을 봐줬다는 겁니다. 근데 그 여자가 장군에게 3000프랑을 요구하더니, 오늘 오후 2시에서 3시 사이에 트로카데로 광장에서 그 답을 기다릴 거라고 했다는군요. 이쪽에서 신호를 보내는 즉시 여자가 올라올 거라고요."

"여자가 무얼 제안했나?"

"자기가 그 유명한 사진을 찾아서 가져올 수 있다고 장담했답니다."

"우리가 아무리 찾아도 찾을 수 없는 바로 그 사진 말인가?"

상관이 소리쳤다.

"바로 그 사진입니다. 피고의 입장이냐 아니면 원고의 입장이냐 제각각 보기에 따라 데스로크 의원을 구해내든지 아니면 꼼짝 못하게 만들 바로 그 사진 말입니다."

긴 침묵이 이어졌다. 이윽고 상관은 은밀한 목소리로 나지막이 말했다.

"베슈, 이 사진의 확보에 우리가 얼마의 값을 상정하고 있는지 알고 있지?"

"알고 있습니다."

"자네가 아는 것 훨씬 이상일세. 잘 듣게, 베슈. 그 사진은 반드시 우리가 먼저 확보해야 해. 검찰로 넘어가기 전에 말이야."

그리고 목소리를 더 낮게 깔고 덧붙였다.

"경찰이 먼저야…"

베슈도 진지한 어조로 맞장구쳤다.

"사진을 반드시 손에 넣게 될 겁니다. 아울러 바르네트 탐정도 넘겨드리겠습니다."

한 달 전, 막대한 재력과 정계 연줄, 당당한 배포와 사업적 성공 덕에 파리의 거물이 된 재정가 베랄디는 점심시간에 맞춰 오지 않는 부인을 한참 기다렸다. 그날 저녁에도 여자는 귀가하지 않았고 밤새 모습을 드러내지 않았다. 즉각 경찰 조사가 이루어졌고 비교적 정확한 추론을 토대로 다음과 같은 결론이 내려졌다. 불로뉴 숲 근처에 사는 크리스티안 베랄디는 매일 아침 숲길을 산책했다. 그날따라 한적한 오솔길을 걷던 중 한 남자가 그녀 옆쪽으로 붙으면서 다가오더니만 여자를 밀폐된 자동차로 끌어가 태우고 센 강 유역을 향해 전속력으로 사라졌다는 것이다.

사람들은 비록 그자의 얼굴을 분간하지는 못했지만, 외관상 젊은 듯했고, 짙은 청색 외투에 검은색 망토를 걸쳤다고 했다. 이외에 다른 단서는 없었다.

이틀이 지났지만 새로운 소식은 전혀 없었다.

그러던 중 사건을 급변하게 하는 사태가 벌어졌다. 어느 오후가 저물어가는 시간, 샤르트르에서 파리로 뻗은 도로 부근에서 일하던 농부들의 눈에 자동차 한 대가 무시무시한 속도로 달려가는 것이 보였다. 그런데 갑자기 아우성치는 소리가 나더니만, 자동차 문 한쪽이 열리면서 한 여자가 허공에 내팽개쳐지는 것이 아닌가.

농부들은 그 즉시 부리나케 달려가보았다.

한편, 자동차는 계속 비탈을 올라 목초지 안으로 들어오더니, 나무를 들이받고는 그대로 전복되고 말았다. 차 안의 남자는 기적처럼 멀쩡하게 차 밖으로 기어 나와 불쑥 몸을 일으키고는 여자 쪽으로 달려오기 시작했다.

여자는 이미 숨을 거둔 상태였다. 돌무더기에 머리가 떨어진 탓이었다.

사람들은 인근 마을까지 사체를 운반하고는 서둘러 군경 부대에 이 사실을 신고했다. 문제의 그 남자는 아무 거리낌 없이 이름을 밝혔는데, 그는 다름 아닌 유명 국회의원이자 야당 당수인 장 데스로크 의원이었던 것이다. 한편, 희생자는 베랄디 부인으로 밝혀졌다.

즉각 전투가 시작되었다. 여자의 남편 쪽에서는 증오에 사무친 전의가 불타올랐고 데스로크 의원의 파멸에 얼마간 이해관계를 가진 일부 장관들이 입김을 불어넣은 사법 당국 쪽에서도 그에 못지않은 각오를 보였다. 납치에 대해서는 어떠한 의혹도 없었다. 당시 크리스티안 베랄디를 습격한 용의자에 대한 사람들의 증언처럼 장 데스로크의 평상시 복장은 푸른색 복장에 검은색 망토 차림이었던 것이다. 살인에 대한 농부들의 증언은 명확했다. 여자를 밖으로 민 남자의 팔을 보았다는 것이다. 즉시 국회의원 면책특권의 철회가 공식 요청되었다.

장 데스로크의 태도 그 자체가 고소에 보다 강한 힘을 실어 주었다. 그는 단도직입적으로 유괴와 감금 사실을 고백했다. 하지만 농부들의 증언에 대해서는 완고하게 반박하고 나섰다. 장 데스로크에 따르면 베랄디 부인이 스스로 자동차 밖으로 뛰어내렸고 자신은 여자를 막으려고 갖은 노력을 다했다는 것이다.

그 외 자살의 동기와 납치를 둘러싼 정황, 범행 이틀간 벌어진 일들, 거쳐 지나온 장소들, 그리고 마지막에 비극적 결말로 치달을 수밖에 없던 우여곡절 등에 대해서는 고집스럽게 입을 닫았다.

여자 쪽에서 이 유명한 의원을 알고 있다고 하더라도 남편인 재정가 베랄디는 의원과 악수 한 번 한 적이 없는 사이였기에 장 데스로크가 어디서 어떻게 베랄디 부인을 알게 되었는지는 도저히 파악할 수가 없었다.

사람들이 실컷 질문 공세를 펴면 의원은 대답했다.

"더 이상 할 말이 없소. 원하는 대로 생각하시구려. 원하는 대로 나를 처리해요. 어떤 일이 벌어지더라도 난 아무 말 안 하겠소."

그러고는 국회 하원의원회에도 모습을 드러내지 않는 것이었다.

다음 날 베슈를 비롯한 경찰들이 장 데스로크의 집에 당도해 초인종을 울리자, 그는 직접 문을 열고 말했다.

"따라갈 준비 되었소이다, 여러분."

치밀한 가택수색이 단행되었다. 서재 벽난로에서 발견된 한 움큼의 재는 무언가 다량의 종이를 태웠음을 말하고 있었다. 서랍을 뒤졌고 가구들도 샅샅이 조사했다. 서가에 꽂힌 책들도 죄다 뒤흔들어보고 서류 뭉치들을 따로 묶었다.

장 데스로크는 이 모든 지루한 작업을 무심한 눈길로 바라보고 있었다. 그러던 중 한 가지 돌발 사태 하나가 상황을 급박하게 몰아갔다. 동료들보다 좀 더 능숙한 베슈가 어느 작은 상자 속에서 어쩌다 보니 그 안에 들어가게 된 듯 아무렇게나 놓인 가느다란 종이 두루마리를 발견하고는 이를 자세히 살펴보려 하던 중, 데스로크가 달려들어 베슈의 손에서 그것을 낚아챘다.

"하등의 중요성도 없는 거예요! 그냥 사진입니다…. 커버에서 뜯겨나간 낡은 사진일 뿐이에요."

데스로크의 발끈하는 태도가 이상하게 느껴져서 베슈도 바짝 긴장을 했고 돌돌 말린 그것을 다시 빼앗으려고 했다. 하지만 의원은 달음질쳐서 밖으로 나가 자기 등 뒤의 문을 쾅하고 닫고는 정복 경찰관 하나가 지키고 있던 건넌방으로 내달렸다. 베슈와 동료들은 즉각 의원을 따라잡았다. 잠시 언쟁이 있었고 장 데스로크의 주머니 수색을 실시했다. 사진을 말고 있던 종이 두루마리는 호주머니 속에 없었다. 정복 경찰관에게 물어보니 자신은 그저 도망치는 자를 가로막았을 뿐 아무것도 본 것이 없다는 것이었다. 체포 영장이 발부되었고 데스로크 의원은 연행되었다.

자, 이상이 사건의 포괄적인 윤곽이다. 당시에(세계대전이 발발하기 조금 전이었다) 너무도 떠들썩했던 사건이라, 다들 알 만한 불필요한 세부 사항들은 굳이 환기할 필요가 없을 것이다. 또한 베슈가 개입하지 않았다면 아무 성과도 거두지 못했을 예심 과정 역시 달리 언급할 필요가 없겠다. 문제는 데스로크 사건을 파헤치는 것이 아니라 그 공개된 결론을 가능케 한 비밀스러운 에피소드를 부각시키자는 것이다. 아울러 이 에피소드를 끝으로 형사 베슈와 사설탐정 바르네트 간의 대결 역시 매듭을 짓게 된다.

이번이야말로 베슈가 적어도 한 개의 중요한 상수패를 움켜쥐고 있었다. 왜냐하면 바르네트가 어떤 패를 가지고 있는지, 어떤 방식으로 공격해 올지 알고 있었고, 베슈가 상황을 장악한 영역 안에서 게임이 이뤄지고 있었기 때문이다. 실제로 다음 날, 경찰청장의 이름으로 직접 통고된 방문을 수행하기 위해 베슈는 데스로크 장군 집의 초인종을 울렸다.

배가 불룩하면서 검은색 프록코트 차림새가 꼭 시골 공증인 같은 인상을 풍기는 하인 하나가 문을 열어주었다. 베슈는 안으로 들어가 창문 뒤에 자리를 잡고 오후 2시에서 3시까지 트로카데로 광장에 시선을 고정시켰다. 하지만 집시 여자는 그곳에 나타나지 않았다. 그다음 날도 상황은 마찬가지였다. 아무래도 바르네트가 눈치를 챈 듯했다.

하지만 베슈는 데스로크 장군의 동의 아래에 감시를 고집했다. 장군은 깡마른 체구에 키가 크고 원기 넘치는 얼굴이었으며 회색빛 모닝코트 아래에 노장교의 기상을 그대로 간직하고 있었다. 평소에는 과묵하지만 어떤 열정이 치밀기만 하면 언제라도 격렬한 열변을 토해낼 수 있는 냉정한 유형의 인물이었다. 그런데 그를 불붙게 한 가장 큰 열정은 바로 자기 아들에 관한 것이었다. 장군에게 있어 장 데스로크의 결백은 의혹의 여지가 없는 진실이었다. 파리에 도착한 순간부터 데스로크 장군은 인터뷰를 통해 그 점을 강조했고 이는 여론에 파장을 몰고 왔다.

"장이 결코 나쁜 짓을 범했을 리가 없습니다. 장이 가진 유일한 결점은 지나치게 정직하다는 점입니다. 워낙 도덕적 가책이 강한 사람이라, 자신을 완전히 망각하고 이해득실을 팽개칠 만큼 모든 걸 놓아버릴 수가 있어요. 그게 도가 지나치기 때문에 나는 감방에 갇힌 내 아들도 그의 변호사와도 만나지 않을 겁니다. 자식에 대한 비난에는 하등의 신경을 쓰지 않을 작정이에요. 내가 이곳에 온 것은 내 아들과 협의하기 위함이 아니라 오히려 그 자신으로부터 그 애를 지켜내기 위해서입니다. 누구나 각자의 명예가 있죠. 내 아들의 명예가 입을 다무는 데에 있다면, 나의 명예는 모든 오욕으로부터 우리 가문의 이름을 지켜내는 것입니다."

그리고 어느 날인가 사람들의 질문공세가 이어지자 이렇게 소리쳤다.

"내 의견을 원하십니까? 자, 좋습니다, 단도직입적으로 말하죠. 장은 누구도 납치하지 않았습니다. 여자가 스스로 기꺼이 따라나선 거예요. 장은 지금 고인이 된 여인에게 누가 되지 않기 위해 입을 다물고 있는 겁니다. 확신하건대 장은 그 여인과 살아생전 깊은 관계에 있었습니다. 조사해보면 알게 되겠지요."

자기 나름대로 악착같이 조사에 나선 장군은 베슈에게 이렇게 말하기도 했다.

"내 주변에는 힘 있고 헌신적인 친구들이 많이 있소. 그리고 모두가 이번 조사에 적극적이오. 하지만 형사님도 그렇겠지만, 우리가 행하는 조사 역시 한계가 있을 수밖에 없소. 마찬가지

이겠으나 증거가 딱 하나 부족하기 때문이지. 저 유명한 사진 말이오. 이 사건의 모든 게 거기에 달렸어요. 당신도 알고 있겠지만, 재정가 베랄디는 일부 정부 인사들의 도움을 받는 내 아들의 정적들과 더불어 그 아이를 결정적으로 파멸시킬 수 있는 문서를 찾기 위해 모종의 음모를 꾸미고 있습니다. 이미 숙소와 건물 전체를 샅샅이 뒤진 상태입니다. 베랄디는 쓸 만한 단서를 제공하는 자에게 막대한 금액을 희사하겠다고 공언했어요. 두고 보십시다. 그 목표가 달성되는 날, 우리로서도 아들의 결백을 밝히는 증거를 확보하는 셈이니까요."

베슈에게는 그런 결백 따위야 증명이 되든 말든 별로 중요하지 않았다. 그의 임무는 어떻게 하면 사진을 먼저 가로채느냐 하는 것이다. 데스로크 의원한테 유리하게 작용할 증거가 존재한다면 적들이 알아서 파기해버릴 거라 생각했기 때문이다. 의무의 노예인 베슈는 이제나저제나 감시했다. 오지 않는 집시 여자만을 언제까지고 기다렸다. 그런가 하면 아직까지 모습을 보이지 않는 바르네트에도 신경을 쏟았다. 아울러 자기가 살아온 과정과 좌절 그리고 희망에 대해 말하는 데스로크 장군의 이야기도 빠짐없이 메모를 해두었다.

하루는 깊은 생각에 잠긴 듯한 노장교가 베슈에게 말을 걸었다. 새로운 소식이 있다는 것이었다.

"형사 양반, 나와 내 친구들은 이 같은 확신에 이르렀소. 즉 사라진 사진에 관해 뭔가 의견을 내놓을 만한 유일한 이는 내 아들이 체포될 당시 건물 문을 지키고 있었던 정복 경찰관이라는 생각 말이오. 흥미로운 일은 그 경찰관의 이름이 무엇인지 아무도 모른다는 것이요. 사실 그는 소속 경찰서로부터 보강인원으로 우연히 차출된 사람이라고 하더군요. 대체 그자는 어떻게 된 걸까요? 적어도 당신 동료들 중에는 이것에 대해 아는 사람이 없는 것 같더군요. 하지만 윗선에서는 알고 있겠지요. 그 경찰관이 별도로 조사를 받았고 매일 특별 관리 대상이 되고 있다고 우리는 확신하고 있어요. 뿐만 아니라 그의 집도 이미 가택수색이 행해진 상황이고 옷이며 가구 일체까지 면밀한 조사를 받았다는 얘기를 들었습니다. 바로 그 조사를 담당한 형사가 누군지 그 이름을 말해드릴까요? 베슈 형사, 바로 여기 계시네요."

베슈는 시인도 부정도 하지 않았다. 장군은 이렇게 외쳤다.

"베슈 형사, 침묵하는 걸 보니 내 정보가 꽤 신빙성이 있는 모양이군요. 그 이상 계속되는 정보를 얻어낼 수만 있다면 경찰 측도 달가워할 거라 확신하오. 그러니 그 경찰관을 이리로 한번 데리고 와주시오. 그럴 권한이 있는 사람에게 내 말을 전해주시구려. 만약 거부한다면 나도 재고할 테니…"

베슈는 기꺼이 그 임무를 도맡았다. 어차피 자신의 계획이 지지부진한 상황이니. 바르네트는 대체 어찌 된 걸까? 이 사건에서 그는 도대체 어떤 역을 맡고 있는 걸까? 바르네트란 작자는 결코 가만히 앉아서 지켜만 보고 있을 인간이 아니다. 이러다가 느닷없이 놈과 마주친다면 때는 이미 늦은 것이다.

베슈는 상관으로부터 전권을 위임받았다. 이틀 후, 하인 실베스트르는 베슈와 랭부르 정복 경찰관을 장군에게 안내했다. 랭부르 경찰관은 권총과 흰색 곤봉을 허리춤에 차고 제복을 입고 있었으며 온화한 분위기를 풍기는 사내였다.

면담은 길었지만 유용한 단서를 내놓지 못했다. 랭부르는 단호했고, 자신은 아무것도 본 것이 없다고 주장했다. 다만 장군으로서도 왜 이자가 특별 관리 대상이 되었는지 수긍이 갈 만한 한 가지 사실을 알게 된 것이 그나마 걷어 올린 수확이었다. 즉 그는 군대 시절에 알게 된 데스로크 의원 덕에 지금의 경찰 관직을 얻었다는 것이다.

장군은 애원하기도 하고 화를 내보기도 하고 아들의 이름으로 협박과 회유를 해보았지만 랭부르는 미동도 하지 않았다. 그는 사진 따위는 못 보았고 데스로크 의원도 그 혼란한 소동 탓에 자기를 알아보지도 못했다고 했다. 싸우다 지쳐 결국 장군이 포기했다.

"고마웠소이다. 나도 당신 말을 믿고 싶소. 하지만 내 아들과 당신의 그 같은 우연한 인연을 미뤄볼 때 아무래도 의혹이 이는 건 어쩔 수 없구려."

장군은 벨을 울렸고 하인에게 지시했다.

"실베스트르, 랭부르 씨를 배웅하게."

하인과 정복 경찰관은 밖으로 나갔다. 이어 현관문이 닫히는 소리가 들려왔다. 그 순간, 데스로크 장군과 눈길이 마주친 베슈는 그의 눈빛에서 뭔가 희롱하는 듯한 느낌을 받았다. 무엇으로도 설명되지 않는 괴팍한 즐거움이 그 속에 서려 있었다. 하지만….

몇 초의 시간이 흘렀을까, 느닷없이 기가 찬 장면이 펼쳐진 것이었다. 베슈는 어안이 벙벙한 눈길로 바라보았지만 장군은 그저 웃고만 있었다. 문이 열려 있던 방 입구에서 두 팔로 바닥을 짚고 마치 공처럼 불룩한 상반신 위로 내뻗은 마른 두 다리를 천장을 향해 흔들거리면서 웬 기괴한 형체가 다가오는 게 아닌가…!

그 형체는 또 느닷없이 몸을 다시 뒤집고는 마치 팽이처럼 한쪽 발끝을 축 삼아 제자리를 핑그르르 돌았다. 바로 하인 실베스트르였다. 갑작스러운 광기에 사로잡힌 것처럼 빙글빙글 돌던 그는 깔때기처럼 크게 벌어진 입으로 쏟아내는 폭소 때문에 커다란 배가 보기 흉하게 출렁대고 있었다.

이자가 실베스트르가 맞는 걸까? 이 기상천외한 광경 앞에서 베슈는 이마에 식은땀이 솟아나는 느낌이었다. 이자가 정말 시골 공증인 같은 행색의, 배불뚝이 하인 실베스트르 맞는가?

그자는 동작을 멈춘 뒤 동그랗게 치켜뜬 눈으로 베슈를 쳐다보았다. 그러고는 얼굴을 일그러뜨렸던 주름을 마치 가면처럼 걷어내고, 프록코트와 조끼 단추를 풀고, 고무로 된 뱃살마저 떼어낸 뒤, 데스로크 장군이 건네는 저고리를 걸쳤다. 그러고는 다시 한 번 베슈를 바라보면서 신랄하게 내뱉었다.

"베슈는 얼간이."

베슈는 발끈하지도 않았다. 오히려 안쓰러운 태도로 모욕을 감내하고 있었다. 그리고 마침내 입을 열었다.

"바르네트…"

"그래, 바르네트지."

상대가 말을 받았다.

데스로크 장군은 대차게 웃음을 터뜨렸고, 바르네트는 그에게 말했다.

"장군님, 좀 전의 제 장난을 이해해주시기 바랍니다. 전 뭔가 해치우고 나면 그 즐거움을 곡예나 웃기는 무용 동작으로 한바탕 표현해야 속이 시원하거든요."

"그럼 이번에도 뭔가 해치웠단 겁니까, 바르네트 씨?"

"그런 것 같습니다. 제 오랜 친구, 베슈 덕분이지요. 자, 더 이상 애타게 하지 말고 속 시원히 털어놓겠습니다."

그렇게 말하고는 바르네트는 의자에 털썩 앉았다. 장군과 함께 담배에 불을 붙이고는 유쾌한 어조로 이야기를 시작했다.

"자, 이렇게 된 걸세, 베슈. 난 스페인에 있던 중 데스로크 장군이 내 도움을 요청한다는 소식을 친구로부터 전달받았네. 자네도 알다시피 나는 어느 매혹적인 여인과 밀월여행 중이었지. 하지만 사랑이란 게 어차피 다소 지루해지기 마련 아닌가. 나는 이 기회에 다시금 자유의 몸이 될 결심으로 그라나다에서 만난 어여쁜 집시 여자와 함께 돌아왔네. 사건은 이내 흥미를 자극하더군. 무엇보다 자네가 몰두해 있다는 사실이 내 구미를 확 끌어당겼지. 딱 보니까 데스로크 의원한테 불리하건 유리하건 만약 그 어떤 증거가 있다면, 퇴로를 막아섰던 정복 경찰관에게서 답을 얻어내야 하겠더군. 그런데 말이야, 솔직히 말하면, 베슈, 내가 모든 수단과 방법을 동원했는데도 그 친구의 이름을 당최 알아낼 수가 없는 거야. 어찌해야 할까? 하루, 이틀. 속절없이 시간만 흘러가더구먼. 장군과 그 아드님의 고통은 더해가고 있는데 말이야. 그래서 유일한 희망은 바로 자네였네."

베슈는 꼼짝하지 않았다. 진이 다 빠져버렸다. 더없이 지독한 속임수에 기만당했다는 느낌이 들었다. 회복할 방법, 이렇다 할 대응책도 없었다. 인과응보다.

짐 바르네트의 얘기는 계속 이어졌다.

"베슈, 자네는 분명 뭔가 알고 있겠다 싶었지. 자네가 소위 정복 경찰관을 '요리하는 임무'를 맡았다는 걸 알아냈거든. 문제는 자네를 어떻게 이곳으로 유인하는가였지. 뭐 아주 쉽더군. 어느 날 자네가 다니는 길목에 내가 슬쩍 나타나는 거지. 그러고는 어여쁜 집시 여자가 자리를 잡고 앉아 있는 이곳 트로카데로 광장까지 자네의 미행을 유도한 거지. 내가 여자와 나지막이 몇 마디 대화를 나누면서 이 건물에 의미심장한 시선을 몇 차례 던지면 자네는 덫에 걸리는 거지. 나를 덮치거나 내 공범을 엮어 넣으리라는 욕심으로 자네는 화끈 달아올랐겠지. 결국 자네가 전투를 대비해 버젓이 진을 친 곳은 바로 이곳, 데스로크 장군과 그의 하인 실베스트르 곁에, 바로 내 손바닥 안이었어. 덕분에 나는 매일매일 자네를 관찰하면서 자네가 중얼대는 얘기를 듣고, 데스로크 장군을 통해 자네에게 영향력을 행사할 수가 있었지."

짐 바르네트는 장군을 돌아보며 또 이렇게 말했다.

"장군님께 감탄의 말씀을 드립니다, 잘해주었습니다. 베슈 앞에서 정말 유연하게 행동하신 덕에, 애초부터 경계를 풀고 단시간 안에 우리가 뜻하는 바대로 움직이게 만들 수가 있었던 거예요. 저 미지의 정복 경찰관을 우리에게 순순히 데리고 온 것 말입니다. 정말 그렇다네, 베슈…. 그야말로 몇 분 만에 해치운 거야. 목표가 무엇이었을까? 자네의 목표? 경찰의 목표는? 그리고 검찰의 목표는? 아니, 모든 사람의 목표가 무엇일까…? 결국 사진을 되찾는 거 아니겠어? 한데 자네의 재능을 익히 아는 나로서는 자네가 이미 여기저기 뒤지는 식의 조사를 거의 완벽에 가깝게 마쳤을 거라는 생각이 들더군. 그러자 다른 이가 숱하게 밟아간 길에서 또다시 찾아 헤맬 필요는 없겠다는 생각에 미치게 되더군. 완전히 다른 무언가를 생각해내야 했어. 아주 비상식적이면서도 비범한, **선험적**인 방법을 말이야. 그 정복 경찰관 친구가 이곳에 나타나면 전혀 눈치채지 못한 사이 순식간에 살펴볼 수 있도록 어디를 공략해야 할지 사전에 점찍어놓아야만 했다고. 옷이라든가 호주머니, 안감 부분, 신발 밑창과 구두 굽 등 서류를 숨길 만한 고리타분한 속임수들을 생각해봤지. 반드시… 반드시 내가 점찍은 곳에 있어야해, 베슈. 기발하면서도 평범한 곳… 황당하면서도 현실적인 장소… 쉽게 생각할 수 없는 은닉처인 동시에 지극히 자연스러운 곳… 다른 사람보다는 그자의 직업에 어울릴 만한 곳 말일세. 그런데 말이야, 정복 경찰관이 업무를 수행할 때 가장 특징적인 요소가 과연 무엇일까? 정복 경찰관이 군경이나 세관원, 역장이나 일반 사복형사와 다른 점이 무엇일까? 생각해봐, 비교해보라고, 베슈… 자, 3초 주겠네. 더는 안 돼. 답이 분명하니까. 하나… 둘… 셋… 어때, 찾았어? 감이 와?"

베슈는 전혀 감이 오지 않았다. 우스꽝스러운 상황이긴 해도, 일단 생각을 집중하면서 정복 경찰관의 면면을 머릿속에 떠올리려 애쓰고 있었다.

"자, 이 가엾은 친구야, 자네 오늘은 제 컨디션이 아닌 모양인가 보군. 그토록 총명한 자네가 아닌가…! 내가 조목조목 짚어줘야만 알겠는가?"

그리고 나서 바르네트는 무언가를 바로 자신의 콧날 위에 얹어놓았다. 느닷없이 방 밖으로 뛰쳐나갔는가 싶더니 어느새 자신의 콧등에 경찰 곤봉을 균형 맞춰 올려놓고는 아슬아슬하게 걸어 들어오고 있었다. 바로 하얀색 곤봉이었다. 파리의 정복 경찰관뿐만 아니라 런던을 비롯한 세계 어디서건 군중을 제어하고 보행자를 통제하며 차량 흐름을 차단하거나 소통시키는, 이른바 거리의 제왕이자 시간의 주인인 바로 그 하얀 곤봉 말이다.

그걸 가지고 바르네트는 마치 빈 병으로 하는 것처럼 곡예를 선보였다. 다리 사이로 뺐다가, 등 뒤로 돌렸다가, 목 주위로 팽그르르 돌리기도 했다. 그러고는 갑자기 의자에 주저앉으며 엄지와 검지 사이에 곤봉을 가볍게 집어 들며 외쳤다.

"오, 하얀 곤봉, 권위의 상징, 랭부르 경관의 혁대에 달랑거리던 너를, 나는 네 수많은 다른 친구 중 한 녀석과 바꿔치기했지. 귀여운 하얀 곤봉아, 너야말로 진실이 숨겨져 있는 난공불락의 금고일 거라 넘겨짚은 내 추측이 결코 빗나가지 않았겠지? 귀여운 하얀 곤봉아, 마법사 멀린의 지팡이, 우리를 괴롭히는 재정가나 우리와는 원수지간인 장관 나리의 차를 네가 이리저리 막아 세우는 동안, 진정한 자유의 부적을 가지런히 숨기고 있던 건 바로 너지?"

홈이 패어 있는 손잡이를 바르네트는 왼손으로 덥석 붙들었다. 그리고 오른손으로는 물푸레나무 목재에 에나멜 도료를 바른 꼭지를 움켜쥐고는 있는 힘껏 비틀어 돌렸다.

"바로 이거야. 이럴 줄 알았어. 거의 불가능에 가까운, 걸작 중의 걸작이야…. 이런 섬세하고 정교한 기적 같은 작품을 소유한 걸 보면, 랭부르 경관은 아무래도 솜씨 좋은 선반공 친구가 있나봐. 그렇지 않고서야 어떻게 이처럼 물푸레나무 재질을 상하지 않게 하면서 곤봉 안쪽으로 공간을 비우고 입구에 섬세한 나선 홈을 파서 기가 막히게 뚜껑이 덮이도록 할 수 있겠는가. 그러면서도 겉보기에 경찰관의 준엄한 지휘봉으로도 전혀 손색이 없잖아?"

바르네트는 곤봉 뚜껑을 돌렸다. 그러자 구리로 된 쇠테가 드러났다. 장군과 베슈 모두 눈이 휘둥그레졌다. 마침내 곤봉은 두 개 부분으로 나뉘었다. 그중 기다란 쪽 내부에는 구리로 된 관이 끝에까지 내장되어 있었다.

모두 얼굴이 잔뜩 경직된 채 숨을 멈추고 있었다. 기분을 내던 바르네트마저 엄숙한 표정이었다.

그는 곤봉을 뒤집어서 탁자에 대고 몇 차례 두드렸다. 종이 뭉치가 아래로 빠져나왔다.

얼굴이 창백해진 베슈가 신음을 내뱉었다.

"사진이야… 알아보겠어…."

"알아보겠지? 크기는 한 15센티미터쯤 되고… 커버에서 뜯어낸 거라 약간 끈적이고 구김이 있네. 장군님, 직접 한번 펼쳐보시겠습니까?"

데스로크 장군은 평상시와 다르게 확신이 부족한 듯한 손길로 종이를 붙잡았다. 사진뿐만 아니라 편지 네 장과 전보 한 장이 함께 말려 있었다.

장군은 한동안 사진을 들여다보고는 나머지 두 사람에게 보여주면서 처음에는 무한한 기쁨에, 그리고 점점 커져가는 불안감에 떨리는 목소리로 설명을 했다.

"아이를 무릎에 앉히고 있는 젊은 여자의 사진이요. 베랄디 부인의 표정을 읽을 수 있을 것이오…. 신문지상에서 여러 차례 사진으로 보아왔던 바로 그 표정 말입니다. 물론 사진 속의 여인은 바로 그 여자입니다. 아마 9~10년 전쯤 모습일 겁니다. 여기 날짜가 적혀 있군요…. 여기, 아래를 보면…. 가만있자… 거의 맞췄군요…. 11년 전으로 거슬러 올라가는군요…. 서명은 크리스티안… 베랄디 부인의 이름이죠…."

데스로크 장군이 중얼거리듯 물었다.

"자, 이것을 어떻게 받아들여야 할까요? 내 아들은 이 시절에, 그녀가 결혼하기 훨씬 전부터, 이미 이 여인을 알고 지냈다는 게 아닐까요…?"

바르네트는 여자의 필체가 또렷하고, 접힌 부분이 심하게 해진 첫 번째 종이를 내밀며 말했다.

"편지를 읽어보시죠, 장군님."

데스크로 장군은 편지를 읽다가, 처음부터 뭔가 심각하고 고통스러운 사실을 깨달은 듯 외마디 탄식을 터트렸다. 그럼에도 다른 편지들과 전보까지, 바르네트가 건네는 대로 탐욕스레 모두 읽어 내려갔다. 그러고는 급기야 입을 꾹 다물고 고뇌로 얼굴이 일그러졌다.

"이제 설명을 해주시겠습니까, 장군님?"

장군은 여전히 묵묵부답이었다. 그의 두 눈에는 눈물이 그렁그렁 맺혀 있었다. 마침내 나지막이 장군이 말을 꺼냈다.

"진짜 죄인은 바로 나요…. 10여 년 전, 내 아들 장은 일개 직공인 평민의 딸과 사랑에 빠졌소…. 둘 사이에는 아이가 하나 생겼소…. 귀여운 사내아이였소…. 아들은 그 여자와 결혼하고 싶어 했죠…. 하지만 어리석게도 나는 자존심 때문에 그 여자를 보려고도 하지 않고 결혼을 반대했습니다. 하지만 아들은 내 뜻을 어길 각오가 되어 있는 듯했지요. 그런데 여자가 먼저 스스로를 희생했어요…. 여기 그 여자의 편지요…. 첫 번째 편지입니다…."

'안녕, 장. 당신 아버지는 우리의 결혼을 원치 않아요. 당신은 아버지 뜻을 거스르면 안 돼요. 그러면 우리의 귀여운 아이에게 불행이 닥칠지 몰라요. 우리 모자가 함께 찍은 사진을 당신에게 보내요. 늘 간직하시고 우리를 너무 빨리 잊지는 말아주세요.'

"하지만 먼저 잊은 쪽은 여자였소. 그리고 베랄디와 결혼했지. 그 사실을 전해 들은 장은 아이를 샤르트르 근방에 있는 어느 초등학교 노교사의 집에서 자랄 수 있도록 주선했소. 아이 엄마가 몇 번이든 비밀스레 드나들며 볼 수 있도록 말이오."

베슈와 바르네트는 편지 위로 잔뜩 몸을 웅크렸다. 장군이 혼잣말을 하듯 중얼대는 얘기를 듣기는 하는 건지, 시선은 과거의 기막힌 사연이 충격적으로 펼쳐져 있는 편지 위로 잔뜩 쏠려 있었던 것이다.

장군이 계속 말을 이었다.

"마지막 편지는 불과 5개월 전에 작성된 거군요…. 이 절절한 구절들…. 크리스티안이 자신의 회한을 고백하고 있네요…. 아이에 대한 찬사를 늘어놓고 있군요…. 그게 전부입니다…. 전보는 노교사가 장에게 보낸 것인데, **'아이가 많이 아픔. 속히 오시오'**, 이렇게 되어 있군요. 그리고 같은 전보용지 위에, 지독한 결말을 알리는 아들의 끔찍한 글이 적혀 있는 겁니다. **'우리의 아들이 죽었음. 크리스티안은 자살했다'**라고 말이오."

다시금 장군은 침묵했다. 하지만 이제 사실들은 그 사실들끼리 저절로 맞물리면서 설명되고 있었다. 문제의 전보를 받아들자마자 장은 크리스티안을 찾았고, 기절 직전까지 간 그녀를 차에 태웠다. 그렇게 둘이서 죽은 아들에게 마지막 입맞춤을 한 뒤 샤르트르에서 돌아오는 길에 극도의 절망감에 빠진 크리스티안이 스스로 목숨을 끊은 것이었다.

"어떡하실 생각입니까, 장군님?"

이윽고 짐 바르네트가 물었다.

"진실을 밝혀야죠. 장이 진실을 밝히지 않은 건 분명 고인을 욕되게 하지 않으려는 뜻이었겠으나 그건 또한 내게 누를 끼치지 않으려는 뜻이기도 합니다. 이 비참한 사연에 직접적인 책임이 있는 나에게 말입니다. 하지만, 설사 샤르트르의 노교사가 끝까지 진실을 함구하고 랭부르 경관 역시 같은 입장일 것이 틀림없다 하더라도, 아들은 진실 자체가 완전히 소멸하는 것만큼은 원치 않은 것 같습니다. 운명이 모든 걸 바로잡아 주기를 바랐던 것 같아요. 그러니까 당신이 이렇게 수수께끼를 밝혀낸 것 아니겠소, 바르네트 씨….”

“장군님, 이 모든 게 내 친구 베슈 덕분이라는 점을 잊으면 안 됩니다. 만약 베슈가 내게 랭부르 경관과 그의 하얀 곤봉을 대령하지 않았다면 꿈도 꾸지 못할 일이었어요. 그러니 베슈에게 감사해야 할 겁니다.”

“두 분 다 고맙소. 두 분이 내 아들의 목숨을 구한 거요. 이제 나도 지체하지 않고 내 의무를 다할 작정이오.”

베슈도 데스로크 장군의 뜻에 동의를 표했다. 이 비통한 사건들에 깊은 충격을 받은 형사는 이기심을 한편으로 몰아버리고 경찰이 그토록 찾아 헤매던 증거물을 가로채겠다는 생각을 단념했다. 인간의 양심이 직업인의 의식보다 우위에 선 순간이었다. 하지만 장군이 방을 나간 틈을 타, 그는 바르네트에게 다가와 어깨를 툭 치며 느닷없이 말했다.

“당신을 체포하오. 짐 바르네트.”

그런데 그 말하는 투가 그토록 단순하고 순진하게 들릴 수가 없었다. 마치 이 같은 위협이 헛일이라는 것을 잘 알면서도 그를 체포해야 한다는 임무를 모른 척하기가 어려워서 그저 한마디 툭 던져보기라도 한다는 투였다.

바르네트는 불쑥 손을 내밀며 외쳤다.

“말 잘했네, 베슈. 아주 잘했어! 보다시피 나는 체포되어서 꼼짝달싹 못하게 굴복해 있네. 그 누구도 자넬 비난할 순 없을 거야. 자, 그럼 이제 자네만 좋다면 나는 슬그머니 도망쳐보려 하네. 그래야 나를 향한 자네 우정도 만족스럽지 않겠는가.”

베슈는 호의적이라고 느낄 만큼 순박한 얼굴로 어쩔 수 없이 이렇게 말했다.

"자넨 모두를 능가하는 실력자네, 바르네트…. 보통 사람보다 머리 하나는 더 있어…. 오늘 자네가 해낸 일은 거의 기적에 가깝다네. 어떻게 그걸 짚어냈지! 정복 경찰관이 들고 다니는 평범한 곤봉 속에서 도저히 있을 법하지 않은 은닉처를 아무 단서도 없이 추측만으로 알아내다니!"

바르네트가 슬슬 익살을 떨기 시작했다.

"그거야, 잿밥이 탐나면 머리가 돌아가기 마련이지."

"잿밥이라니? 데스로크 장군이 뭔가 대가를 제안했을 리는 없고."

베슈가 불안한 기색으로 중얼거렸다.

"제안했어도 거절했겠지! 바르네트 탐정 사무소는 무료 봉사를 표방한다는 사실, 잊지 말게나."

"그러면…?"

짐 바르네트는 정말이지 못 말리는 인물이었다.

"이보게, 베슈, 아까 네 번째 편지를 힐끔거리던 중, 나는 크리스티안 베랄디가 처음부터 남편에게 과거 사연을 모두 있는 그대로 고백했다는 걸 알게 되었네. 결과적으로 그녀의 남편은 자기 아내의 과거와 아이가 하나 있다는 사실을 알고 있었으면서도 사건이 일어나자 입을 다물어서 사법 당국을 속였다는 얘기야. 물론 장 데스로크에게 앙심을 품고, 가능하면 교수대로 보내버리려는 목적에서 그런 거지. 정말 무시무시한 계산이 저 간에 깔려 있었던 셈이네. 자, 사정이 이런데 이제 와 불명예스스러운 편지가 발견되었다는 사실이 밝혀지면 갑부 베랄디께서 과연 그걸 사들이고 싶어 하지 않을까? 새로운 추문이 이는 걸 싫어하는 어느 점잖은 신사가 은근히 나서 제안을 한다면 베랄디가 굳이 돈을 아낄 것 같으냔 말이야. 그래서 기회를 틈타 아까 그 편지를 내 호주머니에 슬쩍 해뒀다네."

베슈는 한숨을 내쉴 뿐 이제는 발끈할 기력조차 없었다. 무엇보다 결백이 승리를 거두었고 잘못이 개선되었다는 점이 제일 중요한 게 아니겠는가? 항상 죄인과 악한들을 응징하고 나서 마지막 순간에 살짝 떡고물을 건드리는 약간의 '선취'에 굳이 심각성을 부여할 필요가 과연 있을까?

"잘 가게, 바르네트. 알겠지만, 우린 다시 마주치지 않는 게 좋을 것 같네. 그러지 않고는 내 직업적인 양심은 아예 송두리째 사라지고 말겠어."

베슈의 말에 바르네트가 화답했다.

"잘 있게, 베슈. 자네 심정 이해하네. 그런 마음가짐 덕분에 자네가 존경을 받는 걸세."

며칠 후, 베슈는 바르네트로부터 다음과 같은 짤막한 편지를 받았다.

기뻐하게, 친구. 자네가 이 망나니 바르네트를 감옥에 처넣지 않고 상관에게 약속했던 사진도 가로채지 않아서, 상관의 지시를 제대로 이행하지 못한 모양새가 되었지만, 내가 그동안 자네 일을 열심히 탄원하고, 이번 사건에서 자네의 주도적인 역할을 적절히 알리고 홍보한 끝에, 마침내 자네의 반장 직급

<u>으로</u>의 승진을 따놓았다네.

베슈는 신경질적인 몸짓을 했다. 바르네트에게 빚을 진다는
게 과연 가당키나 한 얘기인가?

하지만 달리 생각해보면, 이 사회가 가장 유능한 봉사자의
진가를 알아보고 그에 대한 보상을 한다는데 굳이 거부할 이유
가 있을까. 어쨌든 베슈의 눈높이로는 베슈 자신의 진가에 그
어떤 의혹도 없지 않은가?

베슈는 편지를 박박 찢어발겼지만, 진급만은 그대로 받아들
이기로 했다.